VERLAG
1305

Meine inoffizielle Selbsthilfegruppe

Mathilda Kistritz

VERLAG
1305

1. Auflage 2014
1305-VERLAG
Umschlaggestaltung und Illustration: André Hering
Lektorat: textperlen.de, Bärbel Philipp, Jena
Gesamtherstellung: Gutenberg Druckerei GmbH Weimar
Printed in Germany
ISBN 978-3-00-044584-2

Sie finden uns im Internet unter:
www.1305-verlag.de
Bitte beachten Sie auch:
www.mathilda-kistritz.de

Inhaltsverzeichnis

Ich bin Mathilda.

Seit Ewigkeiten suche ich nach einem Hilfsmittel, auf das ich zugreifen kann, wenn ich mich ärgere, Liebeskummer habe, Schmerzen, Wut oder Angst empfinde, bei unklaren Finanzangelegenheiten, bei jeglichen Entscheidungsfindungsschwierigkeiten oder bei sonstigen Unsicherheiten, die mich in meinem angenehmen Dasein stören.

Mein Hund, inzwischen Lotti IV, kann ja auch nicht alles abfangen.

An meinen ersten Anruf bei der Seelsorge erinnere ich mich noch genau. Wäre ich damals suizidgefährdet gewesen – nach diesem Gespräch hätte ich es gemacht. Scheinbar arbeiten die auch nur mit Callcentern zusammen.

Fürs Erste habe ich mir ein paar generelle Parolen zugelegt zum Aufrichten in akuten Notlagen: den »Überhaupt-nicht-schlimm-Song«, den »Schwamm-drüber-Song«, »Bleib ruhig«, »Mal sehen«, »Mach langsam«, »Alle kochen nur mit Wasser« …

Das hat zwar geholfen, aber irgendwie hat mir immer noch die menschliche Resonanz gefehlt. Ganz und gar ohne Gesellschaft macht mir das Leben auch keinen Spaß, obwohl ich sehr gern allein bin mit mir und obwohl Gesellschaft erst jegliche Probleme mit sich bringt.

Die Frage war: Welche Menschen hätte ich gern um mich?

Mir fällt kein Einziger ein, den ich öfters als einmal die Woche um mich haben möchte. Die meisten Menschen regen mich hochgradig auf mit ihren merkwürdigen Eigenarten und beschränkten Ansichten. Das hilft ja dann auch nicht. Damit die Sache ordentlich Würze kriegt, müsste ich deutlich unterschiedliche Charaktere aus meinem Bekanntenrepertoire kramen. Ein wenig junges Blut würde ich untermixen, damit ich von der modernen Zeit reichlich mitkriege und nicht in einer Gruppe von anderen Tattergreisen langsam, aber sicher verblöde.

Die Auserwählten dürften weder streitsüchtig noch rechthaberisch sein. Man will sich ja nicht zusätzlich ärgern. Nicht zu einfach gestrickt und finanziell abgesichert sollten sie sein. Ich will ja nicht noch draufzahlen. Trockenen Humor müssten sie haben, und ihr Weltbild sollte mir in irgendeiner Form weiterhelfen.

Das kann ja nicht so schwer sein.

Kenne ich da überhaupt jemanden?

Nach wochenlanger Überlegung hatte ich endlich zwei potenzielle Mitglieder für meine Selbsthilfegruppe angeworben; die beiden hatten natürlich keine Ahnung.

Die erste Wahl fiel auf meine Cousine Helene, eins von den wenigen verträglichen Überbleibseln meiner Familie. Ihr Mann Ralph – spielt eigentlich keine Geige. Er stellt auch kein größeres Problem dar, denn er ist sehr fleißig, um nicht zu sagen, er arbeitet wie ein Idiot. Die nächste war Nina aus der Nachbarschaft, ein bisschen naiv und das Helfersyndrom in Person. Ich bemühe mich ehrlich immer wieder, das niemals auszunutzen.

Meine Tochter Jasmin hatte sich unauffällig immer öfter dazugesellt. Sie ist besonders interessiert am Geschwätz der Alten und verpasst kaum mehr ein Treffen. Wenn es bei heiklen Themen ins Detail geht, kann sie auch mal gekonnt weghören. Taktgefühl hat sie. *Meine* Erziehung.

Und als Schmankerl kam Edgar hinzu, Internist im Ruhestand und Exkollege von mir. Das war allerdings nicht von mir geplant. Er hat unseren Altersdurchschnitt nach oben katapultiert.

Gelockt habe ich die Auserwählten nacheinander mit einer Einladung zum Abendessen bei mir. Jeder von ihnen ließ sich bereitwillig von meinen Kochkünsten verführen und war mehr oder weniger interessiert am Austausch von Rezepten. Schließlich ist jeder, der etwas auf sich hält, selbstverständlich ein Gourmet.

Nach eingehender Prüfung der Zusammensetzung hatte ich endlich meine heiß ersehnte LMAA-Tablette für alle Lebenslagen gefunden. Sie lag vor mir und wollte genommen werden. Und das jede Woche einmal. Der offizielle Gourmetzirkel und meine inoffizielle Selbsthilfegruppe waren eröffnet.

Das war vor über drei Jahren.

Gut hören kann ich nicht, aber schlecht sehen kann ich gut.

Was mein Alter betrifft, löst diese Zahl bei mir immer wieder Verwirrung aus.

Ich meditiere, atme nach Dr. Shioya und unternehme lange Spaziergänge mit Lotti IV. In meinem hauseigenen Spa verwöhne ich mich regelmäßig mit Jacuzzi und Dampfbädern. Ich esse viel frisches Obst und Gemüse, trinke Grüntee und Wasser. An den Wochenenden tanze ich mit Beamer und Leinwand zu Beyoncé und Michael Jackson wegen der Glückshormone, bin dabei aber vorsichtig mit meinen Knochen und Gelenken. Ich meide zu viel Sonne wegen der Hautalterung und Melanomgefahr. Zum Glück habe ich gute Gene. Mein Spiegelbild sieht niemals aus wie dreiundsechzig!

Dann gibt es wiederum nicht so optimistische Tage. Ich betrachte meine Krähenfüße und meinen Knitterhals und stelle fest: Jede Schildkröte sieht jünger aus als ich.

Vielversprechende Blicke in hübsche Männeraugen sind mein Lebenselixier. Mit meinen kläglichen Flirtversuchen komme ich mir zunehmend lächerlich vor. Seit meinem Ruhestand schrumpfen außerdem die Gelegenheiten rapide. Der Schock sitzt tief.

Donnerstag, 12. September 2013

An diesem traumhaften Spätsommerabend sind wir bei mir. Wir sind meistens bei mir. Erstens ist es bei mir am schönsten, und zweitens ist da keiner, der uns stören könnte.

Die Villa hat mein Urgroßvater gebaut.

In dem überdimensionierten Wintergarten lagerte früher, fein säuberlich abgedeckt, das antiquarische Gerümpel meiner Eltern. Zwischen den Gespensterlaken habe ich als Kind mit meiner einzigen Freundin Verstecken gespielt. Heute ist hier mein Lieblingsplatz.

Die Bananenstaude trägt dieses Jahr zum ersten Mal Früchte, und ich fühle mich unter all den exotischen Gehölzen mit den herabhängenden Urwaldgewächsen wie im Paradies.

Und mitten in meinem Paradies steht die größte Kostbarkeit aus dem Nachlass meiner Eltern: die riesige, goldglänzende Weltkugel mit ihren sandgestrahlten Kontinenten, die friedlich um die geneigte Achse kreisen. Den Solarantrieb dafür habe ich nachträglich einbauen lassen.

Wenn die Sonne scheint, verzaubert sie mich immer wieder durch unglaubliche Lichtreflexe. Ich liege bequem auf meinem Samtkanapee und kann mich in Sekunden an jeden Ort der Welt wünschen. Zum Meditieren besser als jeder Buddha. Für den Entwurf von diesem Wunderteil bin ich meinem Urgroßvater heute noch dankbar. Seinerzeit war er anscheinend Stararchitekt und hat sogar aus irgendeinem Grund das Bundesverdienstkreuz bekommen.

Doch ich stehe erst am Anfang meiner Ahnenforschung.

Das Empfangszimmer für meine kleinen Gesellschaften habe ich inzwischen auch in den Wintergarten verlegt und den antiken Eichentisch mit den dunkelroten Polsterstühlen hierher verfrachtet.

Auf dem blütenweißen Tafeltuch funkeln meine schönsten Erbstücke. Sorgfältig platziere ich ein paar zartrosa Kornblumenköpfchen zwischen duftende Thymianzweige.

Einer der Vorteile im Ruhestand: Ich habe Zeit und Muße für eine ausdrucksvolle Tischinszenierung und kann mich wie ein Kind auf Gäste freuen.

Es macht mir nichts mehr aus, wenn ich fremde Keime und Fußtapsen im Haus habe. Ich kann sogar ertragen, wenn jemand außer mir in meiner Küche herumfuhrwerkt. Zumindest an diesen Abenden. Ich liebe diese Abende.

Heute sind wir fast vollzählig. Edgar hat abgesagt. Seine Frau leidet an einer geheimnisvollen Krankheit. Er redet kaum darüber. Die Pflege nimmt ihn wohl schwer in Anspruch.

Nachdem die Damen nacheinander eingetroffen sind und meinen hübschen Tisch angemessen bewundert haben, serviere ich Odeuvre und den Aperitif.

Jasmin erhebt ihr Glas. »Mama, Helene, Nina – ich trinke darauf, dass wir noch viele schöne Abende miteinander verbringen können.«

Meine Cousine Helene, die Jüngste von uns Alten, prostet zurück: »Du und ich wahrscheinlich noch ein paar mehr als die anderen.«

Die paar Wochen, die Helene jünger ist als ich … aber ich glaube nicht, dass sie mich wirklich ärgern will. Und wenn ich eben früher sterbe, kriege ich ihre Schadenfreude ja nicht mit … – ich frage mich, was in meinem Kopf manchmal vorgeht …

Heute müssen die Vorteile der Alten unbedingt hervorgehoben werden. Ich hoffe, es gibt welche, denn für mich war es eine ziemlich faltige Woche:

»Dafür müsst ihr noch länger arbeiten, euch jeden Morgen aus dem Bett quälen und eure kleingeistigen Kollegen ertragen.« Nina bemerkt meine echte Verzweiflung. »Du hast doch nicht etwa ernsthaft Angst vorm Altwerden? So wie du noch … ich meine, wie du so drauf bist. Du machst auf mich immer den Eindruck, als hast du mit dem Alter gar keine Probleme.«

Jasmin und Helene schleichen unauffällig in die Küche, um den zweiten Gang vorzubereiten. Ich bin mit Nina allein. Und die ist immerhin fünf Jahre älter als ich.

»Ich hab im Grunde keine Probleme mit dem Altwerden, Ninalein – aber es ist eben nicht ein Tag wie der andere. Am Wochenende hatte ich doch mein Toxi-Seminar ...«

»Machst du das jetzt häufiger?« Nina fällt mir gern ins Wort. »Ab und zu gebe ich mal ein Seminar über die Ärztekammer, wenn die Themen passen. Macht für mich den Vollzeitausstieg nicht ganz so dramatisch. Jedenfalls, einer der Teilnehmer war – wie soll ich sagen – überaus reizvoll; so Mitte fünfzig. Ich war *eifersüchtig*, weil er mit seiner Sitznachbarin rumgeflirtet hat und nicht mit mir. Die war auch noch gefühlte dreißig Jahre jünger als ich. *Ich* war die Chefin, die vor den Leuten steht, alles weiß und dabei hinreißend aussieht ... Der Gedanke, er würde niemals mit einer alten Schachtel wie mir liebäugeln, war niederschmetternd.«

Nina: »Männer wollen nicht unbedingt eine Professorin im Bett. Obwohl – so mit den passenden Klamotten und dem Zeigestock in der Hand ... Wenn die Herren das schnelle Abenteuer suchen, ist es relativ egal, welche von den Herzchen schlauer ist oder gar die Chefin. Aber du bist keine alte Schachtel und *siehst* hinreißend aus. Er hat dich ganz sicher total bewundert. Du bist charmant und gewitzt.« Nina versucht ihr Bestes.

»Ach hör auf. Ich will nicht bewundert werden. Vielmehr – das natürlich auch. Aber in der Hauptsache will ich heiß begehrt werden. Oder wenigstens angehimmelt ...«

»Da sind wir schon zwei. In der Hinsicht haben wir bestimmt beide früher nicht viel verpasst, da sind wir leider verwöhnt. – Könnte es vielleicht sein, dass du einfach nicht sein Typ warst? Das hatte mit deinem Alter bestimmt gar nichts zu tun. Manche Kerle sind auch einfach blind für das, was ihnen zu Füßen liegt. Ich weiß noch, wie fassungslos ich damals meine Beziehungsnachfolgerin und meinen Ex angestarrt haben muss. Die liefen mir unverhofft in der Stadt in die Arme. Ich konnte leider nicht mehr ausweichen und dachte voller Entsetzen: Das kann nicht sein Ernst sein; wie kann er denn *so* eine nach *mir* nehmen?! Später habe ich obendrein erfahren, dass er die schon *während* der Zeit mit mir hatte … Da steckst du nicht drin.«

Irgendwie kommt mir das bekannt vor. Und mir fällt noch eine Sache ein.

»Na ja, als ich zu Facharztzeiten mit der Stationsbesatzung in der Kneipe saß … habe ich mit ansehen müssen, wie einer von den interessanten Typen aus unserer Runde ziemlich auffällig eine im Visier hatte. Und das war bloß eine Krankenschwester. *Hallo! – Ich sitze hier – ich bin viel schöner und intelligenter als dieses Blödchen mit ihren falschen Wimpern.* Ich habe innerlich gejammert, doch ich hätte viel lieber wütend gebrüllt. Mein weibliches Ego will hofiert werden, damit ich mich zieren kann und ihn nach angemessener Verzögerung endlich erhöre …«

Das werde ich höchstwahrscheinlich wollen, bis ich im Sarg liege.

»Aber du hast recht, später fand ich den Typ nach eingehender Betrachtung selbst nicht mehr so toll. Und dass *er* nicht auf *mich* abgefahren ist, kann damals auch kaum an meinem Alter gelegen haben.«

»Siehst du«, Nina wirkt erleichtert, weil sie mich scheinbar aufgebaut hat. Und sich gleich mit. »Ich habe schon in meinen Fünfzigern festgestellt, dass ich gar nicht mehr auf Abenteuer aus bin. Nicht nur weil das verzweifelt aussehen könnte. Meine Prioritäten haben sich mit der Zeit verschoben; ganz von allein. Wenn ich ein betagtes Pärchen Hand in Hand durch die Stadt laufen sah, wurde mir immer ganz warm ums Herz. Das wollte ich auch. In puncto Liebesschmerz hatte ich ganz schön was zu ertragen über die Jahre. Meine Scheidung war für mich eine Katastrophe damals. Danach habe ich *einige* Jahre vor mich hingedümpelt. All die Pleiten mit Männern; immer auf der Suche nach dem Richtigen. Vielleicht war ich in Wirklichkeit bloß auf Abenteuer aus, die mich von meiner Einsamkeit ablenken. Mit *dem Richtigen* hätte ich mich ja sehr früh wieder gebunden, wenn ich ihn gefunden hätte. Alles unbewusst abgelaufen vermutlich. Ich hätte mich schließlich niemals sehenden Auges immer wieder auf die gleichen Verlierer eingelassen. Im Nachhinein finde ich all die Scherereien in der Summe sogar besser, als den Falschen an der Backe zu haben. Für mich steht fest, dass ich durch das ganze Männergedöns erst richtig wach geworden bin. Sicher – manche Zwischenfälle hätte mir der liebe Gott auch ersparen können.

Ich habe mich mal in Ruhe hingesetzt und aufgeschrieben, was ich bis jetzt hatte und was ich dringend ändern muss. Bei vollem Bewusstsein habe ich mir einen gestandenen und verlässlichen Mann herbeigewünscht, mit dem mich ein tiefes Zusammengehörigkeitsgefühl verbindet. Ich habe ihn genau beschrieben, den Text auswendig gelernt und täglich vor mich hingeleiert. Je öfter ich mir das vorgestellt habe, desto mehr habe ich es verinnerlicht. Und: Es hat geklappt! Trotz Verspätung, ich war ja schon vierundsechzig, ist Anton genau der Richtige. Wir sind beide von unserer Vergangenheit geprägt, das merke ich jeden Tag. Vielleicht gehen wir deswegen vorsichtig und voller Respekt miteinander um. Und ich glaube, ich kann sagen, wir lieben uns. Bis für mich glasklar war, was ich vom Leben erwarte, habe ich relativ planlos meinen Trott gelebt und mich gewundert, dass vieles vor den Baum geht. *Du* dagegen hast immer einen Plan und brauchst niemanden. Schon gar nicht einen Mann, der dir jeden Tag auf der Pelle hockt. Dafür bewundere ich dich, Mathilda. Aber für mich wäre das nichts.«

Nina macht mir richtig Lust auf einen anständigen Kerl. »Ganz so ist es nun auch nicht. Tatsächlich wünsche ich mir schon ab und zu einen Mann für traute Zweisamkeit mit allen Finessen.«

Ja – einen, der mich kennt. Aber nicht zu gut. Einen, der mich zu nehmen weiß.

»Allerdings kommt für mich ein Zusammenleben nicht mehr infrage. Ich muss schon mit meinem eigenen Charakter klarkommen. Und wenn dann noch ein anderer dazukommt, stünde ich jeden Tag vor einer äußerst unbequemen Herausforderung. Ich folge lieber weiterhin meiner Philosophie: Besser wollen, was man nicht hat, als haben, was man nicht will. – Ich bin zu gern allein und kann auch Kleinigkeiten, für die ein anderer vielleicht kein Auge hat, ungestört genießen. Das war früher schon so, als ich *ohne* Konrad ins Theater nach London oder in die Normandie gereist bin ... *Er* hatte keine Lust und mir kam das gerade recht. Das war so ziemlich das Einzige, was bei uns beiden einvernehmlich war. Allein unterwegs sein in der Großstadt oder auf dem Land bei gastfreundlichen französischen Weinbauern und dabei meine Fremdsprachen trainieren, ist für mich immer noch das Größte.«

Nina: »Das meine ich. Ich hätte Angst, dass ich mich verlaufe oder dass mich jemand wegfängt.«

»Dann hast du wenigstens was zu erzählen. Aber, keine Angst, kaum einer wird eine alte Frau wegfangen.«

Nina: »Sehr charmant, Mathilda.«

Ich überlege, ob ich das wieder hinbiegen muss. Aber Nina lächelt noch und ist zum Glück nicht so empfindlich wie ich.

»Weißt du, mich interessieren die Menschen in allen Himmelsrichtungen. Die kann ich am besten allein kennenlernen. Meine Entdeckungsreisen haben mich auch ganz schön von meinen Problemchen kuriert. Nach meinen privaten Forschungen sind die Gefühle der Menschen *überall* gleich, trotz der kulturellen Unterschiede. Jeder hat seine Lebensgeschichte und Mentalität und verarbeitet die täglichen Ärgernisse ganz und gar auf seine Weise. Das ist in anderen Ländern genauso wie bei uns. Die einen schießen oder schlagen um sich – mit physischen oder verbalen Waffen – ich weiß gar nicht, was schlimmer ist ... – Die anderen bringen sich ohne Voranmeldung um, oder sie leiden ein Leben lang still vor sich hin. Der Nächste lässt seinen Frust an den Schwächeren aus oder besäuft sich jeden Tag ... Für das Wohlbefinden aller Beteiligten ist es in jedem Fall am besten, sich kurieren zu lassen, wenn du merkst, du schadest ständig dir selbst und den anderen.

Ich finde, der Verdruss der Menschheit resultiert fast ausschließlich auf dem haarsträubenden Betragen einzelner Subjekte, mit denen man zwangsläufig zu tun hat. Und natürlich, dass man sich in solchen Momenten nicht dagegen wehren kann. Ich kann manchmal das weltfremde Verhalten von meinem jeweiligen Gegenüber überhaupt nicht nachvollziehen; da krieg ich richtig Wut. Aber es gibt immer solche und solche.

Ich habe oft erlebt, wie Armut, Krankheit oder schwere Verluste einen Menschen in Schockstarre versetzen können. Ein Lächeln, ein liebes Wort, kleine freundliche Gesten und Hilfe, die von Herzen kommt, sind in solchen Momenten Gold wert.«

Nina macht es mir immer leicht, mich besonders klug zu fühlen. »Die Ethnologen sagen, dass man tief in eine andere Welt eintauchen muss, um die eigene zu verstehen. Die meinen bestimmt diese Erkenntnis.«

Selbst wenn ich mein eigenes Geschwafel manchmal nicht hören kann, findet Nina immer noch was Gutes daran. Sie fordert es ja praktisch heraus:

»Ich tauche oft in andere Welten ein. Manchmal besuche ich Plätze meiner Vergangenheit und mache Zeitreisen. Ich erinnere mich an damals und kriege Sehnsucht.«

Inzwischen ist es fast dunkel. Ich zünde die Zitronengraskerzen an, die dezent ihren Bioduft verbreiten. Ein Geschenk von Helene. Sie ist überhaupt nicht der *Kerzen-* oder *Alles-muss-bio-sein-Typ*, aber sie weiß, dass ich so ein Zeug mag.

»Nostalgie – das kann ich nur allein. Ein anderer hat ja keinen Bezug dazu. Jedenfalls einen anderen als ich.«

Jasmin serviert Jakobsmuscheln und trällert: »Höre ich Nostalgie? Mama schwelgt wohl wieder in Erinnerungen.« Meine großklappige Tochter setzt sich mit Helene zu uns und legt nach: »Ich war ja nie so der Typ, der alten Zeiten nachtrauert. Ich sehe das ganz pragmatisch. Ein Umstand bedingt den nächsten. Wo wäre ich jetzt, wenn alles so geblieben wäre, wie es war. Ich glaube, alles hat irgendwie seinen Sinn, ausgenommen mittlere Katastrophen natürlich. Wenn ich mal im Ansatz bedauert habe, dass etwas Schönes zu Ende ging – ich denke an meine gemütliche Referendarstelle in der Rhön – wusste ich immer: Ich möchte auch am schönsten Fleck der Erde nicht ewig bleiben. Es gibt so viele Plätze, die ich erkunden will, und zwar nicht touristenmäßig, sondern mitten in meinem Arbeitsleben. Das muss noch nicht mal weit weg sein. Ich platze jedes Mal vor Neugier und bin gespannt, was hinter der neuen Tür ist, die sich als Nächstes für mich öffnet. Natürlich kann das auch mal ins Auge gehen, und ich kann dann nicht mal jemanden die Schuld geben. Aber das macht den Reiz für mich aus. Es ist immer ein Sprung ins kalte Wasser ...«

Helene muss erst mal die Euphorie stoppen. »Dabei kannst du auch mitten im Wartesaal vom Arbeitsamt wieder auftauchen.«

»Ja, das passiert schon mal. Ist zwar ein mulmiges Gefühl für mich gewesen, aber ich weiß, dass ich hierzulande keine Angst haben muss. Solange ich gesund bin, kann ich mich auf mich verlassen. Und meine Gesundheit halte ich in Ehren. – Ich brauche Spannung, will Neuland betreten ... Für mich gibt's nichts Schlimmeres als Monotonie über Jahre.«

Ich wundere mich oft, dass meine eigene Tochter so anders ist als ich. Sie steuert zielstrebig in Richtung Ungewissheit und wirkt trotzdem so abgeklärt. Kann ich gleich mal erkunden:

»Das habe ich an dir immer so bewundert und oft gar nicht verstanden, Mausi, wenn du wieder mal irgendwo gekündigt hast. Mit Neuanfängen tue ich mich immer schwer. Den Gedanken an Veränderung finde ich zwar ganz reizvoll, aber ich ziehe die Bestandssicherheit vor. Das ist bequemer. Eigentlich hat sich für mich nie viel geändert. Trotzdem waren die Zeiten damals ganz anders. Ja, ich vergolde die alten Zeiten, auch wenn ich weiß, dass sie nicht immer rosig waren. Nur das Schöne wird herausgefiltert in meinen Erinnerungen und darf sich einprägen. Den Trick habe ich von meiner Claire. Man kann die Zeit nicht festhalten oder zurückdrehen, ich weiß. Und je mehr Zeit vergeht, desto öfter wünschte ich, dass ich zurückspringen kann und nur einen einzigen schönen Tag noch einmal erleben dürfte.«

Nina: »Und wie lautet denn der Rat von deiner Claire?«

»*Ratschläge* gibt's leider nicht direkt von ihr. Aber wir sind darauf gekommen, dass ich am besten meine Fantasie benutze und mir alles zurechtspinne, was ich möchte. Meine Gedankenwelt spielt schöne Dinge ab, negative Szenarien werden als schlechter Traum deklariert. Reine Übungssache. Als du dir deinen Anton herbeigewünscht hast, ist wahrscheinlich auch nichts anderes passiert, als dass sich deine Gedanken im Gehirn manifestiert haben, je öfter du daran gedacht hast. Und irgendwann hat sich deine Vorstellung erfüllt. – Ich war lange wütend und ärgerlich auf die Hohlköpfe, mit denen ich zu tun hatte und die ich wahrscheinlich nie wiedersehen würde. Meine synaptischen Wut-Ärger-Verbindungen haben sich so von Holperwegen in Autobahnen verwandelt. Als Folge war meine Grundstimmung immer missmutig. Nicht zu vergessen die Wechselwirkung mit meinem Umfeld.

Mein Fazit: Die Laune, die ich selbst verbreite, kommt potenziert zu mir zurück. Ich werde also mein Bestes geben und gut gelaunt sein, so oft es geht. Seht mir bitte nach, dass das nicht ununterbrochen geht, aber es wird immer besser.«

Helene ist das zu kompliziert. »Also, Mathilda, brauchst du denn wirklich eine Dauertherapeutin? Ich denke, du brauchst nur deinen gesunden Menschenverstand. Soweit ich das beurteilen kann, ist der dir noch nicht vollständig abhanden gekommen.«

»*Brauchen* tun andere garantiert dringender eine Therapie, das ist mir schon klar. Ich sehe das als Luxus, der mir Zeit und Energie spart. Nach einer wie Claire musste ich lange suchen. Sie sagt nicht viel, aber durch ihre sparsamen und gezielten Fragen betrachte ich danach belastende Tatbestände aus völlig unbekannten Blickwinkeln. Ich lerne, zu *verstehen*. Und das lindert ungemein. Ich staune immer wieder über die menschliche Hirnfunktion. Als detailliertes Beispiel habe ich leider nur mich selbst. Bei mir komme ich auf unglaubliche Denk- und Handlungsvorgänge, wenn ich mein Verhalten auf bestimmte Ereignisse hin untersuche.«

Helene: »Deine Ausdrucksweise könnte ich manchmal am Gericht gebrauchen.«

»Ich wollte ja nur sagen: Mit Claire habe ich gelernt, meine Empfindlichkeit, die nun mal zu mir gehört, anzunehmen und auf ein erträgliches Maß zu bringen. Durch meine extreme Schwarz-Weiß-Sicht habe ich all den Graustufen im Leben gar keine Chance gegeben. Dabei sind die so wichtig, das weiß ich jetzt.«

Nina: »Wann hast *du* denn mal schwarzgesehen?«

»Früher wollte ich alle, die mich geärgert haben, mit Entzug strafen. Radikaler Entzug von mir. Zu warten, bis alle Deppen tot sind, wäre vielleicht auch eine Strategie. Aber das kann sich ziehen, und ich muss damit rechnen, dass ich vorher dran bin. Jetzt meide ich die Deppen zwar auch, aber nicht so radikal wie früher. Ich erkenne die Zeitverschwendung und lasse die Zusammenkünfte allmählich auslaufen. Zeit wird am Ende immer wertvoller für mich.«

Da wären wir wieder. – Am Ende habe ich doch Angst vorm Altwerden. Oder vorm Sterben. Das müssen wir noch ausführlich in der Runde behandeln.

Helene: »Pass nur auf, Nina, mit deiner nervigen Fragerei. Deinetwegen werden wir vielleicht noch *allmählich* ausgeladen.«

Nina bewirft Helene mit meiner schönen Tischdeko.

»Mit Claires Profiunterstützung jedenfalls habe ich mir immer prima geholfen. Damals musste ich etwas tun. – Kurzfristig hatte ich beschlossen, ins Kloster zu gehen.

Nicht lange. Nur bis ich meinen Tiefpunkt nach der Trennung von Konrad ein wenig überwunden hatte. Ich hatte sogar Selbstmordgedanken.«

»Mama – waaas?«, ich hatte Jasmin irgendwie vergessen. »Warum hast du nicht mit mir darüber gesprochen, da war ich doch schon über dreißig!«

»Na ja, Mausi – würdest du Anni erzählen, wenn es bei dir so wäre? Es ist egal, wie alt die Kinder sind. Du willst sie als Mutter fernhalten von deinen Schwächen.«

»Vielleicht – ja. Es tut mir nur so leid, dass du das allein durchmachen musstest, und ich wusste nicht mal was davon. Für mich sah es so aus, als war die Trennung von Papa für dich einfach nur vernünftig und notwendig.«

»Schon gut, Mausi, es war meine Entscheidung, und ich hab's überlebt. – Die heilsame Wirkung meines Klosterbesuchs ist eingetreten, verzögert zwar, dafür aber lang anhaltend. Vermutlich kreiseln im akuten Zustand zu viele schmerzhafte Gedanken im Kopf herum. Mein Hauptanliegen wurde letztendlich erfolgreich behoben. Ich ärgere mich zwar kurzfristig genauso intensiv, aber nicht mehr so lange über solche Mitmenschen, deretwegen ich früher manche schlaflose Nacht verbracht habe: den unfähigen Chef, die niederträchtige Kollegin, die angebliche Freundin, meinen Mann, der woanders gefrühstückt hat … Claire hat mich einmal gefragt, ob ich mir denn wünschen würde, dass alles so geblieben wäre zwischen Konrad und mir. Ich habe lange nachgedacht. Wir kannten uns so lange und hatten viel miteinander erlebt. Aber kann das ein Grund sein, um zusammenzubleiben? – Für mich nicht mehr, unsere Ehe war nicht gut. Ich habe andere Ansprüche.«

Nina: »Die Blödheiten der anderen wird kein Mensch ändern können. Was mich so ärgert, sind meine Nichtreaktionen auf die Dummheit und Arroganz der vielen Minderbemittelten, mit denen ich so zu tun habe. Aber ich habe es auch geschafft, das alles als einen Teil meines Lebens zu betrachten, der mich weiterbringt. Oft erwische ich mich dabei, wie ich das Gefühl von Wut oder auch Wehmut sogar ein bisschen liebe und es vielleicht auch manchmal herausfordere. Das gibt meinem Leben vermutlich erst den richtigen Kick. Auch jetzt noch mit – na ja – Mitte sechzig.«

Helene tut sich immer schwer bei solchen hypothetischen Diskussionen. Sie ist mehr der rationale Typ. »Ich habe mich früher auch oft im Stillen geärgert über irgendwelche Esel, mit denen ich zu tun hatte. Das kam erst mit den Jahren, mal jemandem richtig die Meinung zu geigen, wenn er mich nervt.«

Für mich konnte das Helene schon immer. Sie wollte nur etwas beisteuern, damit wir uns gut fühlen. Dafür lieb ich sie.

Nina ist fasziniert vom Klostergedanken. »Wie bist du denn auf das Kloster gekommen? Mönche sind zu beneiden. Den ganzen Tag meditieren sie und haben keine Sorgen oder Krankheiten, wegen ihrer Enthaltsamkeit. – Gab es da echte tibetanische Mönche?«

»Nicht ganz. Ich war in der Bretagne. Den Kontakt zu diesem Zenkloster bekam ich von Edmée, mit der ich in Lourdes ins Gespräch kam. Die Adresse hatte ich mir für Notfälle aufgehoben. – Aber das finde ich interessant, Ninalein. Willst du wirklich so leben? Denn du könntest es tun, es steht jedem frei, wie ein Mönch zu leben. Ich habe mir das auch oft gewünscht. Dann habe ich mich erinnert, was meine Großmutter sagte, wenn ich mal Sorgen hatte: *Wenn jeder seinen Rucksack in einen Raum werfen würde, und du hättest die Wahl, Mathilda, glaubst du nicht, du wür-*

dest unter all den scheinbar besseren deinen eigenen Rucksack wieder an dich nehmen? – Als Erleuchtete hättest du zwar keinen Ärger, keinen Schmerz, aber auch keinen Spaß und kein überschäumendes Glücksgefühl. Nur Eintönigkeit. Wie eine gut verträgliche fade Suppe. Du würdest jetzt nicht hier sitzen, Ninalein, wenn du wirklich so leben wolltest.«

»Gut, vielleicht nicht auf Dauer. Aber mal probehalber. Wie war denn da der Tagesablauf, und wie warst du untergebracht? Hast du im Schlafsaal kampiert mit dem Rest der Meute?«

»In dem riesigen Gemäuer hätte jeder fünf Zimmer haben können. Ich hatte ein eigenes Kämmerchen mit vergittertem Fenster und einem kleinen Waschbecken. Dusche und Plumpsklo waren draußen vor dem großen Tor.«

»Oh Gott, ich würde mir in die Hose machen. – Schon vorher.«

So alt wie sie ist, Nina glaubt alles. – Andererseits gibt es ja auch viele unglaubliche Dinge auf der Welt.

»Natürlich gab es Duschräume und Wasserklosett, Ninalein. Auf den Gang musste ich allerdings schon dafür gehen. Unter normalen Umständen wäre mir ein bisschen unheimlich gewesen auf den breiten Fluren. Der nackte Steinboden und die Kruzifixe an den Kalkwänden… aber eigentlich war mir egal, ob da gleich ein Gespenst kommt und mich mitnimmt. Ein bisschen wäre es mir sogar recht gewesen. – Es gab nur elf Bewohner. Mit mir zwölf. Für Fremde ist das Kloster normalerweise unzugänglich. Morgens wurde ich um sieben Uhr geweckt von Schwester Antoinette.«

Nina: »Ich hoffe, die hatte ihren Kopf noch dran.«

»Weiß nicht mehr, ich war im Ausnahmezustand. Nach der Katzenwäsche ging es raus. An den mächtigen Säulen im Innenhof wucherten armdicke Schlingpflanzen mit riesigen Blüten; fast wie im Märchen. In der Mitte vom Hof plätscherte eine Quelle über einen dicken Stein ins Kiesbett. Das Morgenritual hielten wir jeden Tag zusammen ab. Vierzig Minuten atmen und schweigen im Lotussitz.«

Nina hat inzwischen Zettel und Stift rausgekramt. »Hast du die denn verstanden? Ach ja, du sprichst ja französisch. Mist, könnte ich also sowieso nicht machen.«

»Viel gesagt wurde nicht. Da hättest du nicht mal den Grundwortschatz gebraucht.«

Helene nimmt einen ordentlichen Schluck Wein. »Mir würde das Gruseln kommen in so einem Verlies mit lauter Fremden. Da würden mich keine zehn Pferde hinkriegen.«

»Wenn du einmal so weit bist, dass dir alles egal ist, ist dir alles egal.«

»Verstehe … Raus und weg, wenn es mir reicht, das habe ich auch schon gemacht. Ich bin nur halt nicht der Klostertyp.«

Nina bekritzelt schon die Rückseite ihres Notizblattes. »Und wie ging der Rest des Tages vonstatten?«

»Für dein Protokoll: *Man sammelt die Zerstreuung und zentriert seinen Geist. Alles konzentriert sich auf die Atmung.*«

»Ach bitte, Mathilda. Ich will ja nicht unbedingt dorthin, aber du bist die Einzige, die ich kenne, die schon leibhaftig in einem Kloster war.«

»Aber Schatzi, mit Vergnügen erzähle ich dir das haarklein. Ich muss nur mal ein bisschen in meiner Erinnerung kramen. Man wird ja nicht jünger.«

Ist ja gut, Mathilda; du siehst toll aus und hast noch viele schöne Jahre vor dir, kapiert?!

»Um acht Uhr morgens gab es im Teehaus am großen Teich für jeden eine Schale Grüntee und eine Handvoll

Beeren und Nüsse. Anschließend folgten ein paar Stunden leichte Gartenarbeiten. Pflanzen, jäten, ernten, Laub sammeln … Es war ein wunderschöner lauwarmer Herbst. Wenn ich nicht so niedergeschlagen gewesen wäre, hätte ich auch einen Blick dafür gehabt. Es stand mir frei, auch nur im Zengarten Wellen zu ziehen. Habe ich vormittags auch oft gemacht, obwohl ich dazu erzogen bin, produktiv zu sein und nicht nutzlose Dinge zu tun. Unglaublich, wie einem anerzogener Leistungsdruck bis ins hohe Alter nachhängt. Ich schätze, durch meinen Ausnahmezustand war mir meine Erziehung schnurzegal. Ich war ganz stolz auf mich und wollte das unbedingt in Zukunft beibehalten. – Die Zenlehre sagt, Quellwasser reinigt den Geist. Jeder hatte eine Wasserflasche umgebunden, die er an der Quelle nachfüllen konnte. Zum Mittag gab es Reis oder Buchweizen mit Gemüse. Anschließend wandelte jeder für sich eine Stunde durch den riesigen Abteigarten, bevor es zur Mittagsruhe ins private Kämmerlein ging. Die ganze Zeit schweigen. Geredet wurde nur abends beim Zubereiten der Mahlzeit und vor der letzten Meditation.«

Helene will endlich das Thema wechseln und gleich mal dezent auf den Hauptsinn unserer wöchentlichen Zusammenkunft hinweisen.

»Essen die hauptsächlich *rohes* Gemüse, oder wird da richtig gekocht?«

»– Also, die Gemeinschaft dort schwört nicht nur auf Kraft durch Ruhe und bewusste Atmung, sondern auch auf Gesundheit durch makrobiotische Ernährung. Die bestand aus Vollkorngetreide mit Biogemüse, Algen, Früchten, Samen und Nüssen. – Manchmal gab es Weißfisch oder rohes Gemüse, doch der Großteil wird bei der makrobiotischen Küche durch Dämpfen, leichtes Kochen oder kurzes Braten mit Holzlöffel und Alugefäßen zubereitet, kein Schwermetall oder Plastik. Serviert wird in Keramikschalen. Wichtig ist langsames Kauen. Makrobiotik bedeutet langes Leben. – Langes, gesundes, schönes Leben …«

Nina: »Jetzt weiß ich, warum wir bei dir kaum Fleisch kriegen. Na, man gewöhnt sich an alles.«

»Ich kann euch sagen, die sehen dort alle jünger aus, als sie eigentlich sind, und wirken so vollkommen ausgeglichen und ruhig.«

Helene: »Genau das wollte ich wissen: wie die ihren Jungbrunnen erschaffen. Wenn ich das so höre, kriege ich direkt Lust auf Meditation und Makrobiotik. Früher habe ich mich schon deshalb dagegen gesträubt, weil meine Mutter mir ständig ihre Gesundheitsthesen gepredigt hat.«

So – jetzt bin ich wieder mal platt. Ich kann meine Cousine Helene ganz und gar nicht einschätzen. Aber das macht für mich auch ihren Reiz aus. Ich dachte, sie will diesen ganzen Kram gar nicht hören.

Nina kennt Helenes Mutter nicht: »Deine Mama hat es sicher nur gut gemeint, aber ich glaube, das erzeugt Stress, nicht nur beim genötigten Zuhörer, sondern auch beim Prediger: aus voller Kehle anderen seine Weisheiten und Ansichten aufzwingen zu müssen. Und emotionaler Stress ist das, was einen fertigmacht. Gerade bei der Lebensführung hat jeder seine eigenen Vorstellungen, und man sollte das auch jedem zugestehen, wenn man nicht nach seiner Meinung gefragt wird. Wenn du gesund leben willst, hast du alle Möglichkeiten, dich zu informieren. Allein im Internet kann sich jeder seine eigenen Theorien bestätigen lassen: Du kannst den ganzen Tag saufen und findest dazu, dass warmes Bier gut für die Nieren und Rotwein gut fürs Herz ist. Und ein Verdauerli oder zwei töten alle schädlichen Keime ab. – Du futterst dir ordentlich Speck an, damit du über die nächste Krankheit kommst. – Du rührst dich kaum aus deinem Fernsehsessel, denn du kennst Sportler, die sich schwer verletzt haben, oder sogar einige, die dran glauben mussten, weil sie sich bewegt haben.«

Helene: »Oder du rennst jeden Morgen wie eine gesengte Sau übern Acker, knabberst nur Grünzeug und Körner und denkst, dein Leben verlängert sich dadurch. – Jeder baut sich seine Welt und wird damit vielleicht sogar steinalt.«

Nina: »Oder du kommst nichtsahnend auf der Gesundheitsmesse in Halle drei, und ein Haufen Alte sitzt im Kreis, und jeder lacht sich schlapp in seiner ganz eigenen Tonlage.

So, als wollten sie in einer halben Stunde mit Gewalt ihr Leben verlängern, die Pralinen und den Schweinespeck der letzten Jahrzehnte mit dem Zwerchfell aus sich rausjagen.«

Helene: »Ja, und beim kostenlosen Sehtest: Da stehen die Maulwürfe mit ihren Flaschenböden in der Schlange, die eh schon wissen, dass sie blind sind. Und ich, die ich mir sagen lassen möchte, wie tadellos mein Sehvermögen noch ist, komme nicht dran.«

Jasmin: »Die Alten sind die Hauptklientel von Gesundheitsmessen und hatten noch nie so ein großes Ohr für ihre eigene Gesundheit wie heute. Ist auch gut so. Ich meine, das Ganze mit Bewegung und gesunder Ernährung ist ja auch wichtig. Aber Ninalein hat schon recht: Andauernde Unruhe oder unterschwellige Angst, Wut, Ärger und Besserwisserei erzeugen Stress, das eigentliche Gift der Menschheit. Und dieses *Mit-aller-Macht-gesund-sein-wollen* tut keinem gut, denn das resultiert aus der unterschwelligen Angst vorm *Pflegefall-werden* oder *Löffel-abgeben-müssen*. Diese Angst ist das eigentlich Ungesunde. Wirklich schlechte Karten, um gemütlich alt zu werden.«

Nina: »Aber doch nicht alle, die auf ihre Gesundheit achten, haben diese übermäßige Angst. Ich habe jedenfalls ein gutes Gefühl dabei.«

Jasmin: »Ja, Ninalein, das ist der Punkt. Du achtest auf deine innere Stimme und arbeitest an dir. Du passt auf, dass sich Angst nicht ausbreitet und zu deinem Lebensmittelpunkt wird. Und dafür sind Gespräche da. Ich hatte jemand ganz Bestimmten im Auge bei meinen Ausführungen, eine Kollegin von mir, die ist dann vor lauter Stress, Angst und Zwistigkeit mit ihrem Mann gestorben. Das habe ich jetzt aus Versehen verallgemeinert.«

Ich weiß, wen Jasmin meint: keine Kollegin, sondern Helenes Mutter, meine Tante. Die war wirklich extrem. Das vermeintliche *Gesundleben* mit übertriebenen Sport und Salatblättchenpicken wurde bei ihr zur Obsession und die ständige Streiterei mit ihrem Mann gab ihr sicher den Rest. Den Stress hat sie sich selbst auferlegt. Letztendlich ist sie als Fliegengewicht, die nichts mehr drin behalten konnte, an Magersucht gestorben. Keiner von ihrer Familie hat es bemerkt, was allerdings normal ist. Bei sich selbst und der eigenen Sippe erkennt nicht mal der geschulte Mediziner ein offensichtliches Krankheitsbild. Nur für Außenstehende und aufmerksame Krankenbeobachter wie mich ist alles sonnenklar. Aber mich hat ja keiner gefragt.

Ganz gleich, welches Gewebe ich je untersucht habe, die Zellen von Mager- und Fettsüchtigen waren beide gleich erschreckend verändert. Aber wer findet schon ein gesundes Mittelmaß … außer mir …

Jasmin: »Es gibt nur einen Weg, um gemütlich alt zu werden. Ohne sich gehen zu lassen, natürlich: *totale Gelassenheit* zur Lebenseinstellung machen und auf seinen gesunden Menschenverstand hören. Das beweisen schon allein die Landstriche, in denen die Bewohner über hundert werden. Davon gibt es einige auf der Welt, die noch nicht einmal geografisch etwas miteinander zu tun haben. Deren Lebensstile könnten unterschiedlicher nicht sein. Aber eines haben sie alle gemeinsam: *unerschütterliche Ruhe*. Ich glaube, von allen Komponenten, die Gesundheit und ein langes Leben fördern, ist die tägliche Portion Gelassenheit die wichtigste. Dann kann man auch wieder seinem Verstand ein Ohr schenken.«

Mein Töchterchen … Das mit der Gelassenheit ist *zufällig* auch mein Ziel. Und so oft wie möglich seinen Verstand einsetzen und über sein eigenes Verhalten nachdenken, könnte auch nicht schaden.

Helene: »Das erinnert mich an einen Richter am Oberlandesgericht. Kein einziger Mensch ist mir jemals untergekommen, der dermaßen entspannt war. Und ich kenne viele. Er war noch ziemlich jung für seine Position, eher schmächtig und nicht gerade eine Schönheit. Aber nicht nur, dass es eine Wohltat war, mit ihm zusammenzuarbeiten; diese Kombination aus – man kann fast sagen – unschuldiger Jugend und erwachsener Gelassenheit hat ihn wahnsinnig attraktiv gemacht. Selbst ich fand ihn… ziemlich appetitlich.«

Also müsste ich mir merken, dass Gelassenheit auch noch appetitlich macht. Das nenne ich mal eine Motivation:

»Ich wünsche mir so sehr, entspannt zu sein, mich in Geduld zu üben. Das Kloster hat mir dabei sehr geholfen. Ich hatte wieder ein kleines Fünkchen Lust, die Dinge neu anzupacken und mich neu auszurichten. Seitdem meditiere ich, wann immer ich kann. Wenn ich Walnüsse knacke …«

Nina: »Mit deinem Hintern kannst du das ja schon lange nicht mehr.«

Jasmin: »Was – meditieren? Nein, ich glaube, das geht nur mit dem Oberstübchen.«

»Ihr zwei Pfeifen könnt ja sagen, wenn ich euch langweile.«

»Ach, Mama, los, erzähl weiter. Ist ja schön, dass ich auch mal erfahre, wie dein Wellnessurlaub in Frankreich in Wirklichkeit war.«

»Das war's eigentlich klosterbezüglich. Vorm Schlafengehen Tai-Chi nach Klangschale und Abendmeditation, bevor jeder der Insassen gegen neun Uhr auf sein Zimmer getippelt ist. – Ich betreibe nicht die klassische Meditation, denn die bedeutet wohl, mit den Gedanken bei der Sache zu sein, die du gerade machst. Bei mir ist es so: Wenn ich vielleicht gerade Papayakerne zusammensammle und in ein Gläschen fülle, denke ich über Dinge nach, die mich gerade beschäftigen, zum Beispiel: Wie sah ich aus in meinem letzten Seminar? Hat meine Perlenkette zu dem roten Blazer gepasst, oder hat mich das noch älter gemacht? Wie wird mein Verhalten bei den Teilnehmern angekommen sein? Hat bei mir den gleichen positiven Effekt, wie wenn ich denke: Ich sammle jetzt Papayakerne zusammen. Du darfst nur nicht denken: Was muss ich denn noch alles erledigen?«

Eigentlich dachte ich, Nina ist so fasziniert wie ich selbst von meinem Monolog vom Meditieren und Gelassenheit finden und so.

Nina: »Ich habe dich noch nie mit einer Perlenkette gesehen. Und was machst du denn mit Papayakernen?«

»Also, nach dem Fruchtverzehr sondiere ich die Kerne auf ein Küchentuch und trockne sie. Getrocknet fülle ich sie in die Gewürzmühle und gebrauche sie wie Pfeffer. Frische Kerne schmecken wie Gartenkresse, und getrocknet sind sie nicht so scharf wie Pfeffer, blasen aber trotzdem die Gefäße durch.«

Nina bekritzelt den nächsten Zettel von ihrem Notizblock. Anstatt sich immer mal was zu merken, wenigstens bis sie zu Hause ankommt … Gesagtes einprägen und im Nachhinein daran erinnern, das trainiert doch die träge graue Masse. Also, ich hätte Angst, dass ich langsam verkalke, wenn ich das nicht regelmäßig üben würde. – Allerdings vergesse ich durch diese raffinierte Taktik auch schon mal was Wichtiges. – Na ja.

Nina: »*Küchenarbeitsmeditation*. Muss ich auch mal probieren. Ist vielleicht effektiver, als sich an der Volkshochschule mitten in einer Gruppe gähnender und pupsender Aspiranten auf sein Mantra zu konzentrieren.»

»Ja, Ninalein, bei der Küchenarbeit hatte meine Gedankenwelt schon etliche Ausschweifungen, und inzwischen glaube ich wirklich manchmal, dass alles so ist, wie ich es mir vorstelle.«

Helene: »Kein Wunder, dass du so viel allein sein musst. Du hättest gar keine Zeit, dich um deine Ausschweifungen zu kümmern, wenn dir ein Mann deine Ordnung durcheinanderbrächte. – Manchmal beneide ich dich um deine Freiheit. Bei Ralph schlägt zu seinen bisherigen Eigenarten das Alter obendrein langsam, aber sicher zu.«

Nina: »Erzähl.«

Helene: »Nicht nur, dass er schlechter hört und sieht, er hat so komische Anwandlungen manchmal. Wir sind eingeladen, und er sagt zum Gastgeber: Vorhin habe ich Martin auf der Straße getroffen, den kennst du doch auch. Ich habe gefragt, ob er mit seiner Frau mitkommen will, das wäre bestimmt lustig geworden, was meinst du? Aber die beiden hatten leider keine Zeit. – Alle schauen betreten auf den Boden, und er merkt *überhaupt nichts*. Den kann ich doch nirgends mehr mit hinnehmen. In einem

Jahr geht mein Ralphi auch noch in Pension. Da kann ich meine Autonomie in den Wind schießen.«

Nina: »Du hast ja immer noch deinen Anwaltsjob. Und nach Feierabend kannst du dir deinen Freiraum schaffen. Dein Riesenbüro zu Hause – da könntest du dich schön reinverkrümeln. Andere müssen plötzlich mit Renteneintritt im Neubaustall täglich aufeinander hocken. Das könnte dann schon eher beängstigend sein.«

Helene: »Wenn ich in zwei Jahren auch in Rente gehe, muss ich *jeden* Tag *jede* Mahlzeit mit ihm einnehmen. Ich darf gar nicht dran denken.«

Nina: »Deswegen lernen wir mit Mathilda, gesunde Mahlzeiten mit wenig Aufwand zuzubereiten. Du zeigst ihm das Kochen oder stellst ihm mal was zum Aufwärmen hin und gehst deiner Wege.«

Jasmin: »Das ist nicht zu unterschätzen, wenn sich solche gravierenden Lebensumstände zwischen zwei Angetrauten ändern. Du hast aber den Vorteil, Helene, dass du schon vorher nachdenkst, was passieren könnte, und kannst dich darauf einstellen. – Vor einer Weile hatte ich mit meiner Freundin Sandra beim Kaffeeklatsch das Thema Ruhestand drauf. Sie ist Hausfrau und bekam schon ziemlich früh Angst um ihren Freiraum, wenn ihr Mann später immer zu Hause sein sollte. Sie konnte nachts nicht mehr schlafen deswegen. – Wir hatten die Idee, dass sie einen Tisch in ihrem Lieblingsrestaurant bestellt, um mit ihm darüber zu sprechen. Da kommt ja schon eine ganz andere Gesprächsatmosphäre zustande als zu Hause. – Bei unserer Auswertung hat sie berichtet, sie hätten sich schon lange nicht mehr so gut unterhalten. *Er* war ganz erstaunt über ihre Sorge und hat sie total aufgerichtet. Alles kam zur Sprache: die Angst vor der Endgültigkeit, Hausarbeit, Zeiteinteilung, Einkäufe tätigen, Finanzen, Reviere abstecken und so weiter. Seitdem schläft sie wieder durch und freut sich sogar auf seinen Ruhestand.

Bei dir, Helene, mache ich mir keine Sorgen, du wirst aufpassen, dass sich nicht aus Versehen ein Alles-zusammen-machen-Tagesablauf einschleifen kann. Ihr zwei seid ja auch nicht so aufeinander eingeschossen, dass keiner was mit sich anzufangen weiß.«

Ich bin so froh, dass ich allein lebe. Ich werde Mausi mal beipflichten.

»Bei euch beiden habe ich da auch keine Bedenken, Helene. Aber ich kann mir vorstellen, wenn man den ganzen Tag synchron läuft, dass schon Kleinigkeiten zum großen Streit ausarten können, weil es sonst keine Höhepunkte mehr gibt. Da kommt dann die Midlife-Crisis.«

Jasmin: »Die kommt schon viel eher. Sonst hieße sie ja Endlife-Crisis.«

Bei Jasmin stören mich solche Anspielungen gar nicht. Das liegt wahrscheinlich daran, dass ich ihr schon als Baby den Hintern abgeputzt habe. Alles, was sie sagt, könnte auch von mir kommen.

»Ach stimmt ja, Mausi, außer dir stehen hier ja schon alle mit einem Bein im Grab.«

Nina: »Männer, die jedem Rock nachstellen, trifft die Midlife-Crisis bestimmt noch härter, wenn sie merken, dass sie bei den jungen Schönheiten nicht mehr ankommen.«

Ich steige ein. »Das glaube ich auch. Stell dir vor, du bist ein Mann. Fahrlehrer oder Arzt in der Klinik zum Beispiel. Du bist gewöhnt, mit dem Feuer zu spielen; die Mädels fahren auf dich ab. Es reizt dich, wenn mal eine harte Nuss dabei ist, umso schöner, wenn du sie geknackt hast. Aber noch bevor du dreimal sagen kannst: *Was bin ich für ein schneidiger Bursche*, sind deine Fahrschüler und die Lernschwestern jünger als deine eigenen Kinder. Du ziehst mit den Jahren alle Register und erreichst bei den jungen Fräuleins bald gar nichts mehr außer einem müden Lächeln. Geschweige denn, dass so ein hübsches Ding auch nur in Erwägung zieht, mit dir in die Kiste zu springen. Wobei du beim *Springen* wahrscheinlich auch schon deine porösen Knochen spüren würdest. Ja – das muss hart sein.«

Ich denke an Edgar. Der alte Wüstling hat nie etwas anbrennen lassen. Solche Erfahrungen waren bestimmt genauso erbarmungslos für ihn. Erst recht, als er in Rente gegangen ist. Da war plötzlich *alles* weg, wofür er gelebt hat: hübsche Schwestern, Patienten, an denen er sein Talent auslassen und seine Anerkennung finden konnte, der Schnack unter Kollegen, sich mal eine Warze hier und da zwischendurch entfernen lassen, der Frühsport auf seinem Arbeitsweg …

Nina: »Die Midlife-Crisis kommt dann mit voller Wucht. Wir alternden Frauen leiden vor uns hin, und die Männer ticken aus.«

Jasmin: »Ich finde, eine gute Prophylaxe ist, nicht ewig Zeit mit Zuständen zu verschwenden, die einen unzufrieden machen und in denen man darauf wartet, dass etwas passiert. Die Jahre rasen vorbei – und plötzlich merkst du, dass Herbst ist. Das lässt einen die Flucht ergreifen. Die willige Kollegin oder eine vielversprechende Internetbekanntschaft ist da ein Supersprungbrett. Und die nichtsahnende Ehefrau trifft es wie ein Blitz.«

Nina: »Glaubst du echt, das passiert nur Männern?«

Jasmin: »Nein, aber meistens.«

Helene bringt eine neue Flasche Wein aus der Küche. »Ich glaube, diese Midlife-Crisis trifft jeden. Den einen mehr, den anderen weniger. Ich habe das mit Ralph durch.«

»Mit deinem Mann?« Nina reißt die Augen auf.

»Nein, mit dem Pförtner aus meiner Kanzlei. – Natürlich mit meinem Mann, Ninalein.«

Wir sind baff.

»Es war kurz vor seinem dreiundfünfzigsten Geburtstag. Er war in der letzten Zeit davor ziemlich komisch, und ich hatte schon länger so ein unterschwelliges Gefühl. Das wurde mir aber erst später klar, nämlich als er mir eröffnete, dass er eine andere hat. Jetzt wusste ich, dass er sich nicht für mich seine Altersflecken hatte weglasern lassen. Er hatte sich neuerdings das Gesicht mit irgendwelchen Aufbaumitteln eingecremt und sich *selber* Jeans mit flottem Hemd und cooler Strickjacke gekauft.«

»... dass er eine andere hat?» Nina ist fassungslos. Jasmin und ich auch.

Helene erzählt weiter. »Mein erster Impuls war, um ihn zu kämpfen. Ich war im Ausnahmezustand. Mein eigenes Haus war mir fremd. *Nichts* war wie vorher. Ich war total benebelt. Ich bin spontan in ein Sanatorium in den Schwarzwald geflüchtet. Es gab dort eine gute Therapeutin. Gut für mich. In dieser Zeit brauchte ich wirklich eine. Ich habe damals auch Suizidgedanken kennengelernt. Wir haben über die Midlife-Crisis gesprochen, ich habe einiges darüber gelernt. Meistens betrifft es wirklich Männer. Sie können schlechter mit dem Älterwerden umgehen und wollen ihren Marktwert testen, ausreizen, was noch geht bei den Frauen. Wie ein Mann mit seinen körperlichen Veränderungen umgeht, bestimmt sein Selbstwertgefühl. Manche brauchen etwas Lebendiges und Jüngeres, um durch die Krise zu kommen, was meistens unverhältnismäßig hohe Schulden mit sich bringt. Andere schaffen es, mit materiellen Dingen da durchzukommen, die allerdings auch oft unverhältnismäßig hohe Schulden mit sich bringen. Das kenne ich aus meiner Kanzlei. Heutzutage betrachte ich die Ursache für den wirtschaftlichen Ruin bei meinen Mandanten mit ganz anderen Augen.«

Nina: »Deshalb sieht man so viele alte Säcke in flachen Straßenflitzern oder auf schweren Maschinen durch die Gegend kurven.«

Helene mag es nicht, gelöchert zu werden, aber ich glaube, jetzt will sie reden.

»Und dann?«

Helene: »Diese drei Wochen im Sanatorium waren genauso schrecklich wie hilfreich. Immer wieder habe ich mir Ralph mit der anderen vorgestellt. Ich kannte sie nicht, und mit der Ungewissheit klarzukommen ist schlimmer als die schlimmste Wahrheit. Meine Gedanken und Gefühle haben mich fast umgebracht. An dem Tag, als ich wieder nach Hause fahren musste, hatte ich wahnsinnige Angst vor dem, was kommt. Ich wollte nicht heim. Das Heim, das ich kannte, gab es nicht mehr. Am schwersten war der Abschied von der Therapeutin, die meine einzige Stütze war. Ich wollte sie am liebsten mitnehmen. Meine Welt war so unwirklich … Hätte ich mehr über diese ganze blöde Midlife-Crisis gewusst, hätte ich das Ganze vielleicht verhindern können.«

Gott – arme Helene …

Nina: »Dass du immer alles mit dir allein abmachen musst. Ich könnte das nicht. Wenn mir jemand etwas tut, wird das nach Möglichkeit immer an die große Glocke gehangen.«

Jasmin: »Du hättest es nicht verhindern können, Helene. Egal, wie nahe du Ralph stehst, du kannst niemals genau wissen, was in ihm vorgeht. Man sieht die Lawine fast nie kommen, kann sie also gar nicht verhindern. Aber diese idiotische Krise muss irgendeinen Sinn haben:

Als *Betrogene* würde ich wahrscheinlich nach all dem Schmerz einen völlig neuen Plan für mein restliches Leben entwerfen. Ich würde mir reiflich überlegen, ob ich ihm verzeihe. Als *Ausgetickte* würde ich mich fragen: Ist mir das Abenteuer wichtiger als mein Mann? Brauche ich Beständigkeit, oder hängt mir die Beständigkeit so zum Halse raus, dass ich sie nicht mehr will. Kann ich mir mein Glück so vorstellen? In beiden Fällen kriege ich Gelegenheit, gründlich darüber nachzudenken, was mir wirklich wichtig ist, *alles* kann ich nur für den Moment haben.«

Helene: »Ich glaube, er wollte nicht wirklich weg von mir. Ich wollte meinem Gefühl folgen und um ihn kämpfen. Doch es lag nicht mehr in meiner Hand. Wir haben viel geredet; immer wieder.«

»Es ist schrecklich, was dir passiert ist, Helene.« Ich nehme ihre Hand.

Mit schwimmenden Augen erzählt Helene weiter. »Wir haben uns oft im Café getroffen, denn er war ausgezogen. So viel und so ausführlich, wie in dieser Zeit habe ich mit Ralph noch nie geredet. Einige Sätze von ihm haben sich bei mir eingebrannt: Plötzlich sind die Jungs aus dem Haus, ich habe einen Bauch, graue Haare und Falten. Es war wie ein böses, lang anhaltendes Erwachen … Ich habe das Gefühl, dass meine besten Jahre vorbei sind … Ich funktioniere wie eine Maschine, stehe jeden Morgen auf und fahre zur Arbeit. Zweimal im Jahr machen wir Urlaub … Ich will frei sein und noch sehen, wie meine Chancen stehen, etwas ganz anders zu machen, womit ich vielleicht glücklicher bin. Da kam *sie* gerade recht, ich weiß, das ist gemein und rücksichtslos dir gegenüber. – Das war noch mal ein Messerstich. Er hat alles infrage gestellt, was wir zusammen hatten. Vor allem auch mich. Ich habe mich wie ein Niemand gefühlt, aber ich wusste, wenn ich ihn behalten will, sollte ich nicht ausrasten.«

Ich würde bei noch viel weniger ausrasten. Sonst müsste ich ersticken.

»Und wie seid ihr da wieder rausgekommen?«

»Nach *acht* endlosen Monaten kam er zu mir zurück. Er sagte, es tue ihm leid und ob ich ihm verzeihen könne. Erst später habe ich erfahren, dass bei *ihr* die Diagnose auf Multiple Sklerose gestellt wurde. Da war dann wohl die Abenteuerlust meines Mannes schnell verflogen. – Inzwischen ist er Chef seiner Abteilung und arbeitet viel. Er sagt, er ist glücklich und liebt nur mich. – Ein bisschen habe ich ihm verziehen. Er weiß aber, dass es kein nächstes Mal bei mir gibt. Und meine Bedingung war, dass wir *gemeinsam* zu einem Paartherapeuten gehen.«

Nina: »Habt ihr einen guten gefunden?«

»Der erste hat gleich gefragt, wie oft wir Sex haben, das hat mir schon gereicht. Der Typ war auch sonst wenig vertrauenswürdig. Jetzt haben wir einen guten, einfühlsamen, erfahrenen Herrn.«

Ich würde ja auch gern mal wissen, wie oft ihr Sex habt. Aber eigentlich auch wieder nicht. Bild – geh bitte aus meinem Kopf!

»Wir gehen jeden Dienstag um halb sechs hin. Ralph ist immer pünktlich und verschiebt jeden anderen Termin. Daran sehe ich, wie wichtig es ihm ist. Aber zugegeben – mein Misstrauen kann ich nicht ganz abstellen, wer weiß, ob das jemals möglich ist. Doch eines weiß ich: Es hilft nur, miteinander zu reden. Noch nicht mal was Tiefgründiges. Einfach quatschen. Wir gehen fast jeden Freitagabend aus oder samstags zum Frühstück ins Theatercafé. – Falls er nächstes Jahr mit dem Ruhestand wieder in ein

Loch fällt und ausbrechen muss, kann er hinbrechen, wo er will, aber nicht mehr in meine Richtung.«

Für mich klingt das nicht nach *verziehen haben.* Aber ich weiß jetzt, warum sie so einen Horror vor seinem Ruhestand hat.

In stiller Verbundenheit mit Helene stürzen wir unsere Weingläser leer.

Nina bringt eine neue Flasche Bordeaux aus der Küche. »Und – Mathilda – bist *du* in ein Loch gefallen mit deinem Ruhestand?«

»Kein Ding. Ich habe mich auf meine neue Freiheit gefreut. Die finanzielle Seite war geklärt, und ich konnte, in der Hinsicht entspannt, mit meinem zweiundsechzigsten Geburtstag auch meinen Abschied vom Vollzeitarbeitsleben feiern. Zugegeben, ein bisschen Wehmut war dabei. Alle haben ihr tiefstes Bedauern über mein Ausscheiden ausgedrückt. Ich war gerührt, dabei wusste ich doch, dass bald – Verzeihung – kein Schwein mehr an mich denken würde. Eigenartig, wie gern man sich beschwindeln lässt. Aber ich habe ja noch meine Seminare. Und die vielen Bücher, die ich lesen will. Langeweile kenne ich nicht.«

»Wer Langeweile hat, *ist* langweilig.« Jasmin zitiert ihre Mutter.

»Ja, mein Schätzchen. – Ein bisschen perplex bin allerdings an manchen Stellen schon. Neulich musste ich erst mal verdauen, dass mich einer als Rentnerin bezeichnet hat.«

Nina: »Ja, die Halbstarken werden immer frecher.«

»Das war mein Berater auf der Rentenstelle vom Versorgungswerk. Aber trotzdem.«

Nina: »Als *ich* vor drei Jahren in Rente gegangen bin, habe ich mich schon lange vorher aufs Ruhige-Kugelschieben gefreut. Nach über zwanzig Jahren Suchtberatung konnte ich kein traniges Jungvolk mehr sehen. Erst da habe ich kapiert, *wie* anstrengend es über die Jahre war, meine Person ständig an erbrachter Leistung zu messen. Wobei ich finde, das Gegenteil ist schlimmer. – Wie bei Frau Platzeck, die Straße runter. Der ist um sie herum alles egal, die sieht aus wie Schlump, und ihr Haushalt ist ein Paradies für Krabbelviecher. Die hat bei ununterbrochener Faulheit noch nicht mal ein Gewissen … – Ich selbst hatte mich nach meinem Eintritt ins Rentenalter nach ein paar Wochen platt geschlafen und hörte nach und nach jedes Wehwehchen husten. Sogar tagsüber konnte ich ganz ungestört meinem Tinnitus lauschen.«

Jasmin: »Hast du gewusst: Wer Tinnitus in den Augen hat, sieht den ganzen Tag Pfeifen.«

Nina: »Mich konnte nichts aufheitern damals. Depristimmung war angesagt. Jeden Morgen neu. Für meine Aquarelle hatte ich auch keine richtige Motivation. Zu jedem Anlass habe ich die Dinger verschenkt. In meinem kleinen Atelier hatte ich sie schon übereinander gestapelt. Ich musste mich selbst dezent darauf hinweisen, dass ich eventuell nur noch selten Einladungen kriege, weil man nun vielleicht keine Bilder mehr von mir sehen kann.«

Jasmin weiß, was sich gehört. »Deine Bilder sind wunderschön, und ich finde, du hast voll das Talent. Warum machst du denn nicht mal eine Vernissage?«

»Danke, mein Schätzchen. Eine Vernissage habe ich *einmal* gemacht. – Du unterhältst dich mit den geladenen Gästen, die praktisch verpflichtet sind, deinen Kram zu bewundern. Dabei gieren sie, noch nicht mal unauffällig, nur nach dem Prosecco- und Häppchentablett. – Mit Pinseln bin ich fertig. Ich habe lange überlegt, was ich in meiner Region Sinnvolles leisten könnte. Es sollte etwas mit Menschen sein, damit ich nicht ganz verblöde. Mit

Kranken oder Abhängigen wollte ich nichts mehr zu tun haben, und für Jugendliche oder gar Kinder habe ich keinen Nerv mehr.

Im Internet gibt es alles, was das Herz begehrt, ein unglaubliches Werkzeug. Ich habe mir erst mal Ideen geholt auf den Seiten für ehrenamtliche Tätigkeiten.«

Jasmin: »Ninalein kann sich immer so für das Internet begeistern, niedlich. Weißt du, es verschwinden immer mehr Senioren im Internet, weil sie *ALT* und *ENTFERNEN* gleichzeitig drücken.«

Nina: »Kannst dich ruhig lustig machen. Wenn ich eines nicht verlieren will, dann ist es meine Fähigkeit, wie ein Kind zu staunen über die Welt, ihre bunten Farben und ihre unerklärlichen Phänomene ... Aber das Internet ist nicht nur für uns Alte faszinierend. Unglaublich, was da los ist, in so einer Computermaschine.«

Schön, dass es Nina so geht wie mir.

Helene: »Faszinierend ist das Internet für mich auch immer wieder. Wenn du lange genug suchst, findest du dort wirklich *alles*. Für die Jüngeren ist das selbstverständlich, die können keinen Tag mehr ohne ihr geliebtes Spielzeug sein. Eigentlich schade, dass sie zu abgelenkt sind für lichte Momente. Früher sind die Philosophen und Dichter den ganzen Tag in der Botanik herumspaziert und haben schlaue Dinge behauptet. Wer von den Zwanzigjährigen macht sich denn heute eine Rübe über das, was jetzt ist, geschweige denn über ihre Zukunft.«

Jasmin: »Sag das nicht. Wenn ich manchmal die Aufsätze der Neuntklässler lese, denke ich: Von wem haben sie nur so eine Zukunftsangst eingetrichtert bekommen? Ein Schüler hat mal geschrieben: Wenn ich diese Lehrstelle nicht bekomme, ist mein Leben gelaufen ... – Als ob das ganze Leben von der ersten Lehrstelle abhängt. Natürlich werden die Weichen damit erst mal in eine Richtung gestellt, aber das bedeutet nichts Endgültiges. Wir leben in einem Land der unbegrenzten Möglichkeiten. Das gibt für mich immer den Anlass, mit meinen Schülern herumzuphilosophieren, und ich merke, wie sie aufblühen, weil es dabei um *ihr* Leben, *ihre* Wünsche und *ihre* Vorstellungen geht.«

Nina: »Das ist so wichtig, auf seine Mitmenschen einzugehen. – Ich für meinen Teil philosophiere jetzt ehrenamtlich mit alten Leuten und bin mitsamt meiner gedrückten Stimmung aus meinem bequemen Rentnerdasein wieder herausgekrochen.«

Uns kann sie ja nicht meinen …

Nina: »Es war bereits ein Vergnügen, meine Idee bis ins Detail zu entwickeln und dem Bürgermeister vorzulegen. So bin ich im Lesecafé auf Helenes Dorfquetsche gelandet.«

Jasmin: »Ach ja. Was machst du denn da eigentlich genau mit den Alten?«

Nina: »Wir treffen uns zweimal im Monat. Das Beste daran ist, alle Teilnehmer sind älter als ich. Der Gruppenälteste ist sechsundneunzig. Vorher wird abgesprochen, was jeder mitbringt. Statt Alkohol gibt es Kräuterelixier. Wir trinken Tee und essen belegte Brote, frisches Gemüse oder Mixed Pickles. Die erste halbe Stunde quatschen wir darüber, was in der Zwischenzeit so passiert ist. Mittlerweile kennt jeder die Verhältnisse des anderen. – Mopsfidel, wie die Damen mit den Herren kokettieren, kann ich euch sagen. *Dafür* gibt es keine Altersgrenze, das habe ich begriffen. Wenn ich nicht wüsste, dass keine Drogen im Spiel sind, würde ich denken, die sind mitunter bedröselt. Und schick angezogen sind sie. Die Damen hübsch mit Blüschen und Geschmeide und die Herren adrett mit

Hemd und Strickweste. Ich moderiere die Gesprächsrunde und sorge dafür, dass keine Rivalitäten oder Gehässigkeiten hochkochen, und vor allem sorge ich dafür, dass jeder zu Wort kommt.«

Jasmin: »Sehr umsichtig von dir. Kann aber ganz schön anstrengend sein. Wenn meine Schwiegereltern zu Besuch sind, versuche ich das auch bis zur Verzweiflung. Die beiden reden grundsätzlich parallel. Jeder fällt dem anderen ins Wort. Ist doch völlig Wumpe, wie die uninteressante Geschichte *wirklich* war, die einer von beiden gerade erzählt. Einfach nur anstrengend, diese Rechthaberei und Besserwisserei. Ich überlege mir immer dreimal, ob ich meiner Pflicht nachkomme und sie besuche oder einlade. Als Entschuldigung für *ins Wort fallen* meinen sie, sie hätten Angst, dass sie vergessen, was sie sagen wollten. Ihren Senf quasi. Mal ehrlich ... was für'n Verlust. Für ein friedliches Miteinander kann man seinen Senf schon mal unterdrücken, oder? Und dann hat der eine schlimmere Krankheiten und Schmerzen als der andere.«

Nina: »Genau. In meinem Oldieclub schnappt auch jeder Einzelne nach höchster Aufmerksamkeit. Gegenseitiges Übertrumpfen wird im Alter immer lustiger und offensichtlicher: Einer hat ein *noch* intelligenteres Urenkelchen als der andere, eine kann *noch* besser kochen als die andere, einer hatte einen noch schöneren Urlaub als der andere. Was Schmerzen und Krankheiten betrifft, konnte ich sie beizeiten dazu animieren, sich umgekehrt in den Mittelpunkt zu stellen, nämlich wer die *beste* Gesundheit hat für sein Alter. Das verlangt unbedingt nach viel diplomatischem Geschick, auch wenn es manchmal anstrengend ist, der Spaß überwiegt. Ich behandle alle mit Respekt und Anerkennung, jeder kommt mal zu Wort, fühlt sich ernst genommen und hat Spaß in der Runde. Das ist mein Ziel. Nach der Aufwärm- und Plauderphase spielt Oskar Klavier. Seine flottesten Stücke, hat er extra wieder neu einstudiert. Wer nicht mehr tanzen kann oder will, schaukelt im Takt. Ausgelassene Stimmung ist allemal, und es werden ordentlich Glückshormone ausgeschüttet. Sogar bei mir, und die halten jung. – Unser Altenkreis atmet jetzt auch nach Dr. Shioya. Ich habe mal erzählt, dass du das machst, Mathilda, damit du kerngesund steinalt wirst. Das hat gesessen. Die Oldietruppe hat mich förmlich *angebettelt*, zum nächsten Mal die Anleitung mitzubringen und mit ihnen zu üben. Seitdem steht das bei uns regelmäßig auf dem Programm. Zwei von meinen Alten behaupten, sie haben *überhaupt* keine Schmerzen mehr. Einfach fortgeatmet.

Maximilian sollte eigentlich ein künstliches Hüftgelenk kriegen, und Hedwig hatte so schweres Rheuma, dass sie nachts dachte, ihr zerfetzt es alle Glieder. Ihre Rheumawerte waren nach sechs Wochen Atmen wie bei einem jungen Hüpfer, die Bestätigung von ihrem Hausarzt hat sie überall herumgezeigt. Und Maximilian ist dank Dr. Shioya glücklich mit seiner alten Hüfte. Unser Bruno ist zweiundachtzig und hatte Bluthochdruck. Er sagt selber, dass er nie irgendwas am Hut hatte mit irgendwelchen Heilmethoden außerhalb der *richtigen* Arztpraxis. Seitdem er auch zu Hause nach Dr. Shioya atmet, hatte er schon nach fünf Tagen fast normale Werte und fühlt sich pudelwohl.

Eine Kräuterhexe haben wir auch dabei. Die hat für jede Unpässlichkeit Tinkturen, wo sie drauf schwört. Wir probieren sie alle aus. Ich glaube, wir haben gute Chancen, als *Club der flotten Steinalten* ins Guinnessbuch zu kommen.«

Ich kriege Lust, mitzumachen. An meinen verstaubten Flügel müsste ich auch mal wieder ran, damit nichts einrostet.

»Und wer finanziert das Ganze?«

»Die Alten bezahlen mich privat, denn ich habe das selbst angestiftet. Den Raum kriegen wir von der Gemeinde gestellt, weil der Bürgermeister froh ist, dass mal einer was für die Dorfbewohner macht. Jetzt sind wir schon fünfzehn, angefangen habe ich mit vier Alten. Mir macht es total Spaß, und ich höre gern ihre Geschichten von früher, die Sorgen mit der Familie, ihre Hoffnungen und Träume … Für den Club habe ich Regeln aufgestellt. Jedes Mitglied hat eine Kopie bekommen, und alle müssen sich daran halten. Eine davon ist: nicht chronisch jammern oder nölen. Erzählen und dabei auch mal traurig sein, ist in Ordnung, dafür ist der Club da. – Zusammen genommen ergibt das ein paar Euro und Anerkennung für mich, Glückshormone und sinnvolle Hilfe für mich *und* die anderen. Kurz nachdem ich da angefangen hatte, kam auch noch Anton. – Mein Leben ist ab dem Rentenalter perfekt verlaufen.«

Ich bin neidisch und will mitmachen. Aber die Blöße werde ich mir niemals geben und Nina fragen. Wenn ich es recht bedenke, will ich sowieso nichts mit Tattergreisen zu tun haben. Da fühlt man sich ja auch nicht gerade jünger. Obwohl – wenn die so gut drauf sind … Aber noch neidischer bin ich auf ihren Anton.

»Wie viel jünger als du ist Anton gleich noch mal?«

»Acht Jahre. Ich weiß … aber ich fühle mich durch ihn gut und so jung.«

Toll. Das auch noch.

Jasmin: »Ich habe das fast geahnt: In Rente gehen ist eine wunderbare Sache, wenn man mit seinen Möglichkeiten etwas anzufangen weiß. Ich freue mich jetzt schon darauf.«

Helene interessiert das mit der Atmung. »Was hat das

denn auf sich mit der Wunderatmung, kann ich auch die Anleitung haben?«

Jasmin: »Ich finde ja auch, Sauerstoff ist wichtig, aber was Mama da veranstaltet, ist schon ein bissel fragwürdig.«

»Ist kein Ding fragwürdig! Ich erkläre mal kurz für Helene: Also: Du setzt dich abends bequem mit der Decke um die Beine ans offene Fenster. *Einatmen. Beim* Einatmen wird heilender Sauerstoff zuerst in den Bauch und dann in die Lungen tief eingesogen. Die Killerzellen arbeiten jetzt am besten und nehmen Kurs auf krankes Gewebe oder kranke Gedanken, denn das funktioniert auch bei Depressionen. *Atem anhalten* und Schließmuskel zusammenziehen. Dabei strömt reine Heilkraft in alle Organe …«

Helene: »Wieso denn Schließmuskel zusammenziehen?«

»Weiß nicht. Damit niemand abhauen kann, vielleicht.«

Helene: »Okay – die Heilkraft strömt in alle Organe …«

»Im akuten Fall strömt die Heilkraft in dein Problemorgan, das stellst du dir detailgenau vor. Gehirn, Herz oder Bauchspeicheldrüse ... egal. Die Killerzellen schlucken die Störenfriede und speien sie in die Blutbahn, der Herzschlag pumpt den ganzen Kram in die Lunge. *Ausatmen.* Vollständig ausatmen, bis auf den Grund. Die kranken Zellen werden über die Luftröhre aus dem Körper geschleudert.«

Nina: »Kennst du *The green mile*? Der schwarze Riesenkerl atmet auch alles Kranke und Giftige raus.«

Helene: »Kann mich schwach erinnern.«

Ich erzähle weiter: »Ein Zyklus besteht aus: einatmen, Atem anhalten, ausatmen und einmal normal ein- und ausatmen. Das Ganze entspannt im Sitzen und fünfundzwanzig mal hintereinander. Damit du nicht mitzählen musst, stellst du dir den Wecker auf eine Viertelstunde.

Das haut hin. Nach dem Weckerklingeln bleibst du sitzen und denkst noch zwei, drei Minuten an deinen durch und durch glücklichen, gesunden Körper, der sich bei dir für die Sauerstoffkur bedankt. Störende Gedanken schalten sich bei regelmäßigem Üben mit der Zeit von selbst aus. Und Übung macht den Meister. Bei *Beschwerden*, egal welcher Art, machst du das *jeden* Tag um die gleiche Zeit. Am besten ist abends um fünf, halb neun oder für Spät-ins-Bett-Geher halb elf. Und nicht mit vollem Bauch. Bei *normalem* Befinden möglichst dreimal die Woche. Drei Tage hintereinander um die gleiche Zeit. Wenn du dir das zur Gewohnheit machst, kann dir nichts passieren. Krankheiten, Schmerzen, Ängste verschwinden, und deine Verfassung verbessert sich deutlich. Das ist mal sicher, denn Sauerstoff ist das Lebensmittel Nummer eins.«

Nina: »Dann kommt Wasser als Lebensmittel Nummer zwei.«

Nina-Schlaumeier. Hat sie auch erst von mir … – Pass auf, Mathilda, dass du nicht bösartig wirst. Ist doch schön, wenn sie mich zitiert.

Helene: »Du weißt ja auch genau, wie der Körper von innen aussieht, hast ja schließlich jahrelang welche aufgeschnitten und untersucht. Mir fehlt da ein bisschen die Vorstellungskraft.«

»Brauchst nicht zu wissen, wie so eine Fresszelle genau aussieht, einfach ein kleines Bläschen mit einem Riesenmaul, das die *kranke* Zelle verschluckt. Fertig. Kann gar nichts schiefgehen. Als Blutbahn stellst du dir eine Rutsche in Richtung Lunge vor. Mach es dir zur Gewohnheit, und es geht immer besser. Aber immer wieder interessant, wie Menschen auf dem Tisch mit gleichem Alter und Geschlecht unterschiedliche Schwerpunkte hatten. Seine einzelnen Körperabschnitte nutzt jeder anders; einer arbeitet viel mit dem Kopf, der andere macht ausgiebig körperliche Arbeit. Bewegung, Nervenzentrum, Ernährung … Bei der Gewebeuntersuchung kam ich manchmal zu erstaunlichen Entdeckungen über die Gewohnheiten der menschlichen Hülle zu Lebzeiten. Einer hatte eine total verhärtete Muskelplatte zwischen den Schulterblättern durch die Anspannung beim Fahren. Der war seit Jahrzehnten Kraftfahrer. Oder eine hatte eine steife Halswirbelsäule, knüppelhart. Die muss den ganzen Tag in den Computermonitor gestiert haben …«

Nina linst zu Helene. »Eine Beamtin kann's nicht gewesen sein, die kriegen eigentlich immer genug Erholungsschlaf.«

Helene: »Nur kein Neid.«

»Ich wollte nur sagen, monotone Arbeit über Jahre macht sich bemerkbar. Der eine hat völlig verkalkte Gefäße, abgenutzte Gelenke und brüchige Knochen, hat viel körperlich gearbeitet und schlecht gegessen. Damit muss er schon Ewigkeiten gelebt haben. Und – wird mit dreiundneunzig vom Auto überfahren. Der Nächste ist ein junger Bursche, voll fit und frisch, hat Bombenblutwerte und ist trotzdem genauso mausetot. Verunfallt, totgeschlagen, vergiftet oder ermordet. Pech gehabt. Kann dir immer passieren.«

Jasmin: »Was lernen wir daraus?«

Helene: »Jeder nach seiner Fasson. Und Zukunftsangst ist sinnlos und versaut dir den ganzen Tag.«

Nina hat scheinbar noch ein Wort im Ohr. »Was für ein Tisch überhaupt – dein Seziertisch etwa?«

»Ja, mein Hasi, der Seziertisch. Das Tranchieren, die Drecksarbeit oder auch innere Leichenschau ... hat meistens der Assistent gemacht. Ich weniger.«

Nina: »Hör auf, ich will das gar nicht wissen.«

»Als Pathologin habe ich nur einzelne Organe und Zellen untersucht im sauberen Laboratorium auf dem Objektträger unter dem Mikroskop. – Erst die letzten elf Jahre habe ich in der Rechtsmedizin verbracht und manchmal an der ganzen Leiche herumgeschnippelt. Nach der Todesursache forschen ist immer wieder aufregend. Ich hatte Gewaltopfer auf dem Tisch oder jene, die einfach nur in der Küche hingefallen und vor die Tischkante geknallt sind.

Sie kamen zu mir im Auftrag der Justiz. Da siehst du auch nebenbei, was der Unglücksrabe noch so hatte.«

Jasmin: »Ich habe meinen Freundinnen immer erzählt, meine Mama ist Ärztin. Basta. Stimmt ja auch. Mit einer Leichenschnippler-Tochter hätte wahrscheinlich niemand gerne gespielt. Aber vollkommen richtig, Helene: Jeder nach seiner Fasson. Jeder kennt Leute, die leben ungesund, bewegen sich kaum und werden trotzdem uralt. Da kommt wieder die Gelassenheit ins Spiel, schätze ich. Ist wahrscheinlich auch gar nicht vergleichbar.«

Nina: »Okay, aber nehmen wir an, wir haben einen Menschen mit gleichen Genen, Alter und gleicher Lebensgeschichte, Zwillinge vielleicht. Der eine hält sich fit, isst schön Obst und Gemüse und fast kein Fett und Zucker. Der andere ist übergewichtig, raucht, bewegt sich wenig und isst Fleisch und Süßkram. Was glaubst du, wer schmerzfreier und länger lebt?«

Jasmin: »Ist klar. *Wohl* den Unterbelichteten, die niemals über solche Thesen nachdenken werden. Trotzdem möchte ich nicht dazugehören. Mein bisschen Grips macht mir zwar oft das Leben schwer, ist mir aber sonst weitgehend sympathisch.«

Nina: »Vielleicht kommen die Unterbelichteten mit dem Leben deshalb so gut klar, weil sie ihrem Bauchgefühl folgen können, ohne dass der lästige Verstand dazwischenfunkt.«

Helene: »Die Unterbelichteten sind garantiert entspannter als du und ich. Die machen sich wenig Gedanken über das Lebensende oder ihre Gesundheit, wenn die leckere Currywurst und der Schokokuss winken.«

Jasmin: »Ich würde noch nicht mal sagen, dass die Ungebildeten entspannter sind. Die haben natürlich trotzdem ihre Sorgen, kein Mensch macht den ganzen Tag Luftsprünge vor lauter Glück. Aber jeder lebt in seiner geistigen Welt mitsamt den zugehörigen Gedanken, dem Wortschatz und den Manieren. Ich bin froh und dankbar, dass ich in eine gebildete Familie hineingeboren worden bin. Trotzdem ist jeder für sich selbst verantwortlich, auch mit schlechteren geistigen und finanziellen Voraussetzungen hat er in unserem Land alle Möglichkeiten.«

Meine Tochter ist ein echter Deutschland-Fan. Finde ich gut. Nationalstolz und Loyalität sind mir immer sympathisch.

»Ich glaube, Goethe hat schon gesagt: Das Denken ist zwar allen Menschen erlaubt, aber vielen bleibet es erspart.«

Nina: »Nicht jeder begreift aber im Oberstübchen, dass er alle Möglichkeiten hat. Oder will sie vielleicht auch gar nicht wahrnehmen. Unglaublich, was da manchmal für Ausreden kommen.«

Jasmin: »Ausreden findest du an jeder Ecke. Deswegen braucht das Land Sozialarbeiter wie dich, die dafür sorgen, dass auch solche ihr Leben auf die Reihe kriegen, wenn sie das aus eigener Kraft nicht schaffen. Trotzdem finde ich, das Land braucht Mitbürger von jeder Sorte. Denn wenn alle so wären wie zum Beispiel *ich*, gäbe es keine Astronauten, Klofrauen, Fabrikarbeiter, Unfallchirurgen, Pathologen …«

Helene: »Wenn alle gleich wären, wäre das wirklich langweilig. Erst die Mischung macht‘s. Ich habe immer das Gefühl, mein Gehirn braucht, wie der Rest des Körpers, regelmäßiges Training, um fit zu bleiben. Es macht Spaß, etwas zu wissen oder zu können, was nicht jeder kann. Ich glaube, Trägheit von Körper und Gehirn erzeugt Missmut und ist das beste Mittel, um ganz schnell alt zu werden.«

Jasmin: »Dafür brauchst du aber eine gehörige Portion Motivation. Ich bin froh, dass ich noch Energie und Antrieb für Neues habe. Manchmal kriege ich sogar das Flattern vor meiner eigenen Courage.«

Nina: »Aber gleich eine neue Sprache oder ein Instrument lernen, ist utopisch. Bevor das richtig Spaß macht, musst du es auch beherrschen. Mal ehrlich, wie willst du dafür in unserem Alter noch Antrieb finden?«

Jetzt muss ich mich mal philosophisch einklinken.

»Zwei unsichtbare Menschen können dir ganz eindrucksvoll dabei helfen, dich zu motivieren: einer, der dich liebt, und einer, der dich verachtet.«

Nina: »Und wenn dir solche zwei Menschen fehlen? Oder die Trägheit überwiegt trotz der beiden?«

Helene: »Auf jeden Fall brauchst du ein Gefühl, das stärker ist als der Hang zur Trägheit. Manchmal ist das nur eine lapidare Aussage von einem blöden Huhn, die in dir bohrt ... Ich hatte nach einem turbulenten Flug plötzlich tierische Angst vorm Fliegen. – Als Oliver, unser Ältester, in Südafrika gearbeitet hat, hätte ich ihn zwar gerne besucht, aber meine Flugangst war stärker. Besagtes Huhn, das meinem Sohn gar nicht kennt, außer dass sie ihn mal als Teenager gesehen hat, meinte zu mir, sie hätte schon mal mit ihrem Mann spaßeshalber im Internet nach Flügen gestöbert. Man müsste sich doch mal anschauen, was der Sohn der Nachbarin so macht im fremden Land und könnte das gleich mit einem schönen Urlaub verbinden ... Ab diesem Tag war klar, dass ich *jede* Angst überwinden würde, um ihn zu besuchen. Das Gefühl, das stärker war als meine Flugangst, war *Empörung* über dieses blöde Huhn, das *meinen* Sohn besuchen will. Und ich als Mutter soll mit meiner Flugangst zu Hause sitzen?!«

Nina: »Und – warst du dort?«

Helene: »Aber sicher. Es war das Größte für mich. Vorher habe ich noch die Flugangstbehandlung auf mich genommen. EMDR nannte sich das.«

Nina: »Das hat das Huhn aber gut gemacht. Kannst mal hingehen und dich mit einem Blumenstrauß für die schöne Zeit bei Oliver bedanken. Das nenne ich ein starkes Gefühl. *Empörung* über ein blödes Huhn.«

Helene: »So habe ich die Sache noch nie betrachtet.«

Nina: »Ist manchmal gar nicht schlecht, einer alten Frau zuzuhören, was? – Sag doch mal, Mathilda, woher *du* die Motivation nimmst, hier alles schön zu machen und zu erhalten. Du wohnst doch hier ganz allein.«

Ui. – Ich kann ihr nicht sagen, dass Helene der eigentliche Grund ist. Abgesehen davon, dass es jeder schön haben möchte, bleibt es oft beim Wollen ohne Motivation. Ich wollte meine Cousine immer beeindrucken, sie war mein Vorbild und mein Antrieb von klein auf. Ich fand sie klug und schön. Sogar als ich Medizin studiert und promoviert habe, musste ich immer daran denken, wie sie das wohl beeindrucken würde. Deswegen habe ich sie auch in der Gruppe. Wenn ich den Tisch decke oder mir etwas Neues zum Anziehen kaufe, denke ich dabei auch an sie. Ich will ihre Anerkennung ... Selbst heute noch, wo ich sie um Längen überholt habe.

Also lasse ich mir was einfallen:

»Das wurde mir antrainiert, wahrscheinlich von mir

selbst. Ich wurde stets von meinem Vater gelobt, wenn ich etwas gut gemacht oder auch nur mein Zimmer in Ordnung gehalten habe. Aber es gab auch Tadel. Wenn ich mal vergessen hatte, die Katze zu füttern zum Beispiel. Ich wollte ihn immer nur beeindrucken und von ihm Lob erhaschen. Es tat mir weh, wenn ich ihn enttäuscht hatte, das wollte ich um jeden Preis vermeiden. Es ist, glaube ich, selbst jetzt wo er schon lange tot ist, einfach so geblieben. Und ich liebe es, wenn alles hübsch ist und in Ordnung.«

Das stimmt mit Sicherheit auch.

Helene: »Was meint ihr, wieso macht jemand seinen Doktor oder geht gar als Professor an die Uni? Das machen die meisten für ihr Selbstwertgefühl oder weil sie glauben, in der Familie wird das so erwartet. Fast nie, weil du das für deinen beruflichen Werdegang brauchst. Aber heutzutage musst du ja Angst haben um deinen sauer erkämpften Titel, wenn dir einer was will.«

Nina: »Du kleine Leuchte brauchst sicher keine Angst haben. Keiner wird dir kurz vor der Rente abschreiben vorwerfen.«

Helene: »Das ist auch mein geringstes Problem.«

Nina: »Was ist denn dein nächstgrößeres?«

Helene: »Irgendwie muss ich mit dem Älterwerden und den damit verbundenen Problemen umgehen. Vielleicht ist diese Kamasutra-Atmung eine Lösung?«

Nina: »Was sind denn die mit dem Alter verbundenen Probleme? Außer Falten, Nachlassen der Kräfte, Vergesslichkeit und Schmerzen überall.«

Helene: »In der Reihenfolge.«

Nina: »Damit kann ich mich ganz gut arrangieren. Worüber ich mir aber den Kopf zerbreche ist, ich habe keinen, der mich besucht, wenn ich nicht mehr kann und einsam bin. Meine Patentochter wird sich nicht um mich kümmern, wenn ich Hilfe brauche. Soll sie auch nicht. Und Anton wird sich vielleicht woanders umschauen, wenn seine um einige Jahre ältere Frau vielleicht pflegebedürftig ist. Ich brauche aber das *Sich-Austauschen*, die Nähe anderer Menschen – schon immer.«

Helene: »Es gibt für nichts eine Garantie, Ninalein. Nachdem ich erfahren musste, dass auch eine Partnerschaft nichts Sicheres für die Ewigkeit ist, habe ich auch ein bisschen Angst davor. Kinder sind genauso keine Garantie. Meine Jungs werden von ihren Frauen dirigiert, da weiß ich nicht, was die mal für'n Flitz kriegen. Sie rufen zwar an, um zu fragen, wie es mir geht, aber kommen will keiner und sich sein schönes Wochenende oder seinen Feierabend mit den Eltern versauen. Im Moment stört mich das noch nicht, aber ich kann mir vorstellen, wenn ich nicht mehr arbeite oder mir es mal schlecht geht, dass mir niemand die Hühnersuppe vorbeibringt, Pfefferminztee kocht und sich um mich kümmert. Das Einzige, was du tun kannst, ist lernen, zuversichtlich in die Zukunft zu blicken, deiner Zukunft zu vertrauen.«

Da hat mein Cousinchen verdammt recht. Egal, was kommt, *vorher* kann ich mich nicht darauf einstellen, erst wenn die Katastrophe da ist. Aber in fünfundneunzig Prozent aller Fälle kommt ja keine.

»Vor Einsamkeit habe ich überhaupt keine Angst. Nicht nur, weil ich versuche, es mir mit meiner reizenden Tochter und Anni als einzige Enkelin nicht zu verscherzen. Ich sehe das so: Wenn du einsam bist im Alter, hast du dir das auch selbst zuzuschreiben, da kann mir dann auch keiner leidtun. Ich reflektiere regelmäßig mein Verhalten und weiß auch, dass ich Schwächen habe, aber die kenne ich und versuche, sie in etwas Positives umzuwandeln. Da ich die Schwiegereltern von Jasmin als abschreckendes Beispiel immer vor Augen habe, werde ich stets nachdrücklich daran erinnert, wie man es nicht machen sollte. Sie fallen sich ins Wort und zanken in Gegenwart anderer – egal vor wem. Ist wirklich beschwerlich, mit solchen Menschen seine Zeit zu verbringen. Aber die Krönung ist, sie machen Jasmin und Max Vorwürfe, wenn sie nicht anrufen, mit *Lebt ihr auch noch?* Oder *Ihr habt euch aber lange nicht gemeldet!* Sie langweilen sich. Knauserig sind sie außerdem. Mir macht es Spaß, den Kindern oder Anni mal einen Schein zuzustecken, das gehört für mich zum Großmuttersein dazu. Aber von den beiden kommen nur irgendwelche nach ihrem Geschmack ausgesuchten Geschenke, die Jasmin sofort an die Tafel gibt, damit sich überhaupt jemand freut. Ich finde, *jeder* kann an sich arbeiten und mal darüber nachdenken, *warum* sich einer nicht meldet. Es sei denn, dir fehlen einige Instrumente im Orchester.«

Helene: »Ich habe registriert, meine Söhne kommen viel öfter, seitdem ich *nichts* mehr sage in der Richtung: Na, lasst ihr euch auch mal wieder blicken. Ich bin ja lernfähig und stimme meine Instrumente immer mal neu.«

Jasmin: »Ich kenne viele, bei denen die neuronalen Verbindungen gestört sind, was Feingefühl für sein Gegenüber betrifft. Und die kommen nie auf den Gedanken, ihre Instrumente neu zu stimmen. Vielmehr, die Straßen zwischen den Synapsen zu reparieren, sodass sie durchgängig sind. Das ist nämlich unbequem und kostet Energie und Zeit. Aber bei dir, Helene, bin ich sicher, deine Söhne werden auch später immer zu dir kommen. Auch wenn sie von ihren Frauen gelenkt werden, denn du erwartest nicht zu viel, du weißt, dass sie ihr eigenes Leben haben. – Und Nina, deine Patentochter liebt dich und wird immer nach dir sehen. – Bei Mama kommt's auf ihr Benehmen an, wie oft ich sie besuche.«

»Freches Gör.«

Alt werden ist nun mal Voraussetzung für ein langes Leben. *Einsam* alt werden muss *keiner*, egal, ob er Kinder hat oder nicht. Genauso wie *gar keine* Familie kann einem eine zu *große* Familie das Leben schwermachen. Für mich ist klar, dass ich mal fünfundneunzig werde. Und das bei klarem Verstand und ohne Pflegebedürftigkeit. Und wenn nicht, kriege ich es ja nicht mit.

Fest steht: Der Gelassenere wird gelassener alt. Gelassenheit macht mich attraktiver, als ständig alles zu dramatisieren.

Flirten werde ich eben mit Männern einer höheren Altersstufe. Tote Mütter haben auch schöne Söhne.

Noch kann ich mir die Gelegenheiten suchen. Mir fällt das kleine Café in der Buchhandlung ein. Dort treffe ich auf jeden Fall keine Kleingeistigen. Gleich morgen werde ich hingehen.

• • •

Die erste Hälfte unseres Lebens versauen uns unsere Eltern.
... und Geschwister.
Und die zweite unsere Kinder.
... und Geschwister.

Mit meinen dreiundsechzig Jahren habe ich so gut wie keine familiären Verpflichtungen mehr. Meine Eltern sind schon lange tot, und Geschwister habe ich, soweit ich weiß, zum Glück keine. Meine Tochter Jasmin mit ihrem Mann und meine wohlerzogene Enkelin Anni sind mein ganzer Stolz. Natürlich sind sie nicht perfekt und machen mir auch mal Sorgen. Als Familie reichen sie mir völlig und sind bei mir fast jederzeit willkommen.

Donnerstag, 17. Oktober 2013

Wochentags spaziere ich bei Sonnenaufgang mit Lotti IV durch den Stadtpark, und wir schnuppern frische Morgenluft, bevor wir gemeinsam frühstücken.

Nicht, dass ich mühelos früh aufstehen kann, aber um diese Zeit ist selten einer unterwegs, und meine Ruhe ist mir heilig.

Heute Morgen muss die Sonne auch aufgegangen sein, aber sehen konnte ich sie durch die Nebelsuppe nicht. Normalerweise liebe ich die Luft an solchen Tagen, aber der Luftdruck war zu hoch. Ich musste ständig meine Ohrtrompete freipressen. – Auch gut: scheußlich draußen – gemütlich drinnen.

Den Rest des Tages verbummelte ich auf meinem Kanapee im Wintergarten mit Nietzsche, Waldbeeren und Grüntee. Mein Rentendasein könnte schöner nicht sein.

Frisch gebadet und frisiert sauge ich die saubere Abendluft ein, bevor ich die schweren Fenstertüren vom Wintergarten schließe. Zehn Minuten Stoßbelüftung morgens und abends sind für meine optimale Sauerstoffzufuhr unverzichtbar.

Das Tischtuch hatte ich heute Vormittag schon aufgezogen und das gute Porzellan bereitgestellt. Bald werden die anderen Genießer anrücken, und ich begebe mich voll Vorfreude in Richtung meiner frisch renovierten Gewölbeküche.

Lotti liegt auf ihrer Kuschelmatratze am Kamin und schielt zu mir herüber, bevor sie wieder ihrem Hundetraum verfällt.

Was für ein pflegeleichtes, kluges Tier. Sie versteht, was ich sage, und gibt mir stets die Antworten, die ich hören will. Wenn sie merkt, es geht raus, kann sie sich nicht beherrschen und wirft mit ihrem Wedelschwanz schon mal ein, zwei Stühle um. Hockt sie den ganzen Tag im Haus bei mir, freut sie sich auch. Und nachts besteht sie auf ihre Hütte draußen, weil sie ihre Pflicht, das Grundstück zu bewachen, entsprechend ernst nimmt.

Als Retriever-Jagdhund-Mischung kann sie einem mit ihrer stattlichen Größe und ihrer tiefen Stimme ganz schön Respekt einflößen. Ich würde als Einbrecher unbedingt draußen bleiben.

Heute Abend gibt es Linsensalat mit Tomaten, Räuchertofu und frischen Kräutern. Schon beim Gedanken an den Hauptgang fließen meine Glückshormone über: gegrillter Seeteufel mit Trüffel-Sherry-Sauce auf hausgemachter Pasta. Der Sherry muss natürlich vorher auf Geschmack und Konsistenz geprüft werden; danach arbeitet mein Kochlöffel wie geschmiert.

Jeden Tag möchte ich das aber auch nicht machen – aufwendige Mahlzeiten zubereiten. Muss ich zum Glück auch nicht. – Ich bin stets bemüht, mich mit *jeder* Beschäftigung schön entlang der *Spaßgrenze* zu bewegen, die Pflichtgrenze ist etwas ganz Hässliches oder die *Ich-schaff-das-nicht-mehr-Grenze*. Am schlimmsten ist die *Es-kotzt-mich-an-Grenze*. Die ist nicht nur aus meinem Wortschatz, sondern auch aus meinem Tagesprogramm, egal bei welcher Sache, für immer gestrichen.

Dank Jasmins Lehrstunden am Computer haben wir per E-Mail für heute ausgehandelt, dass Nina frischen Seeteufel vom Markt mitbringt und Jasmin die Zutaten für ihre Spezial-Creme-Brûlée. Helene und Edgar liefern erlesene Weine. Sie übertrumpfen sich gern als Weinkenner. Ich finde ja, die haben beide keine Ahnung. Aber wenigstens schleppen sie keinen Fusel an.

Mit all den Leckereien werden wir uns heute zusammen auf meiner Kochinsel und anschließend an meiner mit Liebe gedeckten Tafel vergnügen.

Ich danke dem lieben Gott jeden Tag für mein angenehmes Leben.

Als Edgar eintrudelt, habe ich mit den Damen die erste Flasche Wein bereits verkostet. Er lässt gern auf sich warten und wird schillernden Ausreden niemals müde. Heute muss eine Autopanne herhalten. Da kann man nichts dagegen sagen, schließlich ist er mit dem Taxi gekommen und die Fahrt von ihm zu mir dauert über eine Stunde. Damit kann er wenigstens ordentlich Wein tanken, denn er weiß, dass ich es scharf verurteile, wenn einer bedröselt Auto fährt.

Jasmin bedauert gerade mal wieder ihr Einzelkinddasein. »Ein großer Bruder wäre schön gewesen. Als Kinder hätten wir zusammen gespielt, und später hätte ich mit seinen Kumpels geflirtet. – Vor allem würde ich jetzt die Männerwelt besser verstehen.«

»Wenn du einen großen Bruder hättest, Mausi, müsste ich kurz nach meiner Konfirmation entbunden haben.«

Ich war mit *einem* Kind von Anfang an bedient.

Edgar: »Ich habe eine kleine Schwester – also, eine jüngere – die ist jetzt ... vierundsiebzig ...«

Seinem eingeschlafenen Gesicht nach, ist ihm sein eigenes Alter eben erst aufgegangen.

»... und ich weiß trotzdem nichts von Frauen. Ist mir ein Rätsel, wozu Geschwister gut sein sollen. Streit um Puppen und Bauklötze in der Kindheit, Neid und Konkurrenz in der Jugend und prügeln ums Erbe im Alter. Geteiltes Leid ist doppelt und dreifaches Leid.«

Edgar ist in dem Punkt mit mir auf einer Welle.

Nina: »Du hast mit Puppen gespielt?«

Ich überlege, ob ich verraten soll, *wie* gern er mit Puppen spielt ... Lieber zeige ich Jasmin weiter auf, wie gut sie es hat.

»Ich habe nie Bruder und Schwester vermisst. Wer weiß, mit wem ich mich sonst um mein wunderschönes Zuhause streiten müsste.«

Helene: »Jedes Mal, wenn ich mich mit meinem kleinen süßen Bruder gezankt habe, musste ich voller Neid an dich denken, Mathilda. Meine Cousine, als verwöhntes Einzelkind, muss mit keinem minderbemittelten Bruder irgendwas teilen und braucht sich nicht mit so einem herumzuärgern. Ich hatte immer wieder Hoffnung auf Besserung, aber über die Jahre ist es eher schlimmer geworden mit ihm.«

Das hat mich jetzt aber schon getroffen: Helene hält mich für ein verwöhntes Gör … Aber mal ganz ehrlich, Mathilda, na ja …

»Ich weiß noch, dass deine Mutter ihren kleinen Johann ständig in den Himmel gehoben hat, wenn ihr uns besucht habt. Dabei ist er ihr auf der Nase herumgetanzt. Vor *dir* hatte ich immer Respekt. Du warst für mich die schüchterne, wohlerzogene Große.«

Helene: »Meine Mutter hat schon damals Psychologen aufgesucht, obwohl das noch gar nicht in Mode war. Jede Woche gab es für meinen Bruder eine Stunde Einzeltherapie und eine mit Mutter, leider nur mit mäßigem Erfolg. Wenn unsere Familie abends am Esstisch saß und Johann wieder einen seiner Aussetzer hatte, sah ich ihre überlaufenden Augen. Sie weinte still vor sich hin, während sie ihre Salatblättchen aufpickte. – Mein Vater konnte damit überhaupt nicht umgehen. Er hat versucht, die ganze Situation zu ignorieren. Für mich war es schlimm, meine Mutter weinen zu sehen. Ich war entmutigt und desillusioniert. In einem solchen Moment war ich kurz davor, alle Hoffnung auf Besserung aufzugeben. Wenn nicht mal meine Mutter stark sein kann, wie sollte ich es dann als Kind sein. Ständig waren die alten Herrschaften gereizt. Ich bin durchs Haus geschlichen, als ob ein Wort eine Bombe hochgehen lassen könnte.

Stundenlang saß meine Mutter in der Stadtbücherei und recherchierte wegen seines Zappel-Aussetzer-Syndroms. Vor allem war sie auf der Suche nach der Ursache. Eine richtige Antwort hat sie bis zu ihrem Tod nicht bekommen. – Ich habe mich selbst lange damit beschäftigt. Heute würde man das Ding Aufmerksamkeitsdefizit-Hyperaktivitätsstörung nennen und das Kind wahrscheinlich mit Retinol ruhigstellen …«

Soll ich sie unterbrechen und sagen, dass Retinol vielleicht für die Zellerneuerung und die Augen gut sein kann? Das andere Zeug heißt Ritalin … Nein, lieber öfter mal die Klappe halten, Mathilda.

»… aber Drogen beseitigen ja nicht die Ursache. Für mich ist diese Anomalie ein komplexes Zusammenwirken von angeborenen, erworbenen und verstärkten Schwächen. Bei aller Einwirkung von genetischen Schäden liegt meine Betonung auf *erworben* und *verstärkt*. Und zwar durch ein schwaches Elternhaus und das daraus folgende mangelhafte soziale Umfeld. Klar ist, das sind keine ruhigen, pflegeleichten Kinder von Geburt an. Das zeichnet sich aber schon sehr früh ab, dann hat man als Eltern zu reagieren und muss so früh wie möglich handeln. Unbestritten eine große Aufgabe, aber es ist machbar. Das glaube ich auf jeden Fall. Zeig mir *eine* Mutter, die einem solchen Kind von frühester Kindheit an Grenzen gesetzt und Regeln aufgestellt hat, an die sich gehalten werden musste. Je später man damit anfängt, desto schwerer kriegt man die Kurve. Es ist eine Kunst, dem Kind spielerisch Grenzen und Regeln beizubringen, das Leben schmackhaft zu machen. Das setzt ein intaktes Familienleben voraus. Die Eltern müssen die Sache ernst nehmen und immer wieder gemeinsam überlegen, was zu tun ist und es nicht Psychologen und Erziehern überlassen.

Aber nein – da wird das Kind am liebsten *noch* ein Jahr später eingeschult, damit es noch länger keine Regeln kennenlernt. Da hört man: *Das-Kind-ist-noch-nicht-soweit-Unsinn* oder *Es-soll-noch-ein-Jahr-länger-Kind-sein-Unsinn.*

Man setzt es vor einen Monitor, um Ruhe zu haben. Die Mami wird schwach, gibt nach und wundert sich, dass ihr hochgelobtes Gör immer aufmüpfiger wird.«

Da spricht wahnsinnig viel Wut aus Helene. Wut auf ihre eigenen Eltern.

Jasmin: »Ich denke, das mit der Vererbung und dem erworbenen Verhalten bedingt sich gegenseitig. Weiß nicht, ob einer von euch mal die Super Nanny verfolgt hat. Ist für mich als Lehrerin interessant: Ein Vierjähriger hat aus seinem Kinderzimmer gerufen: *Mama, du alte Drecksau …* und dabei herzzerreißend geweint. Das war so widersinnig. – Mit Sicherheit wusste der Kleine gar nicht, was das bedeutet, hat das mal von der Mama gehört und wollte wahrscheinlich bloß seine Hilflosigkeit ausdrücken.«

Helene: »In solchen Momenten kriege ich manchmal Hass auf die Kinder. Vor allem, wenn sich einer von diesen Sprösslingen vor meiner Nase im Supermarkt auf den Boden wirft, weil ihm Mami das Computerspiel ab achtzehn nicht gleich kauft. Dabei weiß ich, die armen Hosenmatze können nicht viel dafür, weil sie nur das Spiegelbild ihrer unfähigen Eltern sind.«

Nina: »Ich glaube, ich könnte auch nicht streng sein. Mutter sein ist bestimmt ein schwieriger Job, vor allem, wenn nicht wenigstens der zugehörige Vater eine Stütze ist. – Wie ging's denn weiter mit der Super Nanny?«

Jasmin: »Ein brauchbarer Vater war da nicht vorhanden. Der nächste Kameraschwenk hat die Mutter rauchend und heulend auf dem Balkon gezeigt: *Isch weiß nisch mehr, was isch mit dem blöden Rotzlöffel machen soll.* – Ohne Worte, oder?«

Nina: »Ja, das gibt es wohl nur theoretisch, dass Eltern ihre schwierigen Kinder in den Griff kriegen können. Denn leider haben die noch ihr eigenes Leben mit Belastungen in Job, Finanzen, Partnerschaft … Zigaretten, Alkohol und Drogen sind da ein hübscher Ausweg, der sich später fortgesetzt auf die nächste Generation auswirkt.«

Edgar: »Die Beteiligung und der Klang der Instrumente im Kopforchester ist immer wieder das Problem der Menschheit. Hat oft gar nichts mit dem Bildungsgrad zu tun. Manche Akademiker kommen schlechter mit sich und der Welt klar als eine zugedröhnte Mutti ohne Ausbildung.«

Jasmin: »Für Eltern müsste es einen Trainingskurs geben. Gibt's ja für Hunde auch. Das eigentliche Problem befindet sich meistens am anderen Ende der Leine.«

Helene: »Leider waren meine Eltern nicht imstande, mit meinem Bruder und seinen Macken umzugehen. Es ist schwer, wenn man schon mit sich selbst und der Welt überfordert ist …«

Helene ist locker, ein Glück. Denn indirekt haben wir gerade ihre seligen Eltern heruntergeputzt.

»… Ich musste die Rolle der großen Schwester übernehmen. Die, die zurücksteckt und vernünftig zu sein hat. Die, die gehört hat, wie Mutter und Vater sich wegen ihres kleinen Bruders immer wieder darüber stritten, was zu tun sei und was das Beste für *ihn* wäre. Hatte *ich* etwas zu berichten, das mich berührte oder beschäftigte, wurde es zur Kenntnis genommen, aber nicht weiter beachtet. Man hatte wichtigere Sorgen. Automatisch hielt ich mich zurück, gab nur noch das Nötigste über mich preis, und dann auch nur, wenn ich danach gefragt wurde. Ich lief so nebenher und fand es noch nicht einmal besonders schlimm. Zumindest war mir die Vernachlässigung nicht wirklich klar. Wenn ich mich nicht gerade über Johann ärgerte, kümmerte ich mich um ihn, damit unsere Mutter sich nicht zu sehr aufregte. – Zu allem Übel brachte er schlechte Noten nach Hause und war, obwohl er aus so gutem Hause kam, frech zu den Lehrern. Meine Mutter war völlig verzweifelt. Ich durchlebte eine schwierige Zeit:

erster Liebesschmerz, ich musste mir langsam, aber sicher Gedanken über meine Zukunft machen, Abitur und so weiter. – Ich vertraute mich, wenn überhaupt noch, nur meiner Schulfreundin an. Es ist schwer, wenn die elterliche Instanz als helfende Hand und Stütze völlig fehlt. Meine Mutter hat mich manchmal gefragt, ob alles in Ordnung wäre. Ich habe automatisch immer mit *Ja* geantwortet, denn ich wollte sie nicht noch mehr belasten. Ich versuchte, so problemlos wie möglich zu sein.

Eigentlich bin ich als Erwachsene erst zum Problemkind geworden. Meine verunglückte Ehe mit Sascha … Damals war eine Scheidung in der Familie eine mittlere Katastrophe. Das Jurastudium setzten meine Eltern bei mir voraus. Es brachte mir wenig Anerkennung, wie alles andere, bei dem ich ein bisschen Lob von meinen Eltern erkämpfen wollte. Für mich war nicht geschimpft genug gelobt. Alles was Johann je halbwegs gut geschafft hat, wurde doppelt so hoch bewertet. Ist schon komisch, obwohl man dieselben Eltern hat, hat man trotzdem komplett andere. Sie schalten von einem Kind zum anderen in Sekunden ihr Verhalten um. Das tut weh. Bis ins hohe Alter. Für mich habe ich über die Jahre eine andere Einstellung zu meinen Eltern erarbeitet: Ich habe ihnen ihr Unvermögen verziehen und gebe ihnen keine Schuld mehr für meine üble Kindheit …«

Das glaube ich nie im Leben.

»… Meine Kindheit hat mich zwar geprägt, so wie jeden von uns, aber ich konnte auch die Vorteile für mich herausziehen. Ich fühlte mich immer selbstständig und unabhängig, habe im Job alles erreicht …«

Das glaube ich.

»… Und an meinen Söhnen habe ich gesehen, wie unterschiedlich Geschwister sind und wie mühsam es ist, sie gerecht zu behandeln. Ich habe den beiden aufmerksam zugehört, mich für sie interessiert. Niemals sollte einer das Lieblingskind sein, denn das quält den anderen heftig, auch wenn man es ihm nicht anmerkt. Das weiß ich nur zu gut. Sicher habe ich nicht alles richtig gemacht als Mutter, doch ich habe mein Bestes gegeben. Die beiden kommen oft zu mir, auch in sehr persönlichen Angelegenheiten, um meine Meinung zu hören. Mich freut, dass meine Jungs auch ihre glücklichen Momente mit Ralph und mir teilen. Ich bin froh, dass wir Vertrauen und Nähe zu unseren Jungs schaffen konnten. Meinungsverschiedenheiten gehören natürlich dazu, aber das artet nie aus, denn ich passe auf, dass sich nichts aufstaut.

Inzwischen hat mein gestörter Bruder eine Furie geheiratet. Ich bin froh, dass ich ihn mitsamt seinen gelungenen Kindern seit dem Tod unseres Vaters überhaupt nicht mehr sehen muss; er wohnt weit weg. Manchmal kriegt er irgendwelche Anwandlungen. Er ruft an, tut so, als wäre nichts oder will plötzlich seinen Geburtstag feiern. Der Gedanke an eine Friede-Freude-Eierkuchen-Bruder-Schwester-Beziehung lässt mich schon manchmal schwach werden, aber ich weiß genau, dass sich nie etwas ändern wird zwischen uns. Ich sage dann höflich, aber bestimmt, dass das keine gute Idee ist. Ohne mich auf Grundsatzdiskussionen einzulassen.«

Sehr gut. Die erwachsene, besonnene Art von Helene beeindruckt mich immer wieder. Ich stimme ihr zu:

»Richtig, er wird sich nicht ändern. Jeder Depp, der dir das Leben schwermacht, hat auch mal jene gefährlichen lichten Momente, die dich glauben lassen, er könnte sich wahrhaft geändert haben, und du schöpfst Hoffnung. Doch unter Garantie verschwendest du Zeit und Energie. Deppen ändern sich nämlich nie.«

Helene: »Das festzustellen, ist bitter. Ein einziges Mal hat er mich in den Arm genommen und gesagt, er hat mich lieb. Das ist schon fast fünfzig Jahre her, ich war zwölf oder dreizehn, doch weil es selten bis niemals vorkam, ist es mir in Erinnerung geblieben. Ich habe mich an diesen Zipfel geklammert und hatte unglaubliche Hoffnung. Die hat sich selbstverständlich bald zerschlagen. Ich habe begriffen und verinnerlicht, dass ich ohne ihn glücklicher lebe. Für meine Eltern war er immer der kleine Süße, obwohl er wirklich keine Schönheit war. Geschwister sind für mich überhaupt kein Grund für *nicht verzogen sein*, mein Bruder war mindestens so verwöhnt wie ein Einzelkind …«

Sie schielt zu mir herüber.

»… Andersherum kann man als Einzelkind recht gut gelungen sein …«

... ich bin kein verwöhntes Gör mehr in Helenes Augen? – Entschuldigung angenommen!

Ich werde mal wohlwollend den rechten Mundwinkel hochziehen und die Augenlider niederschlagen.

»Zum Glück haben die alten Herrschaften vorsorglich und gewissenhaft ihren Nachlass und die Bestattung notariell geregelt, an dieser Stelle, wo Geschwister normalerweise endgültig zerbrechen, weil keiner dem anderen etwas gönnt und ein Streitthema immer willkommen ist. Das ging ausnahmsweise alles reibungslos. Dafür bin ich den beiden ganz schön dankbar, sonst wäre das garantiert ausgeartet. Ich für meinen Teil bräuchte auch keine Geschwister.«

… ihre schlimme Kindheit wird Helene bis ans Lebensende nachhängen, *den-Eltern-verziehen-haben* hin oder her. Wenn sie mit Ralph zur Paartherapie geht, wird das bestimmt auch behandelt. Hoffentlich. Ich finde, es ist immer gut, mit einem guten Therapeuten zu reden. Egal in welchem Alter. Machen Therapeuten unter sich ja auch. Die Glückshormone sind das Wichtigste im Leben, das ist mal Fakt. Seit unseren wöchentlichen Treffen habe ich von Helene ein völlig anderes Bild. Sie redet über das, was sie belastet und ignoriert es nicht wie früher. Für mich war Helene immer die, die Sorgen oder Angst abgetan hat als *nicht so schlimm* oder sogar als *nicht vorhanden*. Jedenfalls gegenüber Personen, die sich ihr anvertraut haben. Das war vornehmlich ich. Doch auch mit sich selbst war sie so streng. Langsam sind mir auch die Gründe klar. Sie wurde ja praktisch von ihren Eltern ignoriert. Jetzt verstehe ich sie besser und bin froh, dass ich sie in meine Gruppe schleusen konnte.

Helene: »Wobei ich glaube, dass mein Bruder wirklich ein mentales Problem hat, das niemals auskuriert wurde. Und vielleicht hat seine Frau etwas Ähnliches. Oder ist einfach nur das Gegenstück zu ihm. Erstaunlicherweise finden sich solche und ähnliche immer.«

Mein süßer, kleiner Cousin hat schon immer ein wenig halbseiden angemutet. Aber dass es so schlimm war für Helene, hätte ich nie gedacht. Da kriege ich ja nachträglich noch Wut auf meine dämliche tote Tante:

»Ist ja grausam, was du früher mitmachen musstest. Es ist das Beste, was du machen konntest: keinen Kontakt mehr mit der Brudersippe. Du regst dich bloß unnötig auf. Und dafür hast du ja immer noch uns.«

Helene: »Ja, ihr reicht mir vollkommen.«

Nina: »Wenn einem nur nicht dauernd der Wunsch nach Nähe, Harmonie und Verständnis in die Quere kommen würde ... – An meiner großen Schwester habe ich von klein auf gehangen. Sie war mein Vorbild, ich wollte genauso sein wie sie.«

Jasmin: »Ich wusste gar nicht, dass du eine Schwester hast.«

Nina: »An meinem ersten Schultag hatte ich tierische Angst und konnte kaum den verschwommenen Satz an der Tafel in meinem neuen Klassenraum erkennen: *Guten Morgen, erste Klasse!* Den musste uns die Lehrerin dann aber sowieso übersetzen. Es konnte ja noch keiner von uns lesen. Die Lehrerin hat wohl meine große Schwester aus dem Nachbargebäude der Oberstufe holen lassen. Sie hat sich zu mir gesetzt, mich an sich gedrückt und gesagt: Du schaffst das schon. Und heute Abend quatschen wir über deinen ersten Schultag. An den wirst du dich immer erinnern. – Mir ging es gleich viel besser. Das hab ich ihr nie vergessen. Es gibt schöne Fotos von uns beiden. Ich hing ständig an ihr dran. Sie war zu mir wie eine Mutter. – In meiner Erinnerung gab es noch eine schöne Begebenheit damals mit ihr. Nach meiner Blinddarmoperation hat sie mich mit meinen Eltern aus der Klinik abgeholt. Ich war acht; sie muss sechzehn gewesen sein. Sie hat sich ehrlich gefreut, mich wiederzuhaben, hat mich in den Arm genommen und auf den Mund geküsst. Ich weiß noch, wie ich mich darüber gewundert habe, denn zu dieser Zeit war sie schon manchmal ziemlich garstig zu mir. Das war das letzte Mal, dass ich das Gefühl hatte, sie hat mich gern. Ich weiß, sie hatte es als *Große* schwer. Mit den Jahren hat sie sich immer mehr verändert. Alle kannten sie nur noch als gehässig und gemein ohne Taktgefühl und Respekt. – Für meine Eltern war das auch nicht einfach, doch sie haben sich bemüht, später alles richtig zu machen. Leider gab meine Schwester den beiden die Schuld für ihre ganze Misere. Zwar nicht in deutlichen Worten, dazu hatte sie nicht den Mut, aber immer wieder spürbar. Und wenn nicht unseren Eltern, dann ihrem Mann oder ihrer Tochter. Auf jeden Fall nicht sich selbst.«

Edgar: »Was war denn ihre ganze Misere?«

Bei Edgar habe ich das Gefühl, er macht ständig analysemäßige Fallstudien über seine Artgenossen.

»So genau weiß ich das leider nicht. Sie kam mir vor, als macht sie mutwillig, ohne eine Sekunde nachzudenken, ihr eigenes Spielzeug immer wieder kaputt. Und das an jedem Tag ihres Lebens. Seit ich erwachsen bin, habe ich kein freundliches Wort mehr von ihr gehört, und ich glaube, ihr Mann und ihre Tochter auch nicht. Die beiden waren immer Duckmäuser und hätten sogar das Schmelzen der Polkappen auf sich genommen, wenn sie es behauptet. Das kann kein normaler Mensch aushalten. Aber wie du sagst, Helene, solche finden immer ihr Gegenstück. Und je früher sie sich finden, desto mehr schleift sich das ein, und sie verstärken sich gegenseitig in ihren Ansichten. Das heißt nicht, dass sie glücklich sind. Im Gegenteil. Aber sie beanspruchen das Glück auch nicht wirklich für sich. Ihr Glück ist die Bosheit, gepaart mit Vulgärsprache und das Treibenlassen durch den Alltag.

Meine Schwester wurde von der Gesellschaft ja auch nicht *komplett* ausgeschlossen. Sie befand sich höchstwahrscheinlich in der Annahme, dass ihr Verhalten ja *so* verkehrt nicht sein kann, wenn sich andere noch mit ihr abgeben. Gespräche mit ihr kamen nur noch über Knalleffekte oder Katastrophen zustande: ihre außergewöhnlichen Urlaubsreisen, Schwangerschaften im Bekanntenkreis, Blitzeinschläge, Krankheiten oder wenn einer in der Nachbarschaft gestorben war. Sie war unfähig, normal über die täglichen Vorkommnisse zu plaudern. – Über ihren süßen Enkelsohn hat sie sich auch nicht sonderlich gefreut. Aber wenigstens hatte sie seit seiner Geburt ein Gesprächsthema mit ihrer Tochter. Meine Nichte hat sich leider in die gleiche Richtung entwickelt, ohne jegliche Selbstreflexion. Auch wenn sie das nie wollte – wie ihre

Mutter sein. Sie hat sich darauf eingelassen. Schade um sie, finde ich. Ihr standen alle Türen offen. Und sie hat sie nacheinander wieder zugeschlagen. – Ich glaube, richtig geredet hat in der Familie meiner Schwester niemand oder sich für den anderen interessiert. Hin und wieder ist sie ausgetickt, das war wohl so ziemlich der einzige Höhepunkt in ihrem Leben. Ansonsten hat sie gewohnheitsmäßig wiederholt, wie sehr ihr Leben verpfuscht ist. Unsere Eltern haben früher auch nicht alles richtig gemacht, das wussten sie natürlich. Für meine Nichte hatten die beiden immer Zeit und ein offenes Ohr, haben an ihrem Leben teilgenommen, an Schulveranstaltungen, haben sie auf Reisen mitgenommen. *Wir würden auch hingehen, wenn sie Rock 'n 'roll machen würde,* hat meine Mutter mal erklärt, *damit sie sieht, wir interessieren uns für sie und wollen Zeit mit ihr verbringen.*

Auch meine Mutter hatte es schwer in ihrer Kindheit. Ihr wurde alles aufdiktiert und vorgeschrieben. Das hat sie hart gemacht. Klar hatte meine große Schwester es schwerer als ich früher. Sie musste alles ausbaden, was ich verbockt habe, ich war ja die Kleine. Die Große hatte viel mehr Verbote und wurde schwerer bestraft als ich später in dem Alter.«

Helene: »Als große Schwester mit dem kleinen niedlichen Nachzügler mitzuhalten ist auch schwer. Und dass sie ihre Wut nach unten weitergibt, ist ebenfalls sonnenklar. An dich eben. Aber im Erwachsenenalter hat *jeder* die Möglichkeit, sich zu ändern, da kannst du täglich deine Weichen neu stellen. *Du* hast die Entscheidungsfreiheit über dein Leben. Entscheide ich mich, alle Schuld meinen Eltern und meiner furchtbaren Kindheit zu geben, mache ich damit nicht nur mich, sondern auch mein Umfeld unglücklich. Oder beschließe ich, mir Profihilfe zu holen, wenn ich es allein nicht schaffe, mich selbst und meine Lieben glücklich zu machen.«

Mensch – ich erkenne Helene nicht wieder.

Nina: »Genau. Jetzt, wo ich deine Geschichte kenne, verstehe ich meine große Schwester zwar besser, doch ich finde auch, jeder kann sich im Erwachsenenalter entscheiden, in welche Richtung er gehen will.«

Helene: »Wir sind doch alle Gefangene unserer Vergangenheit. Sie abzulegen ist ein langer Prozess, aber wenn du niemals anfängst, kehrt sich das ganze Ding um, und es geht in die Richtung, die deine Schwester genommen hat. Diese Menschen werden sich auch *nie, nie, niemals* ändern. Da kannst du jede Hoffnung begraben.«

Nina: »Was ich nie verkraftet habe: Mir gegenüber hat sie sich verhalten, als hätte ich ihr etwas Schlimmes angetan. Dabei wollte ich ihr nur nahe sein. So wie früher. Ich habe versucht, über ihre Tochter an sie heranzukommen, was sie wohl als Kriegserklärung missverstanden hat. Sie hat mich wohl nur noch als Konkurrentin gesehen.«

Genau so läuft das unter Geschwistern.

Helene: »Aber wenn sie so hart zu dir war, stimmt mit ihr etwas nicht. Das brauchst du nicht auf dich zu beziehen.«

Nina: »Eigentlich weiß ich das. Ich habe lange versucht, ihr zu gefallen und sie zu beeindrucken. Und sie war mit jedem Wort nur noch gemein zu mir … Bis sie eines Tages überhaupt nicht mehr mit mir gesprochen hat. Vielleicht, weil ich ihr mal gesagt habe, packe dein Leben an und schimpfe nicht auf die Eltern, sei nicht gehässig zu anderen … Ein anderer Grund fällt mir nicht ein für ihre Feindschaft mir gegenüber.«

Jasmin: »Hast du sie mal gefragt, warum sie nicht mit dir spricht?«

Nina: »Ja natürlich. Am Telefon, als sie gesagt hat, sie möchte mich erst mal nicht mehr sehen. Das war ein Schock für mich. Ihre Antwort war: *Ich weiß auch nicht.* – Damit muss ich nun leben. Bis heute weiß ich nicht, warum sie die letzten vierzehn Jahre vor ihrem Tod nicht mit mir gesprochen hat. Mit achtundfünfzig ist sie an einem Schlaganfall gestorben. Ich hab sie vermisst, meine große Schwester, zu ihren Lebzeiten mehr als jetzt nach ihrem Tod. Ihr Mann war ihr Hanswurst bis zu ihrem Ende. Das Riesenanwesen, was sie hatten, war hoffnungslos überschuldet. Inzwischen hat er wieder geheiratet und ist in die Stadt gezogen. Vielleicht hat er dann erst mal erfahren, wie glücklich man sein kann mit einer Frau, die einen liebt. Ich wünsche es ihm, obwohl er einen großen Anteil bei der ganzen Sache hatte. Meine große Schwester hatte so ein trauriges Leben und hätte es so gut haben können.«

Ninas Tränen schockieren mich, diese Schwester ist schon längst tot, und trotzdem geht ihr das immer noch so nah. Ich sag ja, Geschwister sind nichts als ein schöner Traum.

»Du kannst nichts dafür, Ninalein, denn *du wolltest* mit ihr reden. Sie hat dich im Regen stehen lassen.«

Helene: »Versuch, dankbar zu sein für eine glückliche Kindheit mit deiner großen Schwester. Sie hatte dich garantiert auch gern damals. Vielleicht sogar später noch und konnte nur nicht aus ihrer Haut, weil die Karre schon so festgefahren war. Manchmal entwickeln sich die Dinge dermaßen in die Hose, und du hast das Gefühl, wenn du besser aufgepasst hättest, wäre das alles nicht so gekommen. Ganz klarer Irrtum, wie ich finde. Man hat selbst ein Leben und muss genug aufpassen, wohin die eigene Reise geht. Auf keinen Fall bist du verantwortlich für Gedeih oder Verderb deiner großen Schwester. Und jeder, der dich kennt, weiß, dass du dich zwar in viele Dinge reinhängst, es aber nur gut meinst.«

Nina: »Ich hänge mich in viele Dinge rein … ?«

Ich halte die Luft an. Lieber Gott, lass Helene etwas einfallen.

»… ja, ich weiß. Das gewöhne ich mir gerade ab.«

Phhou … Glück gehabt.

Helene: »Eins weiß ich: *Helfenwoller* werden als *Reinhänger* deklariert und sind *immer* die Dummen. Ich helfe nur jemandem, wenn ich gefragt werde. – Erinnere dich nicht an ihre Gemeinheiten, Ninalein, sondern an die schönen Momente mit deiner Schwester in deiner Kindheit. Du kannst sicher sein, sie war mit sich selbst am unglücklichsten, ich kenne sie zwar nicht, aber es ist *vorbei*. Du hast nie wieder etwas mit ihr zu tun. Sie ist nicht mehr da!«

Nina: »Aber in meinem Kopf … da ist sie immer noch. Es tut weh, dass es so geendet hat. Ich habe bis zum Schluss gehofft, dass alles wie früher sein könnte zwischen uns. Sie ist jetzt schon so lange tot. Ich bringe ihr jedes Jahr Blumen. Immer am zweiten September. Das war mein erster Schultag.«

Ich glaube, man trauert am meisten um die Hoffnungen, die mit dem Tod eines Menschen gleich mit begraben werden.

Ich nehme Ninas Hand: »Ich weiß, mein Schatz, das ist schlimm. Wir sind alle bei dir.«

Nina: »Ja, ich kann froh sein, dass ich mich bei ein paar senilen Kochkünstlern erleichtern kann.«

Ein kräftiges Schlückchen wird ihr jetzt helfen. Meinen kostbaren schottischen Single Malt – dutzendfach von mir auf Schmerzlinderung getestet – kippt Nina runter wie Wasser. Sie versucht, die Tränen zurückzuhalten, das soll sie nicht. Dieses Ventil muss unbedingt ab und zu geöffnet werden.

Edgar spielt mit Lotti, obwohl er nichts mit Tieren am Hut hat. Bei Tränen hört's bei ihm auf. Das macht ihn so liebenswert. Er will seine weiche Seite unterdrücken. Dabei steht die so hübsch im Kontrast zu seinem Gockelgehabe.

Jasmin: »Da kann man ja gleich alle Hoffnung auf Familienglück aufgeben. Aber mit Geschwistern aufwachsen zu müssen, ist nicht immer furchtbar. Meine Kollegin zum Beispiel ist über dreißig und hat einen Bruder, mit dem sie sich supergut versteht. Es ist ihr großer Bruder. Elf Jahre älter.«

Edgar: »Entweder sehen die sich nicht oft, oder die hält irgendetwas anderes zusammen. Trautes Familienglück gibt es nicht.«

Jasmin: »Sie haben ihre Eltern verloren, als er dreizehn war, die Kleine war zwei.«

Von Edgar kommt kein *Siehste*. Er überlässt gern den anderen die Einsicht.

Helene: »Die sind zusammengewachsen, weil sie wissen, dass sie nur sich haben. Wenn man erwachsen ist und wirkliche Probleme kommen, wird auch so eine harmonische Beziehung oft wackelig. Ich will ja nicht nur schwarzmalen, *aber*: Als ich noch Familienrecht im Repertoire hatte, kam mir einiges zum Thema zu Ohren. Eine Mandantin von mir hatte ihre Eltern auch früh verloren. Sie waren fünf Geschwister. Sie hat mir berichtet, dass der Zusammenhalt unter ihnen stark war und sie sich aufeinander verlassen konnten. Dieser Zusammenhalt reichte allerdings nur solange, bis einer ihrer beiden Brüder einen schweren Unfall hatte. Es kümmerte sich fast ausschließlich ein und dieselbe Schwester um ihn. Das war meine Mandantin. Mit der Zeit haben sich die anderen immer mehr abgekapselt. Sie war die Einzige, die im selben Ort wohnte wie ihr behinderter Bruder, der inzwischen im Heim war. Seine Frau hatte längst einen anderen und beschlossen, sich scheiden zu lassen. Deshalb ist diese fürsorgende Schwester zu mir gekommen. Sie musste für ihren Bruder die Scheidung durchziehen. Sie fühlte sich verlassen von den Geschwistern, zu denen sie einmal so ein gutes Verhältnis hatte. Inzwischen waren Krankheiten und Gebrechen ihrer Geschwister hinzugekommen, nun konnte sie erst recht mit keinem mehr aus der Familie rechnen. Sie selbst stand mitten im Arbeitsleben und hatte inzwischen zwei Enkel, für die ihr natürlich zu wenig Zeit blieb. Klar, wenn die anderen ein paar Kilometer auf Distanz wohnen, ist es schwer.

Aber oft reicht die Gewissheit von Verbundenheit und Anerkennung: Wenn die Geschwister nachgefragt hätten, wie es ihr geht, ob sie zurechtkommt, und sich ab und zu bedanken würden für das, was sie leistet. Wenn sie ihr das Gefühl gegeben hätten, dass sie im Notfall zur Stelle sind. Dieses Gefühl hätte ihr vieles erleichtert. Aber es war nicht so.«

Nina: »Tja, unter *jedem* Dach ein Ach. Dabei ist es schon so, dass sich diese fünf Geschwister nicht um die Pflege der Eltern im Alter kümmern müssen, weil sie früh gestorben sind, da kommt dafür dann so eine Misere. Meine Sorge, dass *ich* meine Eltern lange pflegen muss, war auch unbegründet. Nicht wegen der Arbeit und der Zeit, aber ich kann kein Siechtum lange mit ansehen. Da werde ich verrückt.«

Tja, wer kann das schon …

Nina weiter: »Die beiden haben immer verkündet, dass sie niemals in einem Heim landen werden, um womöglich beim Stuhltanzen zwischen verkalkten, klapprigen Greisen mitzuschunkeln. Hätte ich auch gar nicht zugelassen. Meine Eltern haben sich kurz nacheinander aus dem Staub gemacht mit Ende achtzig. Im Alter war meine Mutter völlig anders, als ich sie von früher kannte. Sie war immer die Strenge und Starke, aufkommende Reibereien oder gar Streit hat sie im Keim erstickt. Selbst die Tränen von meiner Schwester und mir wurden abgebügelt: Halb so schlimm, als großes Mädchen wird nicht geheult und so weiter. Genauso streng war sie auch mit sich selbst. Es wurde verdrängt, abgewehrt und abgeschwächt. Der Schutzpanzer schien hart zu sein. Ich glaube, mit der Pensionierung fing sie langsam an, sich zu isolieren. Sie nahm ungern Hilfe an, fühlte sich sofort bevormundet. Das kannte sie von ihrer eigenen Mutter zur Genüge und stand sofort bockbeinig. Ich musste höllisch aufpassen, wie ich meine aufdringliche Fürsorge formulierte. Meine Eigenheiten konnte ich schwer zurücknehmen, ich war auch nur ein Mensch. Nach und nach hat die Seele meiner Mutter ihren Panzer verloren. Er wurde zunehmend durchlässig. Die jahrzehntelang unterdrückten Tränen suchten sich ihren Weg. Dazu kam noch ihr schweres Rheuma, mit dem sie nächtelang zu kämpfen hatte. Bald wurde jede Kleinigkeit dramatisiert. Die zu bewältigende Hausarbeit und die dafür vorgesehene Zeit standen nach ihrem Empfinden in einem ungünstigen Verhältnis. Störungen in ihrem Tagesablauf waren für sie das Schlimmste. Schon ein vormittäglicher Anruf brachte sie aus dem Konzept und wurde hektisch abgewürgt. Ich weiß, je älter man wird, desto schwerer werden Störungen empfunden. Aber die gehören jeden Tag bei *jedem* zum Leben dazu. Meine Mutter wollte nicht mehr ausgehen oder wegfahren. Mein Vater und ich haben vieles versucht, um ihr noch ein bisschen das

Leben schön zu machen, essen zu gehen oder zu verreisen. Sie war so wechselhaft und lebte in ihrer eigenen Welt. Heute zugesagt, morgen abgesagt. Wir kamen schwer damit zurecht und sie selber bestimmt noch weniger. Ich weiß, jeder wird in seinem Handeln durch sein Wesen und seine Geschichte bestimmt, der Mischung aus angeboren und angeeignet. Jeder muss mit sich und seinen Erlebnissen auf seine Art zurechtkommen. Aber ich glaube, wenn du etwas zum Guten ändern *könntest* und es nicht machst, kann man dir wirklich etwas vorwerfen. Jeder hat – bis zu einem gewissen Grad jedenfalls – das Handwerkszeug, etwas zu ändern.«

Genau. Jeder kann seine synaptischen Verbindungen trainieren und sein eigenes Verhalten ab und zu überprüfen.

Nina weiter: »Und ich glaube, weniger die körperliche als vielmehr die geistige Unbelastbarkeit macht einem mehr und mehr zu schaffen. Meine Mutter war beim winzigsten Anlass den Tränen nah oder hat uns und sich mit übertriebenem hektischen Verhalten gestresst. Aus jeder Mücke wurde ein Elefant gemacht. Das erschwert das Zusammenleben sehr. Ich habe ihr gesagt: *Was wäre denn, wenn du einmal nicht genervt sein würdest? Nur für einen einzigen Tag. Du begegnest allen Menschen mit guter Laune. Egal, was passiert, du machst mal ein Witzchen, steigerst dich nicht in alles hinein und dramatisierst nicht jede Kleinigkeit, die dir der Alltag beschert.* Gut, ohne Übung ist wahrscheinlich schon *ein* durchzuhaltender Vormittag ellenlang. Aber einen Versuch wäre es wert. Alle, die dich kennen, wären total baff und würden sich fragen, ob du langsam in die Klapsmühle gehörst oder sie veräppeln willst. Warum machst du nicht ein Spiel daraus, dann hätten wir alle was davon. Nur für *einen* Vormittag. Wäre ein Spaß zu sehen, wie die anderen reagieren. Natürlich hat sie nichts dergleichen gemacht – und alles lief wie gehabt.

Bald habe ich meiner Mutter keine Hilfe mehr angeboten und nichts mehr gesagt. Ich glaube, dann kam der Wandel bei ihr. Es war, als hätte sie wirklich beschlossen, uns nicht mehr in ihr Jammertal mitzunehmen. Langsam hat sie ihr Verhalten in Richtung *entspannt leben* geändert. Sie hat immer häufiger gelacht und hatte gute Laune. Das hat mich riesig gefreut, als ich es endlich begriff. Heute kann ich mir denken, wie schwer es für sie sein musste, aus den eingefahrenen Bahnen herauszukommen. Sie konnte sich richtig auf Urlaub im Hotel freuen und ist dort sogar mit meinem Vater durch die Gegend spaziert, um Sehenswürdigkeiten anzuschauen. Das hatte sie ewig nicht mehr gemacht. Sie hatte ehrlich versucht, ihren Leistungsdruck, den sie sich selbst auferlegt hatte, in den Griff zu kriegen. Das ging natürlich nicht mit einem Schlag, aber es wurde besser. Die beiden hatten dann noch ein paar wunderschöne Jahre zusammen. Ich habe meine Eltern sehr geliebt. Sie wussten das, auch wenn ich selbst vieles bei ihnen nicht richtig gemacht habe.«

Jasmin: »Wer macht denn schon alles richtig? Abgesehen vom lieben Gott, aber selbst *der* …

Ich finde es beachtlich, wenn einer sein eigenes Verhalten gelegentlich resümiert. Besonders im Alter fällt das schwer, kann ich mir denken. Erst recht, wenn man ungeübt darin ist. Es ist doch kaum jemandem klar, dass er nur sich selbst ändern kann und niemals die anderen. Sonst geht's dir wie den Mauerseglern. – Die *anderen* reagieren in der Folge doch nur auf *dein* Verhalten und nichts anderes. Ich finde das eine großartige Leistung von deiner Mama.«

Meine Schlaumeier-Tochter ... Was hab ich sie meisterhaft erzogen ...

Nina: »Ja, ich hatte wirklich Glück mit meinen Eltern. Und dass meine Mama noch so die Kurve gekriegt hat.«

Helene: »Glück ist der richtige Ausdruck, denn aussuchen kannst du dir deine Eltern leider nicht. Obwohl es da auch andere Überzeugungen gibt ...«

Edgar: »Dafür kannst du dir aussuchen, wie viele Kinder du *nicht* in die Welt setzt.«

Das ist nur noch schallplattenmäßiges Abspielen bei Edgar, dieses Anti-Kinder-Gerede. Er hat längst gemerkt, wie schön es sein kann, wenn im Alter sein Sohn aus erster verkorkster Ehe oder sein Enkel mit Freundin zu Besuch kommt. Schon damals, als wir noch Kollegen waren und sein Enkel geboren wurde, habe ich ihn dabei erwischt, wie er für Sekundenbruchteile ins Schwärmen von dem *niedlichen Kerl* gekommen ist, der *schon mit dreizehn Monaten freihändig laufen konnte.* – Meine Enkelin konnte das schon viel eher. – Was für ein Fauxpas von ihm, schließlich sind Kinder belastend für Mensch und Umwelt. Doch ich konnte seine Aversion gegen das Kinder-in-die-Welt-Setzen immer verstehen, obwohl sie noch nicht mal aus eigener Erfahrung stammt. Ich denke einfach unwillkürlich weiter ... An die Beziehungen, die an Kindern scheitern, an unfähige Eltern, die sich nicht um ihre Kinder kümmern und dafür im Alter die Quittung kriegen. Wer will sich schon um Eltern kümmern, die sich auch keine Zeit für einen selbst genommen haben; für die man als Heranwachsender nur eine Last war. Ich denke außerdem an *Schattenkinder* wie Helene ... Aber hauptsächlich denke ich an geopferte Zeit und verlorene Freiheit der Eltern, speziell für die Mutter, an den Zwang, sich um die Kinder kümmern zu müssen, selbst wenn sie gar nicht mehr ins Konzept oder in den Tagesablauf passen und man nur noch Überforderung fühlt. Deswegen werde ich Edgar jetzt mal beipflichten.

»Genau – immerhin kann jeder selbst bestimmen, ob und wie viele Kinder und vor allem, mit wem er sie kriegt. Wer sich heute entschließt, Eltern von mehreren Kindern zu werden, muss eine übermenschliche Meinung von sich haben.«

Edgar: »Oder, was wahrscheinlicher ist, du hast im Oberstübchen wenig Raum und Vorstellungskraft für deine Zukunft und die der neu angeschafften Artgenossen. Du bist schlicht der Meinung, Lebewesen sind auf Erden, um sich zu vermehren. Die sind ja auch so süß. Sind sie ja auch. Solange sie klein sind, lächeln oder schlafen. Doch keiner denkt daran, wie schwer es für die Eltern und die betroffenen Jugendlichen selbst sein wird, sie gut durch die Flegel- und Zickenjahre zu bringen. Das Ganze wird später noch viel besser, wenn sie von einer misslungenen Beziehung in die nächste schliddern und selbst ihre Kinder verstreuen und verpatchworken. Was soll denn da rauskommen, wer vermittelt seinen Kindern noch Werte und Manieren? Wer beschäftigt sich mit ihnen, ihren Sorgen und Ängsten? Wer opfert regelmäßig Zeit für seine Kinder, wenn er sein eigenes Leben im Zeitalter des rasenden Fortschrittes und der vielfältigsten Möglichkeiten noch nicht einmal selbst auf die Reihe kriegt.«

Jasmin: »Ihr zwei seid furchtbar, das war also gar kein Spaß, Mama, als du gesagt hast, ich soll mir einen Mann ohne Eltern und Geschwister suchen?«

Oh Gott, jetzt waren wir wirklich extrem, so kann ich mich nur unterhalten, wenn ich mit Edgar allein bin, ich weiß. Irgendwie muss ich das relativieren.

Nina: »Aber, Mathilda, bist du denn nicht froh, wenn dich dein Kind besucht? Ich bin jedenfalls froh, dass ich zumindest meine Patentochter habe. Emma ist so lieb, und wir unternehmen mindestens jede zweite Woche etwas zusammen. Ich weiß, dass eine Patentochter lange nicht so viele Opfer erfordert wie ein eigenes Kind, aber leider war mir das im Leben nicht vergönnt.«

Das auch noch. Ich Idiotin. Ich dachte, Nina *wollte* keine Kinder. Mist. Jetzt brauche ich mindestens ein halbes Jahr, um das wieder hinzubiegen ...

Edgar: »Ich muss mich entschuldigen. Früher habe ich Kinder als Problempotenzierer und unangenehme Zeiträuber gesehen. Wahrscheinlich habe ich mir das eingeredet, weil ich mit meinem einzigen Sohn nie so viel Zeit verbringen konnte, wie ich es mir gewünscht hätte. Er hatte schon früh einen *Ersatzvater*, den zweiten Mann meiner Ex, das war bitter. Trotzdem ist er gut gelungen, denn zum Glück kommt er nach mir, und ich bin heute froh, dass ich ihn und seine kleine Familie habe.«

Edgar weiß sich immer herauszuwinden. Na warte ...

»Es tut mir leid. Ich bin eigentlich geschädigt durch Edgar. Mit dem habe ich wahrscheinlich zu lange zusammengearbeitet. Scheinbar hat er seine extremen Ansichten in den letzten zwei Minuten geändert. Es ist ganz richtig, dass ihr mich mal zurück auf den Teppich holt. Ich hab dich doch lieb, Mausi, das weißt du. Und Anni auch. Selbst deinen Mann hab ich ganz gern ...«

Ich schicke mein liebevollstes Mutterlächeln zu Jasmin rüber.

Edgar wird mir verzeihen, dass ich ihn anschwärze.

Helene: »Nehmt es den beiden doch nicht übel. Ich kenne Mathilda am längsten von euch. Es hat sie schockiert, wie es mir mit meinem kleinen Bruder ging, stimmt's? Da bist du gleich in die Vollen für mich gegangen und hast die Sache von meiner Warte aus betrachtet.«

Danke, Helene. Ich zeige mich geschwind erkenntlich.

»Du kennst mich wirklich gut. Ich musste verstärkt an Claires Ausführungen über *Schattenkinder* denken, wie du eins warst. Als Eltern ist man heutzutage zu sehr gefordert. Gerade bei Geschwistern ist eine *gerechte* Behandlung praktisch unmöglich. Das kleinste, hübscheste, talentierteste, krankeste oder das vom geliebten Partner wird auf Händen getragen, und die anderen stehen immer hinten an. Eine hundertprozentige Gerechtigkeit ihren Kindern gegenüber ist nicht möglich für *alle* Eltern, denn sie sind auch bloß Menschen. Was ich eigentlich sagen wollte: Es ist eine riesige Aufgabe, Kinder gut großzuziehen und ich habe Respekt davor.«

Edgar: »Kannst du deine Wundertante Claire nicht mal einladen, damit wir alle was davon haben?«

Das könnte dir so passen, du alter Charmeur.

»Mal sehen. Aber eigentlich ist meine Wundertante mein persönlicher Luxus. Den würde ich mir leisten, auch wenn ich am Stock gehen müsste, finanziell wie körperlich. Ich bin noch ihre einzige *Patientin*, sie ist jetzt sechsundsiebzig, und ich fahre zu ihr nach Hause. Da hat sie ein Sprechzimmer eingerichtet. Sie achtet streng auf die Uhr. Es bleibt immer eine therapeutische Sitzung. Niemals wird ein Plausch daraus, etwa mit Kaffee und Kuchen. Manchmal fühle ich mich beinahe dazu hingerissen, aber selbst würde ich niemals fragen. – Genau genommen hat mir diese Distanz zwischen uns immer gutgetan und mir ein klares Ergebnis bei der Betrachtung meiner Geschichte beschert.«

Edgar: »Ach, so alt ist die schon?«

Er denkt immer noch, er ist in den Vierzigern ... Mensch, Edgar, die ist doch noch zwei Jahre jünger als du!

Jasmin: »So ein *Sprechzimmer* hatten wir auch früher. Dort, wo jetzt dein Riesenkleiderschrank drin ist, Mama. Du hast immer gesagt: Wir treffen uns später im Sprechzimmer, wenn etwas vorgefallen war oder es Probleme gab und der Zeitpunkt gerade ungünstig war. Ich fand das aufregend und habe mich wichtig gefühlt. Bei Anni habe ich das genauso übernommen.«

Freut mich immer, wenn ich scheinbar nicht alles verkehrt gemacht habe. Jasmin ist mir wieder wohlgesinnt, wie es aussieht.

»Mit *einem* Kind war das einfach. Du warst außerdem pflegeleicht.«

Jasmin: »Eigentlich ging es mir genauso, wenn ich ehrlich bin. Ich wollte nach Anni meine Freiheit so schnell wie möglich zurück und dachte auch daran, wie es meiner Ehe schaden könnte, wenn ich zu viel Belastung habe. Und das hängt nun mal an mir als Mutter. Mit Max läuft es gut, das wollte ich nicht aufs Spiel setzen. Nur weil die Kleinen so niedlich sind.«

Helene: »*Eins* hätte mir vielleicht auch gereicht. Sicher habe ich auch Fehler gemacht bei meinen Jungs. Ich glaube, dass es bei *normalen* Kindern schon schwierig genug ist für Eltern.«

Nina: »Und für die *normalen Kinder* auch, die haben Geschwister fürs Leben.«

Das kommt ja noch hinzu.

»*Geschwisterrivalität ist allgegenwärtig.* Das war das einzige Mal in diesen vielen Jahren, in denen ich Claire kenne, dass sie über sich gesprochen hat.«

Edgar: »Ich dachte, die wird fürs Zuhören bezahlt.«

Nina: »Das hatte sicher Methode und gehörte dazu, stimmt's, Mathilda?«

Glaub ich eher nicht, Ninalein ... Selbst eine Psychoanalytikerin ist kein Übermensch und hat Probleme. Das hatte ich ja schon immer geahnt, aber nach dieser kleinen Geschichte, die sie mir damals erzählt hat, erst wirklich begriffen.

»Alles, was Claire sagt, hat für mich seinen Sinn.«

Helene: »Nun mach's nicht so spannend.«

»Ist nichts Dramatisches.«

Höchstwahrscheinlich nur für mich.

»Meine Claire hatte zwei Schwestern. Ihre große Schwester kam behindert zur Welt. Die süße kleine Schwester war der Liebling. Sie selbst, als mittlere Schwester, stand dazwischen. Claire war die Neutrale, sie war die Schweiz. Ihr Vater war der strikte Perfektionist, der wortlos viel forderte. Die Aufmerksamkeit ihrer Mutter gehörte den beiden anderen. Claire war das *Sandwichkind* und hat sich immer so gefühlt. Sie hat die Balance gehalten und wollte keinen Ärger. Sie hat nie versucht, gegen die anderen beiden anzukämpfen, das schien ihr wenig verlockend und aussichtslos. Doch von klein auf bis zum Tod der Eltern war ihr sehnlichster Wunsch, deren Anerkennung und Zuneigung zu bekommen. Durch die vielen Gemeinsamkeiten, die sie hatten, Elternhaus, Kindergarten, Schokopudding, kann man sich schlecht als etwas Besonderes abheben. Und etwas Besonderes zu sein, ist bei Geschwistern der Urwunsch seit dem Alten Testament. Dadurch entsteht Rivalität.«

Nina: »Wir denken an Kain und Abel ...«

Helene: »Ich glaube, Geschwisterrivalität gibt es auf der ganzen Welt, in allen Kulturen und Volksstämmen seit Menschengedenken. Aber erzähl weiter, Mathilda.«

»Claire hat mir erklärt, dass gleichgeschlechtliche Geschwister gerade dadurch so unterschiedlich sind, weil sie ständig gegen etwaige Ähnlichkeiten steuern und sich angestrengt voneinander abheben wollen. Als *Beste* natürlich. Manchmal auch als *Schlechteste*; Hauptsache besonders. Vor den Eltern und vor den anderen. Ein Leben lang. Eifersucht, Neid und Aggression gehören zum Geschwisteralltag. Im starken Kontrast dazu standen das Zusammengehörigkeitsgefühl, Vertrauen und die Suche nach gegenseitiger Nähe. Das gleichzeitige Vorhandensein von guten und schlechten Gefühlen ist ein wesentliches Merkmal aller Geschwisterbeziehungen, sagt sie. Diese ständige Ambivalenz versteht kein normaler Mensch und schlaucht extrem. Jeder weiß, dass oft niemand unterschiedlicher sein kann als Schwestern oder Brüder. Konkurrenzdenken ist vorprogrammiert.«

Nina: »Konkurrenzverhalten hat keiner nötig, finde ich. Das macht einen nur klein. Ich beobachte das bei Menschen, die nicht einmal verschwistert sind. Die benehmen sich, als müssten sie auch mit achtzig noch jemandem etwas beweisen, und werden sogar manchmal aggressiv. In meinem Oldieclub stelle ich das immer wieder fest. Den habe ich jetzt übrigens *Heidi-Kabel-Club* getauft. Seitdem haben wir auch einen Fernseher mit DVD-Spieler und schauen ab und zu Stücke vom Ohnsorg-Theater. Wir haben eine Busreise nach Hamburg geplant. Damit die Alten das auch mal in echt sehen können. Was ich sagen wollte … Da ist von mir als Oldiemutter bei diesem Konkurrenzverhalten in dem Hühnerstall voll das diplomatische Geschick gefordert.«

Edgar: »*Du* kannst was ausrichten, wenn Diplomatie gefragt ist?«

Nina: »Wahrscheinlich müsste ich *dich* dazuholen, damit der Laden läuft.«

Die lassen einen nicht ausreden ...

»Lasst mich noch ganz kurz ... Eines Tages, als die beiden längst erwachsen waren, die behinderte Schwester war inzwischen verstorben, entbrannte wegen einer Nichtigkeit ein großer Streit zwischen Claire und ihrer kleinen Schwester. Claire war völlig schockiert, denn Streit wurde stets tunlichst vermieden. Es hagelte Vorwürfe von der Kleinen. *Nie* hätte Claire zu ihr gehalten, immer hätte sie etwas entgegengesetzt. Oder sie wäre gleichmütig gewesen und hätte ihre Sorgen abgeschwächt, damit alles schön neutral bleibt. Sie würde sich immer noch vorkommen, als wäre sie sechs Jahre alt in ihrer Gegenwart. Mit Aussagen wie: *Bei dir sieht es ja so ordentlich aus*, oder *Dein Garten ist aber schön gepflegt*, sagt Claire ihr doch nur, dass sie immer noch die kleine Unordentliche sei, die nie Lust hatte, ihr Zimmer aufzuräumen oder im Garten zu arbeiten. Sie sagte: Ich kämpfe seit Ewigkeiten gegen das Bild, das du von mir hast. Claire wusste überhaupt nicht, was los ist. Sie hatte solche Sätze *wirklich* ehrlich und anerkennend gemeint, weil sie ihre kleine Schwester gern hat. Urplötzlich wurde sie von ihr als Hexe dargestellt. Sie versuchte, die vergangenen Jahre aus Sicht ihrer kleinen Schwester zu betrachten. *So* sehr aus der Luft gegriffen war das Ganze nicht, wie es ihr zuerst schien. Doch es sollte sich relativieren. Wie konnte die Kleine sie so aus dem Nichts angreifen? Wieso konnte sich etwas so aufstauen? – Ganz einfach: Weil man verpasst hat, miteinander zu reden, wenn man sich über den anderen ärgert. Im Elternhaus wurden früher Probleme weggeschwiegen nach dem Motto: Solange du nicht hungerst oder frierst, kann es nicht so schlimm sein.

Die Kleine meinte später, es war frustrierend, zu erkennen, dass die Prägung in der Kindheit so stark schien, dass sie keine Kraft mehr hatte, dagegen anzukämpfen. Sie hätte jahrelang an sich gearbeitet, doch dieses Bild konnte sie vermeintlich niemals löschen oder ändern, weil Claire sie von Kindesbeinen an kannte. Ein bisschen war das auch so, meint Claire, aber die Vorwürfe fand sie heftig. – Nun ist Claire ja Profi. Allerdings kennt das auch jeder Fachmann: Der Schuster hat die schlechtesten Leisten. Was einen selbst betrifft, dafür hat man ein anderes Auge als für Wildfremde, für die man unbedarft an die Sache rangeht. Ich kenne das genauso aus der Medizin. Der Mediziner lässt sein Kind mit gebrochener Hand in die Schule gehen oder mit geplatztem Blinddarm zu Hause im Bett, erkennt beim eigenen Vater keinen Herzinfarkt …«

Jasmin: »Das mit der gebrochenen Hand kommt mir bekannt vor.«

Ich wollte uns eigentlich gar nicht mehr daran erinnern, ich dumme Nuss …

»Ist in jedem Einsatzbereich das Gleiche, schätze ich. Nur nicht so schwerwiegend, wie bei unsereinem. Die Putzfrau kommt nicht dazu, bei sich zu Hause so schön Ordnung zu halten wie bei anderen. Das macht sie schließlich schon den ganzen Tag. Der Zimmermann baut für andere die schönsten Treppen und klettert im neu gebauten Zuhause noch jahrelang mit Frau und Kindern die Leiter nach oben, um abends ins Bett zu kommen … Nun – Claire als Tiefenpsychologin jedenfalls hatte bei sich selbst das Desaster nicht kommen sehen. Was konnte sie tun? Um das gute Verhältnis mit Marie, so hieß die kleine Schwester, kämpfen, es abschütteln oder verdrängen? Sie wollte es sich nicht leicht machen und einfach den Kontakt zu ihr abbrechen. So hätte ich es wahrscheinlich gemacht. Missverständnisse sind fast immer die Ursache von Wut und Ärger. Deshalb muss man miteinander reden. Ein Familienfest ist immer ein denkbar ungünstiger Anlass für solche Aussprachen. Am besten man macht einen Termin aus. Auch wenn man die Hosen voll hat. Oder wenn ein Treffen nicht geht, dann schreibt man eben. Aber Briefe, keine E-Mails. – Claire hat Marie vor Augen geführt, dass auch sie zu leiden hatte und nicht ohne Grund so geworden ist, wie sie ist. Oft siehst du die Sache einseitig und kannst *sie* deshalb nicht einschätzen. Sie haben sich *ausgesprochen*, nachdem sie sich *ausgeschrieben* hatten, sagt Claire. Es ging über Wochen, doch danach war fast alles gesagt. Heute ist sie froh, dass sie ihre kleine Schwester noch hat – und umgekehrt genauso.«

Nina: »Das kann aber auch voll vor den Baum gehen, wenn keine zurückstecken will oder auch sich selbst einmal betrachtet und einzig und allein die Schuld der anderen gibt.«

»Hat Claire auch gesagt. So ist es auch meistens. Funkstille eben. Ihre Eltern waren bald danach verstorben und dann waren nur noch sie beide übrig. Man lernt zu schätzen, einen verbundenen Menschen zu haben. Mit ihrer kleinen Schwester hatte Claire Frieden geschlossen. Halsbrecherische Themen wurden nach Absprache vermieden.«

Nina: »Das war die Geschichte von Claire?«

»Ich sag ja, nichts Dramatisches.«

Nina: »Wollte nur wissen, ob sie zu Ende ist. Gut zu wissen, dass auch Psychologen nur Menschen sind.«

Jasmin: »Perfekte Menschen gibt es nicht. Auch keine perfekten Eltern. Doch was man als Eltern falsch macht, haben die Kinder auszubaden. Ich könnte explodieren, wenn Eltern die Neigung ihrer Kinder, sich miteinander zu vergleichen, noch verstärken und das geschwisterliche Konkurrieren dadurch anstacheln. Das gelingt ihnen exzellent, wenn sie Eigenschaften und Fähigkeiten ihrer

Sprösslinge hervorheben, zueinander in Kontrast setzen und bewerten: Die Große ist unsportlicher, der Kleine hat zwei linke Hände, der Mittlere ist schon immer schwieriger als die beiden anderen …

Wenn sie sich darüber hinaus wenig Mühe geben, die Kinder gerecht zu behandeln und eines, wenn auch nur vorübergehend, bevorzugen, entsteht eine Atmosphäre, in der Rivalität und damit verbundene Gefühle von Neid und Eifersucht an der Tagesordnung sind. Die Eltern können das fördern oder entkräften. Die Verantwortung liegt bei ihnen.«

Edgar: »Mathilda und Jasmin, ihr unterhaltet euch wohl gern über Windeier? Keine von euch beiden *hat* Geschwister oder mehr als ein Kind. Wieso interessiert euch das überhaupt?«

Auch wenn es mich nicht betrifft, will ich solche Dinge wissen. Es interessiert mich einfach.

»Claire und ich kamen drauf, weil ich ihr gesagt habe, dass ich für Jasmin nie Geschwister haben wollte, um ihr Ärger mit denen zu ersparen.«

Edgar: »Dann hätte sie dir so einen Quatsch als Therapeutin doch ausreden müssen, anstatt ihre Geschichte zu erzählen.«

Claire erzählt mir manchmal Sachverhalte, um mich wieder auf den Teppich zu bringen.

»Ausreden tut eine erstklassige Therapeutin einem gar nichts.«

Jasmin: »Lass bloß nichts auf Claire kommen, Edgar. Sonst waren Mamas letzte achtundzwanzig Jahre eine Lüge. Für mich ist der Gedanke an Geschwister schön, erst recht, weil ich keine habe. Als Lehrerin musste ich mich bei der Ausbildung damit beschäftigen. Manche

Schüler kann ich viel besser verstehen, wenn ich ihre häuslichen Verhältnisse kenne.«

Nina: »Aber selbst wenn die Eltern die Sache gut im Griff haben, unsere Gesellschaft ist doch so: Genauso wie Lob für das eine Kind das andere womöglich entwertet, macht das ein schlechter Chef mit der Ernennung zum *Mitarbeiter des Jahres* mit den erwachsenen *Teamkollegen*. Der Oberguru verspricht sich einen Ansporn für die Kollegen, derweil macht er sie klein und im Extremfall wütend. Konkurrenz belebt das Geschäft doch nur, wenn Konzerne untereinander konkurrieren und nicht einzelne Menschen. Für optimale Leistung sollst du besser als die anderen sein, aber gleichzeitig im Team arbeiten. Die Kollegen wetteifern um die großartigste Idee, die sinnvollste Verbesserung, die revolutionärste Neuerung … Das Einzige, was mit Sicherheit kommt, sind Neid, Rivalität und Resignation. – Es wäre blödsinnig, wenn du dein Wissen mit den Kollegen teilst.«

Jasmin: »Die großen deutschen Konzerne werden langsam wach und haben gute Ansätze. Coaching, Gesundheitsförderung, gemeinsame Aktivitäten für die Mitarbeiter und so. *Jour fixe* gibt es wöchentlich, Besprechungen eben. Find ich gut und wichtig, da kommt alles auf den Tisch, was sonst vor sich hingebrummelt wird und wahrscheinlich niemals die richtige Adresse finden würde. Das müsste man auch in Familien einführen, wenn man keine Zeit hat, miteinander zu sprechen. Besprechungen am Esstisch über mögliche Streitthemen können manchmal ganz verkehrt sein. Das gibt miese Stimmung, und womöglich geht nicht nur das gute Geschirr in die Brüche. Nicht nur die Eltern können viel vermurksen, wenn sie ihre Kinder bewerten und miteinander vergleichen. Schon im Kindergarten werden Leistungskriterien wie ihre Fortschritte beim Sauberwerden, Laufen und Sprechenlernen unter die Lupe genommen ... Früher, schneller, besser ... Die Gesellschaft trägt genauso ihren Anteil daran: Wirtschaft, Kultur, Sport, Politik. *Der Staat* erzieht seine Leute. Wobei ich heute auf keinen Fall politisch werden will.«

Bloß nicht, das gibt wieder hitzige Diskussionen. Bis zu einem gewissen Grad kann man sich aus dem aufdiktierten Staatsstrudel *immer* herausziehen. Erst recht, wenn man im Land der unbegrenzten Möglichkeiten wohnt, was Deutschland unbestritten inzwischen schon lange ist. Legale Wege und Gesetzeslücken müssen ausklamüsert werden. Meine Lieblingsbeschäftigung. Dabei motiviert mich jede schimpfende Stimme auf den Staat, das Arbeitsamt, die Ehepartner und Kinder. Ausreden, warum etwas nicht geht, gibt es wie Sand am Meer. Für mich ist das der größte Antrieb überhaupt. Ich werde mir selbst, weniger den anderen, beweisen, dass alles möglich ist, wenn man sich entschieden hat, es zu wollen.

»Sehr gut – keine Politik heute. Ich denke, bei aller versauten Kindheit ist es nie zu spät zum Glücklicherwerden. Natürlich nehmen wir auch Schaden davon, wohl kaum einer kann Luftsprünge machen vor lauter Freude über seine glückliche Kindheit. Doch immer wieder kann man sich bewusst machen, dass das Leben als Erwachsener allein in der eigenen Hand liegt. Wir haben alle Möglichkeiten, uns von außen zu betrachten und uns Hilfe zu holen, wenn wir es allein nicht schaffen. Das nennt man Verantwortung für sein Leben übernehmen. Die zweite Möglichkeit ist – und die wählen leider die meisten – unglücklich zu bleiben und sein gesamtes Umfeld mit runterzuziehen.«

Jasmin: »Ich werde immer an gute Geschwisterbeziehungen glauben. Mein Eindruck ist, dass langsam viele wieder den Wert einer starken Familie erkennen und sich entsprechend verhalten. Für die nächsten Generationen bin ich da sehr hoffnungsvoll. Ein Treffen im kleinen Rahmen, klönen über die täglichen Begebenheiten – all das kann schön sein. Dabei kann man locker spannungsgeladene Themen meiden. Das sollte innerhalb der Familie sowieso zur Regel werden. Wenn man in Familie zusammen lachen kann, hat man doch schon für diesen Tag den Glückstreffer gelandet.«

Was würde ich wohl machen, wenn mich meine Verwandtschaft ständig zur Weißglut bringt? Je größer die Familie, umso größer die Belastung. Nicht die Freude. Das steht für mich wie das Amen in der Kirche fest.

Helene: »Es gibt in jeder Familie mindestens ein schwarzes Schaf. Schon deshalb ist es zwar schade, aber verschwendete Zeit, partout die Familie vollständig an einen Tisch bringen zu wollen. Die Einzigen, abgesehen von bösen Nachbarn und beschränkten Kollegen, über die wir uns regelmäßig ärgern *müssen*, sind unsere unmittelbaren Verwandten. Die können wir nicht einfach abschaffen wie Freunde, auf die kein Verlass ist. Vor nervigen Chefs oder Kollegen können wir flüchten, indem wir nicht mehr hinhören oder im Ernstfall den Arbeitsplatz wechseln. Die Nachbarn können wir ausschließen oder wegziehen, wenn gar nichts mehr geht.«

In Helenes Familie ist das schwarze Schaf ihr Bruder, denn zu ihren beiden Jungs hat sie nach meinem Eindruck wirklich einen guten Draht.

Nina: »Warten, bis alle tot sind, ist aussichtslos. Was ist denn nun zu tun?

Gute Frage.

»Es gibt für jedes Problem eine Formel, aus der die für uns richtige und beste Entscheidung resultiert. Solange man atmet, gibt es immer eine Möglichkeit, das Beste für sich aus einer festgefahrenen Situation zu machen. Und zwar mit Geduld, Überlegung, Zettel und Stift. Und das Ganze regelmäßig. Ich vertage nichts auf später, es wird ein Plan gemacht, wie ab heute die Zukunft aussehen soll und gestaltet wird: Wer darf noch an meinem Leben teilhaben und wen muss ich langsam, aber sicher, manchmal auch ziemlich geschwind, hinausbefördern? Damit bin ich gut gefahren in den letzten Jahren. Ist die Richtung ungefähr klar, ist viel gewonnen. Änderungen vorbehalten.«

Edgar: »Wenn es immer wieder Ärger gibt bei Familientreffen, alte Geschichten und Ungerechtigkeiten hochkommen, dann trifft man sich nicht mehr! Zumindest nicht in dieser Konstellation. Schluss, aus. Meistens gibt es wirklich nur einen einzigen Stänkerer, der einem den schönen Tag verpfuscht. Das zeichnet sich deutlich ab, wenn derjenige mal nicht dabei ist. Dafür muss man sich vom schönen Gedanken an Familienglück mit den betreffenden Personen verabschieden. Das ist hart, aber härter ist es, so weiterzumachen. Oder man ist in der Lage, den unangenehmen Teil der Familie aus seinen Gedanken zu verbannen, bis ich sie notgedrungen wiedersehe zu bestimmten Familienanlässen und einfach ganz neutral tue. Auch wenn es Vater, Mutter, Schwester, Bruder sind.«

Helene: »Wo das schlecht bis gar nicht geht, ist bei den eigenen Kindern, denn als Eltern war man eindeutig zuerst da und hat eine Linie zu führen, wie man mit den Kindern im Erwachsenenalter umgeht.«

Edgar: »Die Ausnahme ist, wenn das Kind bei dem anderen Elternteil aufgewachsen ist und man kaum Einfluss hatte.«

Helene: »Mit meinen Jungs läuft es glücklicherweise gut und die beiden verstehen sich auch untereinander. Ich bin sehr dankbar dafür, wenn ich auch sagen muss, dass ich einen kleinen Anteil daran hatte.«

Jasmin: »Ich bin froh, das zu hören, Helene. Du gibst mir Hoffnung auf ein trautes Miteinander in Familie.«

Dafür hat aber Helene ihren Fremdgänger-Ralph. Und ihre beiden herrischen Schwiegertöchter. Kommt immer darauf an, welche Ansprüche man im Leben hat. Ich weiß, meine sind am höchsten. Und ich habe gerade gehässige Gedanken.

Ich wünsche jedem, dass er nach seiner Fasson glücklich wird. – Ehrlich!

• • •

Versuchungen sollte man beim Schopfe packen. Wer weiß, ob sie wiederkommen.

Donnerstag, 07. November 2013

Seit einer halben Stunde lausche ich dem Nieselregen, wie er gleichmäßig gegen die Scheiben prickelt. Mein Feuer im Küchenkamin flackert synchron dazu. Ich verfalle meiner romantischen Träumerei, der ich bei abendlichem Niederschlag manchmal ausgesetzt bin. Kommt dann noch ein echtes Gewitter auf, mit angerolltem Donner und zuckenden Blitzen, vielleicht noch einem echten Mann, bin ich die glücklichste Frau auf Erden.

Ich öffne das Gewölbefenster und sauge die frisch gewaschene Abendluft ein.

Direkt hinter mir steht der Mann meiner grenzenlosen Traumwelt. – Ich spüre seinen tiefen Blick, seine Nähe, sein Verlangen. Mit sanftem Druck nimmt er meine Schultern in seine starken Hände und tastet mit seinem weichen Mund meinen Nacken ab. Ich werde schwach und will ich mich hingeben …

Plötzlich reißt mich die Türglocke aus meinen unschicklichen Gedanken. Nina steht klatschnass vor der Tür. »Schirm vergessen – Mist!«

»So doll regnet's doch gar nicht.« Ich bringe ihr gleich ein Baumwollshirt und eine Strickjacke von mir. »Hier, Mausi, die nassen Klamotten kannst du ins Badezimmer hängen.«

»*Doll* hat's nicht geregnet, aber lange. Ich war noch in der Stadt.«

»Hab was Schönes vorbereitet für uns beide. Ich wollte dich noch anrufen und sagen, dass wir heute allein sind. Die anderen haben alle etwas anderes vor.«

Nina: »Oh – aber das passt ganz gut, ich hab nämlich ein paar intime Dinge mit dir zu besprechen.«

Gott – intime Dinge will ich von dir gar nicht wissen, du bist achtundsechzig! Andererseits, wenn es mir zu bunt wird, kann ich *stopp* sagen. Diplomatisch verpackt natürlich. Hab ich von Claire. Aber komisch, dass ich selbst gerade an intime Dinge denken musste. Manchmal liegt das vielleicht am Mond, am Wetter … oder an telepathischen Kräften zwischen Sympathisanten.

Nina: »Das duftet lecker. Was gibt's denn?«

»Für dich erst mal eine Schale Kräutertee. Anschließend gibt es Steinpilzragout mit Maronen auf Grünkernknödel. Als Dessert serviere ich für jeden einen Schlag schwarze Johannisbeermascarpone auf Bio-Haferkeksen.«

»Du bist himmlisch, wo hast nur immer solche Ideen her?«

Als ich das letzte Mal himmlisch war, hatte ich noch Dienstkleidung an.

»Die denke ich mir aus, bei irgendetwas muss ich ja noch denken.«

Ich habe Nina schon achtzigmal erzählt, dass ich mir Kochtopfinspirationen stets im Internet hole. Vergessliche Trine.

Nina deckt den Küchentisch. Das kann sie zwar nicht so schön wie ich, aber ich bin froh, dass sie beschäftigt ist.

Nach dem Essen und ein bisschen Geplänkel kredenze ich uns einen badischen Weißherbst.

»Zum Wohl, Ninalein. Der passt gut zu draußen.«

Ich versuche, sie weiter von ihrem geplanten Intimgespräch abzulenken.

Nina: »Wie kann ich denn Anton im Bett so überzeugen, dass er mich gar nicht mehr verlassen *kann*?«

Ich kriege den Kehldeckel nicht mehr rechtzeitig rum und mir bleibt der Weißherbst im Halse stecken. Mein Hustenanfall verschafft mir Zeit zum Antworten.

»Weißt du, Nina, ich glaube nicht, dass dich deine Internetbekanntschaften verlassen haben, weil du, na ja … Du hast dir vielleicht immer den falschen Typ Mann ausgesucht. Die lügen dir das Blaue vom Himmel runter, und du glaubst alles, weil du es glauben willst. Aber Anton ist nicht so. Der himmelt dich an. Bei dem brauchst du keine Angst zu haben. Fremdgänger rieche ich auf drei Kilometer, und Anton ist keiner.«

»Ich glaub's ja auch nicht, aber man weiß nie … Ich kenne Anton jetzt über vier Jahre, und es läuft gut. Ich müsste ihn nur noch ein wenig mehr von mir überzeugen. Ich hätte gern eine Garantie. Du warst doch mit Konrad so lange glücklich.«

»Zunächst einmal – danke, dass du mich daran erinnerst. Zu deiner Information: Es zwickt immer noch. Auch wenn es schon fast zwanzig Jahre her ist. Doch ich glaube, ich hätte im Bett machen können, was ich wollte …«

… hab ich ja auch.

»Er hat eigentlich nichts weiter gemacht, außer im Mozartcafé mit einer anderen gefrühstückt, aber für mich war das der Tropfen zum überlaufenden Fass. Ich wusste, ich will nicht mehr mit ihm zusammen sein. *Jeden* Tag zusammen, bloß aus Gewohnheit. Da hatte ich nun meinen Trennungsgrund, den natürlich kein Mensch verstehen konnte. Ich hatte immer Angst vor dem Abschied, vor der Endgültigkeit, doch ich konnte nicht anders und wusste, dass es richtig war. Mit meinem Zusammenbruch danach hatte ich allerdings nicht gerechnet. Plötzlich war da ein Loch.«

»Entschuldige, ich bin ein solches Kamel.«

Stimmt. Aber irgendwie hab ich dich trotzdem gern. Sonst würdest du hier keinen Einlass mehr kriegen. Davon abgesehen finde ich, keine Frau hat es nötig, einen Mann von sich überzeugen zu müssen. Im Gegenteil, wenn ich ein Mann wäre, würde mich so eine gar nicht interessieren.

»Schon gut, Ninalein. Er wird dich immer anziehend finden, wenn du selbstsicher vorgehst, bei *allem*, was du machst. Ein bisschen weibliche Ziererei gehört natürlich auch dazu. Jedes Mal, wenn *er ankommt*, zumindest.«

Nina: »Er kommt ja nie an. Vielleicht bin ich für ihn schon so langweilig.«

»Das glaube ich nicht. Weißt du, für mich ist das mit dem Liebesspiel wie beim Tanzen. Mit oder ohne Musik. Wobei ich passende musikalische Untermalung immer vorziehen würde. Ich habe mir schon zeitig angewöhnt, die Führung zu übernehmen, aber trotzdem meinem Mitspieler das Gefühl zu geben, *ich* werde von *ihm* geführt.«

Nina: »Ach ja, wie stellst du das denn an?«

»Das ist gar nicht schwer, wenn du erst mal den Bogen raus hast. Und wenn der andere nicht ganz ahnungslos ist, hat er das im Gespür und liebt dich dafür. Vor allem gehört diffuses bis gar kein Licht zur Show … Oder beim Quickie die meisten Klamotten anzubehalten, was sich eigentlich sowieso nicht vermeiden lässt, wenn man irgendwo übereinander herfällt ... Nicht weil ich mich schäme, sondern weil ich seiner Fantasie freien Lauf lassen will und nicht seinem Forscherdrang über die Anatomie des Weibchens.«

Nina: »Wie Quickie – als hattest du schon oft Quickies!?«

»So oft, wie ich es mir in meiner Fantasie ausgemalt habe, auf jeden Fall nicht. Das letzte Mal ist es in der

Klinik passiert – kurz nach drei Uhr nachts, das weiß ich noch, weil kurz vorher die Kirchenuhr dreimal geschlagen hat. Ich hatte schon lange ein Auge auf ihn geworfen. Einer der Chirurgen, Mitte fünfzig – genau meine Kragenweite. Nun war es auch gerade Frühling, und ich glaube, man sieht mir an, wenn ich sozusagen … offen für alles bin … Jedenfalls – ich hatte Nachtbereitschaft und war von der sechsten Etage mit dem Fahrstuhl Richtung Leichenkeller unterwegs.«

»Na, das nenne ich romantisch.«

»Im vierten Stock ist *er* zugestiegen. Er hat noch gewartet, bis sich die Fahrstuhltüren geschlossen haben. Dann ist er mir – betont langsam – näher gekommen … Moment, ich will noch eine Flasche Wein holen.«

Nina: »Du bleibst jetzt sitzen! Ich hol dann welchen.«

»Ist gut … Ich stand also mit dem Rücken zur Fahrstuhlwand neben dem Anhalteknopf. Den hat er betätigt, als macht er das jeden Tag. Noch nie im Leben hat mir dermaßen der Atem gestockt. Mit seinem weichen Mund hat er ganz leicht mein Ohr angetippt und geflüstert: Hast du es eilig? Ich hauche mit meinem schönsten Augenaufschlag zurück: Jetzt, wo du fragst … gewissermaßen schon … Wir beide sind im Fahrstuhl explodiert. Es war überirdisch … Wie man sich eben so einen Quickie vorstellt.«

Nina: »Das hast du nicht drauf!«

»Natürlich nicht. Wir sind selbstverständlich mit ordnungsgemäßem Guten-Morgen-Gruß und verlegenem Lächeln zusammen abwärts gefahren. – Verdammte gute Erziehung – steht einem doch immer nur im Weg. – Prost, Ninalein.«

»Verarsch mich bitte nie wieder! – Das war nicht zufällig Edgar in deiner Fantasie?«

»Quatsch, der ist doch gar nicht mein Typ und viel zu alt.«

»Hattest du schon was mit ihm oder nicht?«

»Du kennst meine Prinzipien: kein Kontakt mit Exliebhabern. Also – ist er ja nicht, wir haben uns nur einmal geküsst. Damals. Aber das konnte ich nie vergessen.«

»Du liebst ihn, oder?«

»Edgar ist achtundsiebzig!«

»Na und! Meinst du, er wird bald ein seniler Pflegefall? Du musst doch nicht Tag und Nacht mit ihm zusammen sein. Das ist doch dein größter Alptraum, stimmt's?«

»Ich weiß nur, dass er mich unheimlich reizt. Obwohl wir uns so lange aus den Augen verloren hatten, zieht er mich an wie das Bermudadreieck. Da war eine gemeinsame Zeit vor vielen Jahren. Ich meine, wir haben uns jeden Tag bei der Arbeit gesehen. Das alte Krankenhaus damals ... Jeden Tag habe ich mich gefreut, ihn zu sehen. Heute kommt mir das vor wie der reinste Urlaub. – Ich liebe es, wenn er mir Paroli bietet. Er provoziert mich und bringt mich zum Lachen. Bei ihm habe ich das Gefühl, er versteht mich wie kein anderer Mann auf der Welt. Ich mag, wie er sich pflegt und auf sich achtet. Und er hat was im Kopf.«

»Schatzi, du kommst ja aus dem Schwärmen gar nicht raus. Nein, ich glaube, es besteht keine Gefahr.« Nina grinst in ihr Weinglas.

»Ach sei still.«

Sie hat mich ertappt. Soll das Liebe sein? In meinem Alter neu anfangen? Vor allem *er*, in *seinem* Alter. Aber womit neu anfangen? – Ich weiß nur, ich freue mich wie ein kleines Kind, wenn er bei mir ist ...

Nina: »Welcher Typ Mann macht dich denn sonst so an?«

Da muss ich erst mal überlegen.

»Also, die Männer, die mir jetzt so gefallen, stehen schon ganz schön im Gegensatz zu denen von früher: Wenn mir früher ein lässiger Typ mit Kippe im Mundwinkel im tiefer gelegten Trabi entgegenkam, bin ich schon mal auf so einen reingefallen. Zum Glück habe ich aber bald gemerkt, dass die Obercoolen nur auf den ersten Blick für mich interessant waren. An einen kann ich mich noch erinnern: Der hat sich bei jeder Gelegenheit durchlaviert, war ganz stolz, wenn er irgendwo etwas umsonst gekriegt oder sogar manchmal im Laden was mitgehen lassen hat. Der hatte keine Manieren und den entsprechenden Wortschatz drauf. Das war mal eine Erfahrung, aber heute stehe ich auf ganz andere Männer. Konrad konnte ja sein, wie er wollte, aber gute Manieren hatte er. Vor allem auch am Esstisch. Tischmanieren bei einem Mann finde ich sexy, daran erkennst du einen Mann von Format. Schon wenn er sich die Serviette auf den Schoß legt…

Und wenn mir heute eine attraktive männliche Erscheinung mit einem angebissenen Apfel in der Hand in einer dunklen PS-starken Limousine entgegenkommt, spricht das Bände. So einer müsste sich in Acht nehmen vor mir.«

Nina: »Was spricht denn das für Bände?«

Määänsch, Nina:

»Der achtet auf seine Gesundheit, ist gut situiert, seriös und trotzdem ein Draufgänger.«

Nina: »Das siehst du alles, wenn einer im Auto vorbeifährt?«

Ach, Nina, du hast wirklich kein Ding Fantasie. Ich frag mich, wie du durchs Leben kommst.

»Das sehe ich, wenn ich meine Gedanken schweifen lasse. Kann natürlich ganz anders sein.«

Nina: »Sag mal, Mathilda, wo wir schon mal unter uns sind …«

Bitte nicht noch mehr intime Details von dir …

Nina: »Wie ist denn das mit den erogenen Zonen bei dir, hast du da spezielle? Das soll ja bei jedem anders sein.»

Glücklicherweise bin ich beschwipst und antworte brav: «Also – kommt darauf an.«

Nina: »Wie – worauf kommt es denn an?«

»Na, wenn ich mit einem Mann zusammen bin, den ich richtig scharf finde, dann ist mein ganzer Körper eine erogene Zone. Und wenn mich einer langweilt, habe ich keine einzige.«

Jeden Tag zusammen sein käme für mich schon wegen des Überdrüssigkeitsproblems gar nicht infrage.

Wir zucken zusammen, als die Türglocke läutet.

Später Besuch. – Kommt mir wie gerufen.

»Nach zehn Uhr, wer kann denn das sein, Mathilda?« Wir öffnen vorsichtshalber zusammen die Tür. Zum Kampf entschlossen versteckt sich Nina mit geballten Fäusten hinter mir.

Mit zerzauster Frisur, passend zu ihrem Gesicht, steht Helene vor uns.

»Darf ich noch stören?«

»Klar, Mausi, komm rein.«

Ich frage nichts und mache ihr einen Tee. Selbst Nina hält sich zurück.

»Redet ruhig weiter, ich muss mich erst mal sammeln.« Sie lässt den Tee stehen. »Darf ich mal an deine Whiskybar?«

»Natürlich, bedien dich, Helene.«

Sie trinkt harte Sachen, die Sache ist ernst. Da ich mir mit Nina schon ordentlich Wein genehmigt habe, bleiben wir beim Thema.

Nina: »Wir sind gerade beim Klären sexueller Unzufriedenheit in der Partnerschaft.«

Helene bleibt das Gesicht stehen, als hätten wir sie beim Klauen erwischt. »Tut bitte so, als wäre ich gar nicht da.«

Nina wendet sich wieder zu mir: »Es ist nicht mehr wie am Anfang zwischen Anton und mir. Mir ist schon klar, dass man nicht mehr so verrückt aufeinander ist wie früher. Bei ihm kommt ja noch sein Prostataproblem hinzu. Ich habe manchmal Angst, dass ich ihn überfordere vor lauter Zufriedenstellenwollen. Hast du vielleicht eine Idee, wie ich die richtige Balance finden könnte? – Noch ein Schlückchen Weißherbst?«

Auf jeden Fall. Her mit dem Zeug. Nur weil ich Medizin studiert habe, ist mein Umfeld der Meinung, mir jedes intime Detail erzählen zu müssen. Ich will heute mal eine Ausnahme machen und das nicht einfach abschmettern. Vom Wein und vom Regenwetter bin ich wohltuend benebelt.

»Ich finde es grundsätzlich immer gut und richtig, sich Gedanken um die Glückseligkeit des anderen zu machen, Ninalein. Vor allem, weil das immer zu einem selbst zurückkommt. Und die gegenseitige Bettzufriedenheit ist fast noch wichtiger als einvernehmliches Gequatsche. Also – ich meine: Reden ist natürlich auch wichtig. Die Betonung liegt auf *gegenseitiger* Zufriedenheit, da liegt nämlich die Krux. Dieses Gleichgewicht kriegt kein Pärchen lange hin. Versuche, dafür Lösungen zu finden, lohnen sich immer, denn es gibt kaum ein Thema unter Liebenden, das mehr Anlass für Verstimmung gibt.«

Helene: »Verstimmung ist gut.«

Ach, daher weht der Wind. Helene taut langsam auf.

»Bei den über lange Zeit Unbefriedigten merkt man das durch ihr Verhalten den lieben langen Tag hindurch, sie sind genervt und haben ungesunde Anwandlungen: Meckersucht, Gehässigkeit … Während man sich nach einer befriedigten Nacht ein Dauerlächeln tagsüber kaum verkneifen kann.«

Nina: »Genau diese befriedigten Nächte will ich mit Anton öfter haben und überlege das Wie, ohne ihn zu überfordern.«

»Ja ja, hab ich schon beim ersten Mal verstanden. Wir sollten also das Problem bei der Wurzel packen. Es fängt ja schon damit an, dass man sich unterschwellig das Leben schwer macht, nur weil man das vermeintliche *sexuelle Soll* nicht erfüllt. Was uns zur Frage führt: Wer bestimmt denn das sexuelle Soll? – Erstens: *Du*, zweitens: *Anton* oder drittens: der Rest deiner sozialen Welt? Müssen wir, weil wir wollen? Oder wollen wir, weil wir müssen?«

»Mathilda, ich weiß, du stehst auf Schopenhauer. Mein Fall ist der ja nicht, aber vielleicht ist da was dran.«

Ich merke schon, Nina will konkrete Antworten und kein Herumphilosophieren. – Dabei ist das meine Art Vorspiel.

»Gut, *den Rest eurer Welt* können wir schon mal ausklammern, weil ihr euch untereinander absprechen könnt, dass euer Bettprogramm niemanden etwas angeht und deshalb auch nicht breitgetreten, sondern geflunkert oder geschwiegen wird, wenn das Gespräch darauf kommt. Klar ist auch, dass meistens nur einer von beiden willig ist. Wenn das immer derselbe ist, setzt schon dieser Umstand den anderen unter Druck und ihm vergeht es. Er hat also gar keine Chance, *zu wissen*, ob er selber gern möchte.«

»Na ja, ich weiß nicht genau, was Anton möchte. So richtig traue ich mir nicht, ihn darauf anzusprechen. Wenn ich Anstalten mache im Schlafzimmer, fängt er öfter an, von seinen Beschwerden zu reden. Dabei können die gar nicht so schlimm sein. Er nimmt noch nicht mal Tabletten oder so. Manchmal habe ich das Gefühl, er will mich gar nicht.«

»Falls er wirklich Probleme hat, Ninalein, würde ich ihn an deiner Stelle nicht unter Druck setzen. Lass *ihn* doch kommen, wenn er so weit ist. Vielleicht hat er gar nicht mehr so das Bedürfnis und fühlt sich von dir überfordert, während du dich anstrengst, ihm vermeintlich etwas Gutes zu tun.«

Nina: »Also von mir aus müssen wir auch nicht jede Woche, du weißt schon … Ich dachte nur, sonst fühlt sich Anton vielleicht nicht mehr so männlich, wenn das Sexleben einschläft.«

Jede Woche – großer Gott…

»Gut – nehmen wir an, er hat wirklich gesundheitliche Probleme und ist deshalb lieber vorsichtig. Dann lass ihn in Ruhe. Oder wir nehmen an, er hat nur keine Lust und benutzt die Prostata als Ausrede. Dann lass ihn auch in Ruhe.«

Nina: »Gute Lösung. Ich habe nämlich selbst auch nicht unbedingt immer Lust.«

Also, wo ist dann das Problem?

Helene: »Genauso geht es mir! Heute auch wieder. Ralph kommt immer an, und ich habe oft keine Lust. Manchmal überwinde ich mich, denn er wird sonst wütend. Heute hat er gesagt, dann müsste er sich wohl wieder anderweitig umschauen. Seine Chancen stünden gar nicht schlecht.«

Das Schwein! Den hätte ich schon längst aus meinem Leben befördert. Arme Helene – kommt einfach nicht los von dem Kerl.

»Komm her, mein Schatz«, ich nehme sie in den Arm. »Vielleicht endet seine Midlife-Crisis niemals.«

Nina: »Okay, dass Ralph mit dem Altwerden nicht klarkommt, wussten wir ja schon. Aber das ist kein Grund, dich so fertigzumachen, jeder muss schließlich damit klarkommen. Weißt du was, Helenchen?! Wir sondieren jetzt mal die Gründe, Vorteile und Nachteile, warum du so leiden solltest. Mit welchem Recht behandelt er dich so? Warum lebst du damit?«

Helene: »Ich kann nicht ohne ihn. Er ist der Vater meiner Söhne. Wir waren doch schon immer zusammen! Ich möchte das nicht noch einmal durchmachen von damals!«

Ich muss jetzt resolut sein, sonst hört das nie auf.

»Aber wenn du dir von ihm alles gefallen lässt ohne Konsequenzen, ist das doch erst recht kein Leben, Schatzi.«

Helene: »Können wir nicht versuchen durchzuspielen, was ich tun kann, damit meine Ehe so gut wie möglich weitergeht?«

Ich merke schon, Helene ist immer noch nicht so weit, ihn zu verlassen. So viel verschwendete Lebenszeit kann ich mir nur schlecht ansehen. Aber ich weiß auch, wenn ich ihr jetzt meine wahre Meinung sage, fühlt sie sich nur noch schlechter:

»Ja, wir können auch versuchen, das aktuelle Problem zu behandeln. Wir sind doch gerade beim Spezialthema, stimmt's, Nina?«

Nina: »Genau. Abgesehen von dem hässlichen Kommentar deines Mannes ist es also so, dass er mehr Sex mit dir will. Und du hast keine Lust aus vielerlei Gründen, die ein Mann sowieso nicht nachvollziehen kann. Der Klassiker also …«

Ich muss noch mal unterbrechen:

»Können wir statt Sex ein anderes Wort vereinbaren? Ich finde, das ist ein unpassender Begriff. Der passt irgendwie nur zu Filmen oder Talkshows, aber nicht zu uns.«

Nina: »Von mir aus. Irgendwelche Vorschläge?«

»Ja, ich nehme dafür gern *sitzen*.«

Helene: »Wieso denn ausgerechnet sitzen?«

»Ich hatte einmal einen arabischen Kollegen, der noch nicht richtig Deutsch konnte. Der hat ständig versucht, mich anzugraben, also nicht nur mich; jede eigentlich. Der hielt sich für unwiderstehlich und war auch noch verheiratet ... Na ja, jedenfalls sagte er nach einigen erfolglosen Versuchen zu mir: *Wenn du einmal mit mir sitzen möchtest, brauchst du nur zu sagen!* Seit ich Jasmin einmal die Geschichte erzählt habe, heißt das bei uns *sitzen*.«

Helene: »Ja, *sitzen* klingt entspannt.«

Nina: »Also – zum einvernehmlichen *sitzen* gibt es doch jetzt so ein Deo in der Fernsehwerbung. Das behebt Erektionsstörungen und steigert die Lust bei Frauen.«

»Das Zeug ist bestimmt kein Deo. Aber wenn es so etwas gibt, sind es wahrscheinlich Hormone.«

Nina: »Das ist, glaub ich, ein homöopathisches Mittel.«

»Na dann weißt du auch, wie es wirkt. – Alles, was man braucht, ist Fantasie.«

Nina: »Ja, wenn du das Kopfkino nicht einschalten kannst, nützen dir die besten Tropfen – im wahrsten Sinn – nichts. Die Bandbreite, wie das *sitzen* ausgelebt werden kann, ist groß. Ein Problem kann noch das Schamgefühl sein, gerade in unserer Generation, aber daran kann man arbeiten. Was noch zum richtigen Problem werden kann, sind gesundheitliche Störungen.«

Dazu will ich mich gern auslassen:

»Ich kenne mich zwar nur ein bisschen mit Toten aus, aber du kannst mir glauben: fortgeschrittenes Alter, Herzschwäche, Prostataprobleme – alles kein Grund, um nicht mit seinem Partner zu *sitzen*. Allerdings würde ich dann ausgesprochen häufige Quickies nicht empfehlen.«

Seit wann benutze ich nur dieses Wort?

»Obwohl Quickies nicht zu unterschätzen sind. Es gibt kaum ein Vorher oder Nachher. Deswegen kann dabei auch wenig schiefgehen. Denn je länger der Weg ist, desto größer die Wahrscheinlichkeit, dass Schlaglöcher, Sperrungen und Staus vorkommen. Es gibt nur Lust und Gier. Und das gute Gefühl danach für den Mann: Der hast du's gegeben! Und für die Frau: Jetzt war er platt! Ich kann ihn immer noch verblüffen. – Anschließend aber unbedingt locker bleiben und nicht groß drüber reden, sonst zerstörst du den Effekt. Ich finde, es gibt nichts Schlimmeres als Vorhersehbarkeit, das ist Langweile pur.«

Helene: »Dafür, dass du jahrelang keinen Kerl mehr hattest, klingt das ganz schön realitätsnah.«

Nina: »Das wollte ich auch gerade sagen.«

»Ihr wisst doch, dass ich hauptsächlich die Theorie beherrsche.«

Nina: »Aber wieso sind gesundheitliche Störungen kein Grund für nicht mehr *sitzen* mit seinem Partner?«

»Auf Tagungen quetsche ich ja gern mal die Kollegen aus, die sich am *lebenden* Objekt betätigen. In der Kaffeepause hatte ich ein Gespräch mit einem Andrologen und einer Gynäkologin. Es ging um Krankheit, Potenz und Fantasie. Der Androloge meinte: Impotenz gibt's nur im Kopf, solange einer noch alles dran hat. Fantasie oder die richtige Frau können alles bewirken. Kein Patient braucht Viagra, wenn er mal seine Gedanken ordnen würde, die Angst vorm Herzinfarkt ablegt, seine Fantasie gebraucht oder den entsprechenden Film sieht.

Die Gynäkologin meinte: Die Frauen kommen in meine Praxis, weil sie trocken sind wie die Wüste und ein Rezept wollen. Sie glauben, es liegt am Alter oder sonst einer gesundheitlichen Störung. Am liebsten würde ich sagen: Soll ich Ihnen mal einen gestandenen Kerl vorbeischicken, der

Sie richtig heiß macht? Sie werden sehen, dass es nichts Organisches ist und die Natur ihren Lauf nimmt.

Dann bin ich echt ärgerlich geworden und habe gefragt: Wie wäre es, wenn ihr das euern Patienten, vielleicht noch hübsch verpackt, einmal ganz direkt sagt? Das wäre vielleicht mal eine Hilfe!

Da lachten sie beide höflich verlegen und haben sich verzogen. Na, ist doch wahr! Manche Patienten sind eigentlich gar nicht minderbemittelt, nur dämlich bei sich selber. Das habe ich schon oft bei mir festgestellt. Wenn mir manchmal jemand meine eigenen Symptome erzählen würde, wüsste ich gleich, was Sache ist. Aber bei mir oder meinen Lieben blockiert gelegentlich mein Verstand. Vielleicht aus Angst oder Abwehr oder weil es einfach nervtötend sein kann. Als ich noch Notdienste gefahren bin, wurde ich nicht müde, den Patienten alles genau zu erklären, sodass sie auch verstehen, was ich gesagt habe. Nicht nur, weil die Ärzte selbst unsicher sind, bekommt man sein mögliches Krankheitsbild auf Lateinisch hingemurmelt, sondern auch, weil die Zeit knapp ist und das Wartezimmer brechend voll ist oder der nächste Einsatz wartet. Trotzdem habe ich mir in dem einen Jahr als Notärztin immer Zeit genommen für Patientengespräche.

Aber eins weiß ich auch: Unser Gehirn ist unser größtes Sexualorgan. Das Verlangen kommt, wenn wir uns anregende Gedanken machen. Voltaire sagt: Es gibt keine wahren Genüsse ohne wahre Bedürfnisse. Aber manchmal kannst du ewig drauf warten, dass das Bedürfnis kommt.«

Helene: »Wenn wir uns tagsüber streiten, was in letzter Zeit wieder öfter vorkommt, kann ich einfach abends nicht mit Ralph ins Bett kriechen, als ob nichts war. Wie kriege ich denn nun das Bedürfnis, wenn ich keins habe, er aber schon?«

Die Frage ist doch:

»Ist *sitzen* mit Ralph deine Pflichtübung, um ihn zu halten?«

Helene: »Ich weiß es nicht. Manchmal ertrage ich nicht, wenn er mir solche Gemeinheiten sagt. Die Liebe ist auch schon ganz schön kaputt, seitdem er die andere hatte. Aber ich kann mich nicht von ihm trennen. Vielleicht kann ich es irgendwann. Ich möchte es noch mal versuchen und alles dafür tun, damit es gut läuft zwischen uns. Wenn es trotzdem nicht reicht, kann ich an Trennung denken. Vielleicht. Aber ich glaube, ich komme nie von ihm los.«

Ich würde das nie, nie, niemals mitmachen!

Nina: »Gut, dann setzen wir alles daran, dass dir *sitzen* mit Ralph wieder Spaß macht. Erst mal müssen wir dein Bedürfnis anfachen. *Du* sollst ja auch etwas davon haben. Auch als Frau fühlt man sich gut, nachdem man mit seinem Ehemann *gesessen* hat. Ich finde es gar nicht so verkehrt, mal eine entsprechende DVD einzulegen oder sich mal ein spätes Fernsehprogramm anzuschauen. Umgekehrt ist es aber auch so, dass du durch deine Gedanken die Lust abtöten kannst. Wenn ihr euch streitet, versuch, das zu vergessen. Oder stell dir einen anderen Typen vor. Gibt's da keinen an deinem Gericht, der dir gefällt?«

Nina wieder. Ich kann da gar nichts so richtig dazu sagen, weil ich den schon längst verlassen hätte …

Helene: »Ich kann immer so schlecht meine Gedanken lenken.«

Nina: »Alles reine Übungssache. Versuchs einfach mal und gib nicht gleich auf.«

Helene: »Ich weiß nicht ...«

Nina: »Der Abschied vom Scharf-aufeinander-Sein wie früher ist gar nicht schlimm. Geht ja jedem so. Leider vertreiben sich aber viele Männer ein Leben lang die Zeit mit wechselnden Geschlechtspartnerinnen, weil sie sich nicht von diesem Gefühl verabschieden wollen. Sie müssen so breit gefächert wie möglich ihren selbst definierten Charme versprühen. Wenn du es geschickt anstellst, könntest du Ralph zeigen, dass eine tiefe Zusammengehörigkeit einen höheren Stellenwert hat als ständiges Herumtingeln. Vielleicht kannst du das Ralph ein bisschen abgewöhnen, seine Männlichkeit nur über *sitzen* zu definieren.«

Helene: »Ja gut. Vielleicht könnte ich das versuchen.«

Das muss Nina gerade sagen. Die will ja Anton praktisch zum *sitzen* zwingen, obwohl er gar nicht will. Aber vielleicht redet sie sich gerade auch selbst gut zu … Inzwischen sind wir alle drei tüdelig.

Nina: »Was mich mal interessieren würde, Mathilda, wenn dir einer gefällt, wie würdest du ihn denn für dich gewinnen? Um nicht zu sagen: scharf machen?«

Ich kann ja heute alles erzählen. Die Stimmung passt, und die beiden haben eh keine Ahnung.

»Lasst mich mal überlegen … Meinst du jetzt, wenn ich mit ihm zusammenlebe oder ihn nur von Weitem kenne?«

Nina: »Egal. Am besten erzähl beides.«

»Also, wenn ich mit einem zusammenlebe, weiß ich: Eine Frau, die zu viel schwafelt oder sich zu emotional benimmt, ist langweilig oder was noch schlimmer ist: nervig. Nichts gegen Aufrichtigkeit, aber ich würde auf keinen Fall mein Innerstes nach außen kehren. Ich wäre zwar aufrichtig, lege aber nicht alle Karten auf den Tisch. Er soll mich nicht akzeptieren, wie ich bin. *Akzeptieren* kann man einen Fußabtreter. Er soll nach mir lechzen, verrückt nach mir sein! Ich bin schon immer Verfechterin von fleischlicher Monogamie, wenn ich mit jemand zusammenlebe. Trotzdem muss *sitzen* nicht langweilig werden. Selbst wenn die krankheitsbedingte Fähigkeit zum *sitzen* bei einem Partner fehlt, ist trotzdem noch nicht aller Tage Abend. Manchmal hat das Männchen, egal in welchem Alter, das Bedürfnis, der Frau zu zeigen, wer der Mann ist, auch wenn er krank ist. Gut so, denn es gibt am Ende für beide ein gutes Gefühl. Es gibt immer Möglichkeiten. Ich würde das Zusammensein mit Spielzeug, Filmen oder Hilfsmittelchen aufrechterhalten, im wahrsten Sinn, hi…«

Ich bin total beschwipst.

»Das ist natürlich keine Garantie für nichts. Ein richtiger Fremdgänger braucht den Reiz der fremden Frau wie die Luft zum Atmen. So ein Mann ist so treu wie seine Gelegenheiten.«

Ich versuche, nicht zu Helene zu schauen.

»Und wenn ich mal einem geschätzten Kollegen gefallen wollte, wusste ich schon damals: Angst und Erregung entstehen in derselben Hirnregion. Angst hat einen eigenen Duft, genau wie Liebe. Wenn ein Mann ein wenig Angst vor mir hat, weil ich mich zum Beispiel unberechenbar zeige, oder er später Angst hat, dass ich mich nicht mehr für ihn interessiere, erzeugt das bei ihm Erregung.

Ich tue jedenfalls alles – frei nach dem Motto: Das Schönste, was wir erleben können, ist das Geheimnisvolle. Albert Einstein hat das vielleicht nicht nur physikalisch gemeint. Ich bediene jedenfalls selbst den Dimmer, mit dem ich meine Reize dosiere.«

Nina: »Du wirst doch nicht früher deine Kollegen angebaggert haben?!«

Ich weiß, Nina will die Gelegenheit nutzen und mich ausquetschen … Was soll's:

»Auch schon zu meiner Zeit wurde in unserer Berufssparte kreuz und quer geschlafen. Das war vielleicht sogar noch einen Tacken heftiger als heute … In bestimmten Berufsgruppen wird halt untereinander mehr ge…, also …

gesessen als in anderen, nicht nur im Gesundheitswesen, auch am Theater, unter Sportlehrern, an Unis, im Büro, bei der Lufthansa …«

Nina: »Okay – was bleibt denn dann noch? Wo sind die Anständigen?«

»Na ja, der Rest eben.«

Helene: »Du scheinst dich ja voll auszukennen.«

»Ihr wisst doch, ich bin nur Theoretikerin …«

Nina: »Mathilda, wie machst du das eigentlich, mit deinem – na ja – Sitztrieb?«

So besoffen bin ich dann doch nicht, um mich komplett vor den beiden auszubreiten.

»Weißt du, seit ich den Zweihundert-PS-Benz fahre, weiß ich, wovon die Leute sprechen in Bezug auf *sitzen*. Beim Autofahren, wenn ich mal kurz das Gaspedal durchtrete, drückt es mich abrupt in meinen schwarzen Ledersitz, sodass mir leicht schwindelig wird … Ich *sitze* praktisch während der Fahrt. Das reicht mir völlig aus.«

Helene: »Deswegen fährst du wohl jeden Meter?«

»Stimmt gar nicht. Ich laufe auch viel. Zur Strafe erzähle ich euch jetzt nicht, was ich beim Laufen mache.«

Nina: »Nimmst du mich mal eine Runde mit?«

Ich sehe, Nina hat das Prinzip verstanden.

• • •

Lieber gesunde Verdorbenheit als verdorbene Gesundheit

Je näher Gevatter Tod mitsamt seinen Vorboten rückt, und das tut er mit jedem Tag, befasst man sich durch unwillkürliches Muffensausen mit gesunder Lebensweise. Das Ohr dafür wächst einem im fortgeschrittenen Alter, wenn die Vorboten schon mal unangemeldet reinschauen. Oder bei Horrordiagnosen, wie ich eine hatte. Denn keiner möchte ein zweites Mal gewickelt und gefüttert werden. Auch nicht mental. Und keiner will zu früh sterben, wobei auch später prinzipiell immer zu früh ist.

Donnerstag, 14. November 2013

Trotz Sturmregen und Blätterhagel sind meine vier Spezies unversehrt bei mir angekommen und unverzüglich in die Küche marschiert.

Ich schalte den Kuschelkamin im Wintergarten ein und verfolge mit meinem restlichen Grüntee das Unwetter draußen. Nebenbei prüfe ich den gedeckten Tisch auf Vollkommenheit. Gleich werden wir hier dinieren wie Gott in Frankreich oder besser gesagt, in Japan. Japanisch mag ich am liebsten. Heute Abend zelebrieren wir die Vielfalt der Nahrungsmittel mit Köstlichkeiten in kleinen Porzellanschälchen. Meine schönsten Essstäbchen können sich darin genüsslich auslassen. Mal sehen, wie weit mein Gesinde mit den Vorbereitungen ist.

Jasmin und Nina kümmern sich um das Essen; Helene diskutiert mit Edgar mal wieder den Wein, und ich freue mich über mein angenehmes Leben und dass ich meine Gruppenmitglieder so sorgfältig ausgewählt habe.

Ich bin eingeteilt für Misosuppe mit Shiitakepilzen und Seidentofu, die ich schon heute Vormittag zubereitet habe, schmeckt gekühlt und durchzogen besser, und ich muss jetzt nicht mehr viel machen. Nina wälzt Zanderfiletwürfelchen in Buchweizenmehl und brät sie knusprig, Jasmin wickelt Reisbällchen in Algenblätter. Edgar nippt schon eifrig Sake und richtet Daikon und Erbsenschoten an. Das freut mich besonders, denn meistens kommt er später, damit er sich um jegliche Betätigung drücken kann. Vielleicht hat er langsam begriffen, wie schön es ist, wenn man ein klein wenig mitmischt.

Das Dessert ist eine Kreation von Helene: Taiyaki mit Vanillecreme und Kirschen.

Ich schneide noch hauchdünne Biozitronenhalbmonde und hacke frische Petersilie, bevor wir zur Tafel schreiten. »Ich glaube, die Japaner sind ein ganz schlaues Völkchen. Die nutzen die einzigartigen Vorteile, die man als Mensch hat, und lauschen ihrer Intuition, was eine gesunde Lebensweise betrifft. Die sehen am jüngsten aus und haben das höchste Durchschnittsalter weltweit. Das sind Genießer und keine Schlinger, sie feiern ihr Essen und stopfen nichts rein für den kurzen Kick.«

Nina: »Ja, die benutzen ihr Oberstübchen bei allem, was sie tun. Dabei sind sie noch stolz und kultiviert.«

Edgar: »Die sind so stolz, dass sie sich gleich umbringen, wenn sie ihre Firma in den Sand setzen. Das würde mir persönlich zu weit gehen. Ich schätze, ihr werdet trotzdem nicht aufhören, die Japaner in den Himmel zu loben. Warst du schon mal dort?«

Nina: »Nein, aber ich kenne ein paar Japaner durch den Theaterkreis, die kommen jedes Jahr ins Nationaltheater, wo wir anschließend zusammen beim Umtrunk plaudern.

Ihre Visitenkarte überreichen sie dir wie eine Organspende von sich mit beiden Händen und tiefer Verbeugung.«

Ich war schon in Japan, aber ich will ja nicht angeben.

Jasmin: »Mama, du warst doch schon dort. Erzähl doch mal.«

Dieses Mal kommt mir meine kleine Plaudertasche überaus gelegen, ich sehe dabei recht bescheiden aus.

»Vorsicht. Wenn ich einmal von den Japanern ins Schwärmen komme, dauert es womöglich die ganze Nacht.«

Edgar: »Bitte nur die wichtigsten Eckpunkte.«

Für Edgar gibt's nicht Schlimmeres, als wenn man ihn langweilt und seine wertvolle Zeit verschwendet.

»Ich war in Kioto. In der Klinik von Dr. Haruyama.«

Nina: »War wohl ein Partnerbesuch in der Pathologie?«

Helene: »Deswegen fliegt Mathilda wohl kaum zehntausend Kilometer. Die sind dort vermutlich genauso tot wie bei uns.«

»Ich war schon lange neugierig auf die Japaner. Mir war die Strecke aber immer zu weit. Wenn ich an den eigentlichen Anlass meiner Reise denke, kriege ich heute noch Gänsehaut. Doch diese Gefühle von damals zwischen Chaos, Angst und Nebel werde ich nie vergessen. Vier Tage nach meiner Krebsdiagnose, die ich am 3. Dezember 2006 – fast genau vor sieben Jahren bekam – saß ich im Flugzeug mit der Adresse dieser Klinik in Kioto im Gepäck.«

Ich höre die laute Stille im Raum und wundere mich selbst, dass ich heute keine Angst mehr habe, darüber zu sprechen.

Nina: »Um Gottes willen, Mathilda! – Habt ihr das gewusst?«

Jasmin hilft mir: »Das habe nur ich gewusst. Aber auch erst, nachdem ich gebohrt habe. Mama war so verändert.«

Edgar und Helene warten, dass ich erzähle.

Nina: »Ich will alles wissen.«

Edgar: »Warte noch, ich will noch den restlichen Reiswein aus der Küche holen.«

Dass er jetzt etwas davon erfährt, ist mir unangenehm. Ich möchte gern vor ihm als gesund, frisch und makellos dastehen. Na gut, das geht ohnehin nicht mehr … Wenigstens scheine ich ihn nicht zu langweilen.

»Nun – ich habe mich nie zu den Hypochondern gezählt, denn eine unterschwellige Angst vor Krebs oder Herzversagen kennt jeder. Das wusste ich von Claire. Von ihr habe ich später allerdings auch unterschwellig erfahren, dass ich ein ganz *typischer* Hypochonder war. Angst, Schmerzen, ein Drücken und Ziehen waren immer dann schlimmer, wenn etwas anderes in meinem Leben nicht gestimmt hat. Unglaublich, der eingebildete Knoten in der Brust war ein Knoten in meinem Leben, eine Blockade ... Ich hab die Nase nur noch in Gesundheitsbücher gesteckt. Die Krankheitssymptome, die dort beschrieben wurden, hatte ich alle.«

Edgar: »Mark Twain hat schon gesagt: Glaube nicht, was in Gesundheitsbüchern steht, du könntest an einem Druckfehler sterben.«

»Ich war sechsundfünfzig und hatte Beschwerden, die von meinem Hypochonderdasein stark abgewichen waren. Plötzlich kriegte ich keine Luft mehr, konnte nicht schlucken, die Speiseröhre hat gebrannt wie Feuer, dazu kamen Herzrasen und migräneartige Kopfschmerzen. – Wartezimmer bescheren mir das blanke Grauen, vielleicht sogar mehr als unklare Symptome. Ich glaube auch nicht an Vorsorgeuntersuchungen. Doch diese Zustände haben sich gehäuft und ich *musste* zu einem Arzt. Ich habe mir einen Termin beim Chefarzt der nächstgelegenen Klinik geben lassen. Eine, die damals noch die beste von den ganzen schlechten war. Diese Klinik hat allerdings auch nur noch von ihrem Ruf gelebt. Die medizinischen Geräte waren veraltet, das Personal war unfähig und der Laden schlecht organisiert. Wie eigentlich überall. Immerhin hat das Wichtigste gestimmt: die Bettenauslastung. – Nach umfangreicher Diagnostik und mit angespannten Hosen war ich dem Gespräch mit dem Chefarzt zur Auswertung der Resultate ausgeliefert. Ich hatte auf den Chef bestanden. Blödsinn war das. Die kümmern sich um die Krankenhauspolitik und sind fachlich meistens Nieten. Eigentlich wusste ich das, doch das Wort *Chefarzt* kann selbst mir im Zustand der Angst etwas vorgaukeln.«

Ich fühle mich zurückversetzt und muss mich zusammenreißen, damit bloß kein Selbstmitleid aufkommt … Das kannst du machen, wenn du allein bist, Mathilda!

Die anderen schauen bedeppert und lassen mich weitererzählen: »Der große Manitu sitzt mir gegenüber und schleudert mir die Worte mitten ins Gesicht: Liebe Frau Doktor Kistritz, es tut mir sehr leid, aber Sie haben ein Pankreaskarzinom. Was das bedeutet, wissen Sie ja. Die Kopfschmerzen könnten Hirnmetastasen sein, obwohl wir dafür noch keine konkreten Hinweise gefunden haben. – Im ganzen Leben habe ich noch nie so einen üblen Schlag ins Gesicht und in die Magengrube gleichzeitig bekommen. Mir wurde schwarz vor Augen, ich wusste nicht, ob es die Diagnose selbst war oder *seine* Unfähigkeit, sie mir rüberzubringen.

In meinem Schock habe ich erst mal Dampf abgelassen: Was bilden Sie sich ein! Wissen *Sie* , ob ich das verkrafte, ohne von der nächsten Brücke zu springen? Wo sind die barmherzigen Lügen, die jedem Mediziner erlaubt sind, wenn er nicht weiß, ob die Wahrheit den Patienten sofort umbringen würde? Was erlauben Sie sich, mich ohne Hoffnung dastehen zu lassen, auch wenn Sie angeblich wissen, dass es keine Rettung gibt? Sie müssten vor jedem Patientengespräch neu belehrt werden, wie man sich als Arzt zu verhalten hat! Wie ein Seitensprung, der gebeichtet werden muss, mit allen folgenschweren Konsequenzen, nur um reinen Tisch zu machen? Wer braucht denn schon reinen Tisch? Sie wollen ein ruhiges Gewissen? Den Gefallen soll ich Ihnen auch noch tun? Sie wollen mich jeglicher Hoffnung und Illusionen berauben? Jedes Nilpferd ist einfühlsamer als Sie! Jedes Wort des Arztes wird vom Patienten auf die Goldwaage gelegt, das wissen Sie wohl auch nicht? Es kann genauso gut heilen wie Schaden anrichten. Und Sie wollen Chefarzt der Abteilung sein? Wissen Sie denn überhaupt etwas?«

Nina findet als Erste in der Runde die Sprache wieder: »Bravo. Das wäre mir ja im Traum nicht eingefallen.«

»Ich wusste selbst nicht, wie diese Sprachgewalt so schnell hochkommen konnte, die ich mir schon so oft im Leben gewünscht habe. Wahrscheinlich hatte ich die nur im Angesicht des Todes.

Nina: »Wie hat er denn reagiert?«

»Ich glaube, in dem Moment wäre ihm mein Krankheitsbild fast lieber gewesen als diese Furie im Raum. Der weiße Kittel wurde sehr klein in seinem Chefsessel. Er war ganz bleich und entschuldigte sich bei mir. Es wäre noch nichts verloren, und wenn ich so weit bin, wollte er die Behandlung mit mir besprechen. Das nahm ich gern noch auf: Was für eine Behandlung denn? *Sie* brauchen erst mal eine! Wollen Sie mein bevorstehendes Siechtum auch noch verlängern?

Ich hab die Tür hinter mir zugeknallt, dass man es wahrscheinlich nicht nur in der ganzen Klinik, sondern auch im Nachbargebäude, wo die Stadtverwaltung sitzt, gehört hat.«

Nina: »Denen kann ein Wecker zwischendurch auch mal nicht schaden.«

»Ich bin mit schlottrigen Knien aus der Klinik raus, kann ich euch sagen.«

Nina: »Der hat dich in deinem Zustand gehen lassen? Den müsste man sofort wegen Patientenmissbrauch oder so was verklagen, stimmt's, Helene? Aber mach was gegen die Weißkittel.«

»Die einzige Chance, die du hast als Patient, ist, selbst immer schön mit aufzupassen. Vertrauen gehört natürlich auch dazu. Das kann ich aber einfach zu keinem Arzt entwickeln.«

Edgar: »Und wenn sie dich privat belästigen?«

… du darfst mich immer belästigen. Und ich weiß, du warst eine Koryphäe als Internist. Zu dir wäre ich nur ungern gegangen, weil ich den Reiz zwischen uns nicht zerstören wollte. Wer will denn schon als krank und gebrechlich dastehen …

»In besonderen Fällen mache ich schon mal eine Ausnahme.«

Nina: »Edgar, hör doch mal auf, dazwischenzuquatschen.«

Jasmin: »Aber es soll auch Ärzte geben, die einem wirklich helfen können, Mama.«

»Die gibt es mit Sicherheit, mein Schatz.«

Nina: »Und was ist dann passiert?«

»Bei der Autofahrt nach Hause musste ich anhalten und erst mal an den Straßenrand kotzen. Entschuldigt bitte, aber das trifft's. Zu Hause angekommen, habe ich geheult wie ein Schlosshund. Stundenlang. Ich wollte niemanden sehen oder hören. Meine Gedanken sind Achterbahn gefahren. Also doch, dachte ich, ich hab's immer gewusst, ich bin kein Hypochonder. Fast erleichtert hatte endlich die unterschwellige Angst ein Ende. Jetzt war sie nicht mehr unterschwellig, jetzt sah ich der nackten Angst mitten ins Gesicht. Jetzt hatte ich etwas Handfestes, womit ich arbeiten konnte. Die Herausforderung meines Lebens. Ich fragte mich nicht, warum *ich*, denn ich wusste, die Ursachen konnten sein: Was hab ich vor fünfzehn Jahren an meinem Geburtstag für Fleisch gegessen, wie steht der Mond, wie war vor zwei Jahren die Wetterlage und was hatte ich vorgestern für ein Kleid an? Habe ich mich mal wieder über die Fliege an der Wand geärgert? Schlechte Ernährung und Stresshormone sind natürlich *immer* ungünstige Faktoren. Bei einer Krankheit kommen viele Faktoren zusammen. Wie bei einem Unfall. Und rückgängig machen kann man nichts. Es ist also sinnlos, Gedanken an das *Warum* zu verschwenden. Ich kann euch versprechen, die wirkliche Ursache bei dem Einzelnen kann kein Arzt oder Wissenschaftler der Welt beantworten. Es sei denn, die Sache ist auch für den letzten Deppen offensichtlich. Wie bei einem Säufer, der sich jeden Tag volllaufen lässt und sich wundert, wenn seine Leber und damit alle anderen Organe hinüber sind. Oder einer qualmt wie ein Schlot und wundert sich dann über seinen Lungenkrebs.

Die vergangenen Ereignisse und Sünden scheinen bei einer Krankheit keinen Einfluss zu haben. Doch auf einer energetischen Ebene sind sie immer noch vorhanden und wirken und wirken und wirken. Ich dachte nach. Ich dachte und dachte. Abends nahm ich Faustan, damit ich nachts *nicht* mehr dachte und Schlaf kriegen konnte. Ich musste mir einen Plan zurechtlegen. – Erst mal kein Selbstmord. Dem werd ich's zeigen.

Ich rief am nächsten Tag die Klinik an und ließ mir den halbseidenen Chefarzt geben. Ich wollte in vier Wochen kommen und Kontrollwerte haben. Nur Blutwerte. Ich habe ihm diktiert: Differenzialblutbild plus Amylase, Lipase, entsprechende Tumormarker und Entzündungsparameter. Er sollte mir bis dahin einen Krankenschein geben, den würde ich mir nachher abholen. Ich dachte nur eins: Dieses Weihnachten wird bestimmt mein grausamstes, aber nicht mein letztes!

Meine Schmerzen waren ein wenig abgeklungen, wahrscheinlich hatten sie meiner Wut Platz gemacht. Der Druck im Bauch und die Kopfschmerzen waren noch da, das konnte *alles* und *nichts* bedeuten. Ich redete ununterbrochen mit mir selbst: Der Mensch besteht aus Zellen, die Zellen aus Molekülen, die Moleküle aus Atomen. Atome sind eine Anhäufung von Energie, also keine festen Partikel. Energie fließt, schwingt, verändert sich ständig. Das bedeutet dann auch, dass jede Krankheit ständig in Bewegung ist. Selbst eine Veränderung von Organen ist letztlich nichts anderes als eine Form von Energie, die ständig in Bewegung ist. Das wiederum bedeutet, dass keine Krankheit und auch keine Lebenssituation wirklich festgeschrieben sind. Alles ist im Fluss und verändert sich pausenlos. Ich weiß, dass bei einem Pankreaskarzinom keine Früherkennung möglich ist. Wenn man das diagnostizieren kann, ist alles zu spät. Höchstwahrscheinlich hat sich dieser Nichtskönner geirrt, nur davon konnte ich ausgehen.

Was haben wir schon für falsche Befunde erlebt, allein weil die Schwestern beim Beschriften der Röhrchen geschlampt haben. Gut, das war früher ... Ich habe all meine Krebsbücher hervorgekramt. Ich erinnerte mich an meinen Klosteraufenthalt. Der war damals auch schon ein paar Jahre her. Die Meditation und die makrobiotische Ernährung waren danach schnell wieder verschwunden. Ich hatte mich in der Folgezeit nicht gerade gesund ernährt. Die Kollegen, über die ich mich ständig geärgert habe, die Trennung von Konrad … Könnte ich nicht denen die Schuld geben? Was nützt mir das denn? Ich hatte mir immer zu viele Sorgen gemacht. Um nichts natürlich, weil sich die Dinge meistens von selbst erledigen, wenn man nur Geduld hat. Geduld soll die Tugend der Könige sein. In der Beziehung bin ich ein Bettler.

Ich habe mich auch nie viel bewegt, zu flach geatmet und war zu hektisch … Ich hatte immer diese unterschwellige Krebsangst. Ja, die hatte ich. Aber wer hat die nicht? Will mich vielleicht jemand wachrütteln? Vielen Dank, ist gelungen. Ich war mit meinen Gedanken allein. Ich musste allein sein, um klar zu denken. Nur das konnte mir helfen, das wusste ich. Diese Zeit war brutal, aber notwendig. Ich hatte die Diagnose *Tod durch Dahinsiechen*. Ich würde schmerzhaft verrotten, meine Angehörigen würden mich bemitleiden. Die Dinge mussten geregelt, meine Beerdigung musste organisiert werden.

Andere müssen das gleiche Schicksal durchmachen und haben vielleicht noch Schulden. Oder kleine Kinder. Es gibt immer welche, die schlechter dran sind. Das nützte mir aber jetzt auch nicht viel.

Jasmin wird denken, sie müsste mich nun immer besuchen, weil es ja nicht mehr lange geht. Jedes Bild an der Wand, jedes Möbelstück habe ich mit ganz anderen Augen betrachtet. Alles war irgendwie schwarz umrandet. Am liebsten wollte ich vom Dach springen. Das könnte aber noch mehr Probleme geben, wenn ich nur verletzt wäre. Ich habe gemerkt, wie sehr ich am Leben hänge. Ich war geistig umnachtet und hatte auch solche Gedanken.

Das gehört zur Krebsdiagnose dazu. Ich sagte mir: Mathilda, irgendwann muss auch mal wieder gut sein! Willst du dich in den Behandlungsstrudel stürzen, ohne dass du es richtig mitkriegst? Apparatemedizin, Bestrahlung, Chemo …? Sinnlose Quälerei und Kosten verursachen? Oder von Pontius zu Pilatus rennen, neue, kostspielige Privattherapien oder Versuchsreihen, um dich solange wie möglich an die Hoffnung zu klammern? Nein, du bist ein starkes Mädchen und kämpfst allein. Alle vergessenen Reserven, die du ja lange geschont hast, werden herausgeholt. Erinnere dich an deine jugendliche Leichtigkeit! Hol dir nur ein bisschen davon zurück!

Es gibt Patienten, die in der Gemeinschaft der Chemo- und Bestrahlungsmenschen eine Art Zuwendung finden, die sie lange Zeit vermisst haben. Ich wollte niemals dazugehören. Seitdem führe ich noch intensivere Selbstgespräche. Meine eigene Gesellschaft reicht mir. Der Geist meiner Mutter, der liebe Gott und mein Körper wollen mir nur sagen: Halt, stopp! Du hast es übertrieben, Mathilda, mit deinem Stress, deiner Angst, deiner ungesunden Ernährung und deiner Trägheit. Sieh es als Warnschuss, gib *niemals* die Hoffnung auf. Es gibt *immer* eine Rettung. Verbünde dich mit deinem Körper. Zeig ihm, dass du es gut mit ihm meinst. Solange ich atme, bin ich auch noch da! In diesem Moment bemerkte ich, dass die Angst mich kaum atmen ließ.

Ich beschloss, darauf zu achten, wie ich atme. Mein Körper brauchte Sauerstoff zur Schädlingsbekämpfung! Mathilda, arbeite dir ein Programm aus, das du jeden Tag durchziehst. Alles andere ist unwichtig. Konzentriere dich ausschließlich auf deine Heilung und deine *normalen* Blutwerte. Damit ich mir alles gut einprägte, habe ich meinen Plan auf Video aufgezeichnet …

Aber eigentlich wollte ich von Japan erzählen, fällt mit gerade ein.«

Helene: »Aus der japanischen Pathologie.«

»Ja, richtig. Ich hatte von Dr. Haruyama und seiner Privatklinik in Kioto gehört. Damals war es nicht so einfach, so eine Adresse herauszufinden. Ich wollte dahin.«

Nina: »Jetzt echt, ein Pathologe?«

»Nein, mein Schatz. Helene – hör auf zu stänkern … Nach einer endlos langen Reise kam ich in Kioto an. Mit dem Taxi habe ich mich zum Hotel fahren lassen. Es war gerade zwei Uhr morgens Ortszeit. Ich habe geschlafen, bis ich gegen zehn zum Frühstück geweckt wurde. Das hatte ich so vereinbart. Ich weiß noch, was es gab, sonntags ist das heute noch oft mein Frühstück: *Umeboshi*, eine salzig-sauer eingelegte Pflaume, Misosuppe mit Wakame und Eierflocken, Natto, natürlich Reis, Seidentofu, glasierte Karottenstifte mit geröstetem Sesam. Lecker.

Ich hatte keinen Termin mit diesem japanischen Arzt. Ich wusste noch nicht mal richtig, ob er da ist. So etwas hätte ich unter normalen Umständen nie gemacht. Ich wusste nur, dass er englisch sprechen kann. Gegen ein Uhr mittags hielt mein Taxi vor dem Haupteingang seiner Privatklinik. Es war ausgerechnet ein Montag. Hoffentlich ist er nicht zu genervt oder beschäftigt, um mich zu empfangen? Aber Gelassenheit ist schließlich sein Job. Er predigt ja immer Glückshormone und Stressfreiheit.

Der Empfangsbereich sah aus wie der von einem Fünf-Sterne-Hotel. Bis jetzt erinnerte nichts an ein Krankenhaus. Ich wurde freundlich empfangen, als ich mich als Medizinerin aus Deutschland vorstellte, und gebeten, meine Schuhe auszuziehen. Die zierliche Empfangsdame gab mir zu verstehen, dass Doktor Haruyama meinen Brief erhalten hatte und gleich erscheinen würde. Auf einem flachen

Sitzelement neben einer goldenen Buddhastatue nahm ich Platz und bekam sofort einen Grüntee serviert. Nach ein paar Minuten stand er vor mir. Er sah umwerfend aus, für sein Alter und für einen Japaner. Als ich den Mund wieder geschlossen hatte, verbeugte ich mich ebenfalls, stellte mich vor und folgte ihm. Sein Sprechzimmer war spartanisch eingerichtet, mit einem beleuchteten Wasserspiel, einem Riesenbambus und flachen schwarzen Sitzelementen mit orangefarbenen Kissen, auf denen wir Platz nahmen.

Ich fing an zu erzählen. Ich hätte eine schlimme Diagnose bekommen und wollte um mein Leben und um meine Gesundheit kämpfen. Ich würde gern zwei Wochen an seinem Programm teilnehmen. Er betonte, wie sehr er sich geehrt fühle, dass ich die weite Reise aus Deutschland auf mich genommen hätte. Doch seine Klinik sei für zwei Jahre im Voraus ausgebucht. Was für ein erneuter Schlag ins Gesicht. Doch mit diesem Risiko war ich schließlich zu ihm gereist. Ich übergab ihm mein Geschenk, das ich bis dahin vergessen hatte. Das musste aussehen wie Bestechung. Aber er hat es mit einem Lächeln angenommen.«

Nina: »Was hast du denn mitgenommen?«

»Ich hatte Miniaturbiergläser, Gummibärchen und Nussschokolade schön bunt mit vielen Schleifchen verpackt. Vorher hatte ich mich erkundigt, worauf die Japaner so stehen. Er sagte, er wird für mich eine Ausnahme machen.«

Nina: »Echt jetzt? Wegen der Gummibärchen?«

»Könnte man denken … Aber er meinte, wegen der weiten Reise und der akuten Sachlage. Er stellte mir eine persönliche Betreuerin zur Verfügung, die mich einweisen und für die folgenden zwei Wochen für mich zuständig sein sollte. Das Finanzielle habe ich auch mit ihr geregelt.«

Nina: »Sag, wie viel?«

»Ich hatte eine fünfstellige Summe im Gepäck. Als ich nach Hause kam, hatte ich sogar noch ein paar Hunderter übrig.«

Nina: »Heiliger Strohsack. Na, es trifft ja keine Arme.«

»Dr. Haruyama hat mir sein Konzept veranschaulicht. *Harmonie* ist der Schlüssel zur Gesundheit.«

Nina: »Habe ich auch schon gehört, als ich mich mal ein bisschen mit der japanischen Mentalität beschäftigt habe. Wenn Menschen auf so engem Raum zusammenleben wie in Japan, muss man versuchen, ohne Streit und Zwietracht miteinander klarzukommen. Man behält deshalb seine Gefühle für sich. Und man ignoriert es einfach, wenn das jemand anders nicht kann. Auch die Kinder werden nach diesem Prinzip erzogen. Wenn sie den Eltern nicht gehorchen, beachtet man sie solange nicht, bis sie ihr Verhalten ändern – eine wirksame Sache. Und weil man auch nicht widerspricht, sagen die Japaner dauernd *hai*. Wenn *nein* angebracht wäre, weicht man aus. Fragst du nach dem Weg, wirst du irgendwo hingeschickt, ein klares *Nein* oder *ich weiß nicht* ist nämlich unhöflich.«

Edgar: »Jetzt lass doch Mathilda mal auf den Punkt kommen.«

Nina: »Entschuldigung.«

»Nun, Doktor Haruyama setzt auf *Vorbeugung* von jeglicher Krankheit. Er hat westliche *und* östliche Medizin studiert und ist auf wissenschaftlich fundierte Vorbeugemaßnahmen und Therapien spezialisiert. Die Faktoren, die die Gesundheit nachhaltig beeinflussen, sind *Bewegung*, überwiegend zum Muskelaufbau, *Meditation*, hauptsächlich zur Produktion von Glückshormonen, *Ernährung*, hauptsächlich viel Eiweiß und wenig Kalorien, das fördert die Bildung von Endorphinen, also Glückshormonen. Dr. Haruyama meint, bei akuter Vitalbedrohung ist westliche

Medizin angebracht. Wenn man also andauernd starke Schmerzen hat oder totes Gewebe in deinem Körper alles zerstört, sollte man sich lieber in die Hände eines Chirurgen begeben. Oder hat man sich ein Bein gebrochen – dann sollte das eingegipst werden. So was eben. Alles, was Kopfsachen betrifft, wie Angst, Stress und Anspannung, therapierst du auch mit dem Kopf: östliche Medizin, Massagen, Meditation, Muskelaufbau … Das Programm seiner Klinik ist eine Synthese aus östlicher und westlicher Medizin auf Basis neuronaler und physiologischer Vorgänge im Körper. Ich habe ihm erklärt, dass ich nicht weiß und nicht wissen *will*, wie viel nekrotisches Gewebe in meinem Körper ist, denn ich möchte mich auf das Gesundsein konzentrieren. Nur diesen Weg will ich gehen. Das hat er akzeptiert. – Eine zentrale Rolle bei Krankheiten spielen immer wieder Endorphine, die Glückshormone, sagt Doktor Haruyama. Sie wirken genauso unmittelbar wie Stresshormone, die leider Toxine enthalten. Er schwört darauf, dass Glückshormone die Antwort auf jedes Übel sind, und hat ein wissenschaftlich fundiertes Konzept für den Tagesablauf der Patienten entwickelt.

Das habe ich für mich zu Hause nach dem gleichen Prinzip eingerichtet und auf Video aufgezeichnet, damit ich es nicht vergesse. Bis heute lebe ich wunderbar damit.«

Nina: »Ach bitte, würdest du uns dein Video zeigen. Bitte.«

Edgar: »Wenn es nicht zu privat ist.«

Ist es zu privat? Nein, obwohl ich weiß, dass Edgar bloß wieder Angst um seine wertvolle Zeit hat. Es könnte ihn schließlich langweilen.

Weil bei mir Ordnung herrscht, habe ich das Video gleich bei der Hand und lege es in den alten Videorekorder ein. Ich bin zu sehen als Sechsundfünfzigjährige. Ich sehe gut aus. Wo ist denn dieses wunderschöne nachtblaue Wickelshirt eigentlich abgeblieben? Egal. Wahrscheinlich da, wo meine straffe Gesichtshaut auch ist. Ich sehe mich in die Kamera sprechen …

»Ich möchte aus dieser Nummer mit normalen Blutwerten rauskommen. Diese Krankheit, die ich haben soll, habe ich nicht. Dafür habe ich mir einen Plan erstellt. Ich fliege zu Dr. Haruyama in die Klinik nach Kioto und mache sein Programm für zwei Wochen mit. Danach richte ich mein Tagesprogramm ein.«

- Schnitt -

Ich bin ziemlich blass, sehe aber nicht krank aus.

»Ich bin aus Kioto zurück und voller Kampfgeist und Glückshormone. Selbst wenn mein Leben bald zu Ende sein sollte; noch atme ich und nichts ist verloren.«

- Schnitt -

»Ich stehe um 7.30 Uhr auf, trinke etwas Wasser und geh mit Lotti eine Stunde im Stadtpark spazieren. Zu Hause angekommen, wieder schluckweise Wasser trinken. Jetzt kommt Atmung nach Dr. Shioya. Fünfundzwanzig Zyklen, dabei an meine tadellosen Blutwerte denken und an meine Killerzellen, die an die Krebszellen andocken und sie zerstören.«

Jetzt schäme ich mich doch ein bisschen. Hauptsächlich vor Edgar. Aber ich sehe gerade, dass der noch mit dem Essen zu tun hat. Er kann so wunderbar ignorant sein.

»Zum Frühstück esse ich Obst mit Walnüssen, Mandeln oder Aprikosenkernen. Dazu gibt es eine Schale Grüntee. Anschließend wieder schluckweise Wasser. Meine angebliche Krebsin! – Ich weiß, du verträgst kein Wasser, genauso wenig wie Grüntee, Beeren und Aprikosenkerne. Ich werde dich aushungern, du heimtückisches Mistvieh. Ich stelle mir dich ganz genau vor. Du bekommst einen

Namen. Einen, den ich überhaupt nicht leiden kann. Ich taufe dich Kriemhild. Die bellt zwar laut, aber kann nicht beißen. War mal unser Stationsdrachen. Es besteht also keine Gefahr, dass ich mich mit dir anfreunde und dir womöglich erlaube, bei mir zu bleiben.«

- Schnitt -

»Ich werde mich von Sachen trennen, die ich nie wegwerfen wollte, nehme mir erst mal meine Küchen- und Vorratsschränke vor. Süßigkeiten, Chips und jegliche Lebensmitteldosen – wegen der Toxine – werden aussortiert. Genauso wie angebrochenes oder vereinzeltes Geschirr. Alles wird neu geordnet, abgewischt und hübsch eingeräumt. Jeden Tag trinke ich aus meinen schönsten Gläsern und esse von meinem guten Geschirr. Bei mir herrscht Ordnung. Also ist mir das *halbe* Leben schon mal sicher. Das überflüssige Zeug wandert in den Müll oder wird der Tafel geschenkt. Und ich denke so oft wie möglich daran, wie meine Killerzellen die Krebszellen niedermetzeln und sie von mir ausgeatmet werden. So denke ich auch gleich an meine sorgfältige Atmung. Mein Druck im Bauch ist immer noch da. Die Kopfschmerzen auch. Kriemhild windet sich noch.«

- Schnitt -

»Durch das Aufräumen fühle ich mich selbst langsam aufgeräumt und gereinigt. Jeden Tag ist etwas anderes dran: mein Kleiderschrank, der Schreibtisch, die Badschränke … Ich mache Pause mit leckerem Kaffee. Ich mahle die Bohnen vom besten Hochland-Biokaffee sehr fein. Das duftende Kaffeepulver ist aromatisch und hat weniger Säure. Ich kann ihn genießen, auch wenn er nicht gerade auf der Liste der Antikrebsmittel steht. Zwischendurch trinke ich schluckweise Wasser, das verträgt Kriemhild überhaupt nicht. Meine Killerzellen kommen mit Wasser auf Touren und nehmen sich Krebszelle für Krebszelle einzeln vor. Sie docken an, zerstören die Wände, und schon sind die Krebszellen undicht und verpuffen im Blutstrom meines Körpers. Zweimal am Tag gibt es eine Extraportion Dr.-Shioya-Sauerstoff gepaart mit heilenden Gedanken. Ich höre Kriemhild leise schreien, weil sie langsam entsorgt wird.«

- Schnitt -

»Meine Träume und die Angst machen mir zu schaffen. Ich weiß, die Angst gehört dazu, aber manchmal liegt sie wie ein Stein auf meinem Herz. Ich drücke sie weg mit schönen Gedanken an die Zeit nach meinen supergesunden Kontrollblutwerten. Faustan verschafft mir den Schlaf, den ich zum Gesundwerden brauche. Ich habe mir auferlegt, nicht mehr als zweimal die Woche abends eine zu nehmen. Sonntags und mittwochs pünktlich um einundzwanzig Uhr beruhigt sie mich und ich lege mich sofort ins Bett. Wenn ich noch öfter in die Pillenbox greife, hat sich Kriemhild womöglich aufgelöst und ich bin dafür drogenabhängig.«

- Schnitt -

»Dr. Haruyama hat mir versichert, dass ich *jede* Krankheit besiegen kann. Proteine bilden das Baumaterial für Glückshormone. Und nur Glückshormone können die körpereigenen Arzneimittel freisetzen, die jede Krankheit heilen können. Ohne Nebenwirkungen und ganz ohne kostenpflichtiges Rezept. Ich konsumiere Proteine, die mir schmecken. Käse, frische Biomilch, alles, was Soja heißt, Fisch, Eier, Nüsse, Hülsenfrüchte … Das alles finde ich lecker und füttere damit gleichzeitig meinen A10-Nerv, den Wohlfühl-Lust-Glücks-Nerv. Der lebt von Dingen, die mir Spaß machen, und heißt Siegfried. Seine Aufgabe ist es, Kriemhild zu verjagen. In Japan habe ich gelernt:

Ist man wütend, werden toxische Substanzen im Körper freigesetzt. Meine Aufgabe ist es, weiter dafür zu sorgen, dass Siegfried Glückshormone freisetzt. Gute Gedanken tun das auch und sind sowieso von unschätzbarem Wert. Wenn jeder darauf achten würde, wie oft er am Tag gute Gedanken hat, lacht und wie oft schlechte und schimpft, würde ihm so manches einleuchten.«

- Schnitt -

»Der Druck im Bauch ist immer noch da, aber irgendwie anders. Und auch der Kopfschmerz. Nicht gerade besser. Ich rätsle nicht mehr, was das bedeuten könnte. Jeden Mittag koche ich mir was Schönes. Fleisch, Chips und Süßigkeiten sind von meinem Speiseplan gestrichen. Ich esse wie damals im Kloster. Makrobiotisch. Jeden Tag Obst, Gemüse, Knoblauch, Ingwer, Zwiebeln, Reis, Buchweizen … Fisch, Eier und Soja sowieso. Immer wieder Wasser und Grüntee; Katechine im Grüntee gegen Kriemhild. Dann Mittagsschlaf. Mein Körper braucht Schlaf. Ich behandle ihn gut und weiß, wie gut er für mich funktioniert und das selbst regulieren kann, wenn ich ihn unterstütze. Der Geist von Mama und der liebe Gott werden mir auch helfen. Danke ihr beiden für eure Mitwirkung. Auf die Tasse Kaffee nachmittags freue ich mich, deshalb ist sie erlaubt und erwünscht. Statt Kuchen esse ich eine Banane mit Honig und ein paar Walnüsse; Kalium, Vitamine und Mineralstoffe. Kriemhild hätte jetzt gern ein Stück Kuchen, aber bei mir wird sie verhungern. Ich habe keine Angst mehr vor dir, Kriemhild, ich merke schon, wie du dich zurückziehst. Ich bin schön, und du bist hässlich. Wir passen einfach nicht zusammen.«

- Schnitt -

»Ich gehe nach draußen, noch ein bissel mit Lotti trainieren und mich mit ihr unterhalten. Gegen Abend lese ich Agatha Christie: Dreizehn bei Tisch. Ist mal was anderes. Dabei nehme ich ein Rüttelfußbad. Das hatte ich mir vor Ewigkeiten angeschafft und fast nie benutzt. Ich atme tief durch und vollständig aus.«

- Schnitt -

»Heute war ich shoppen. Meine Gedanken bei C&A: Ich sehe einen Schlafanzug, den ich wahrscheinlich nie anziehen würde. Aber fürs Krankenhaus dann … – Nein! Dann sollen sie mir ihre hässlichen OP-Hemden geben … Aber ich will nicht ins Krankenhaus, und ich gehe auch nicht! Ich kaufe mir lieber ein weißes Langarmshirt. Ich fühle mich so frisch und gesund in weicher, weißer Baumwolle. Ein paar Pfund abnehmen könnte ich, denke ich, als ich mir das Shirt vorm Spiegel anhalte. Werde ich ja sowieso, wenn Kriemhild mir alles wegfrisst ... Nein, niemals, mein Essen behalte ich selber! Jetzt gehe ich nach Hause und werde dir erst mal einheizen in meinem Dampfbad. Kriemhild – ich werde dich durch die Haut, die Lunge, die Blase und den Darm hinausprügeln! Du Parasit wirst dich nicht bei mir wohlfühlen! Mein ganzes Sein ist auf Gesundheit ausgerichtet. Ich male mir immer wieder aus, wie mir der Weißkittel sagt, dass meine Blutwerte normal sind und er das überhaupt nicht versteht.

Der Bluttest ist schon nächste Woche. Ich spüre, wie ein Angstblitz meinen Körper durchzuckt. Ganz ruhig, Mathilda, es wird dir nichts passieren. Auf dem Heimweg habe ich mir was leckeres Gesundes zum Abendbrot mitgebracht. Sushi. Der Wasabi wird meine Gefäße durchblasen … Kriemhild werden die Teile abgerissen und durch die Blutbahn und den Verdauungstrakt hinausgeschleudert. Danach gibt es ein paar Aprikosenkerne und wieder Grüntee aus meiner schönsten Teeschale, die ich mir aus Japan mitgebracht habe. Medizin gegen das Viech in meinem Körper. – Abends sitze ich im Wintergarten mit Lotti und der Tageszeitung und versuche, mein schönes Zuhause zu genießen. Saß ich überhaupt schon mal länger als fünf Minuten hier ohne gleich wieder aufzuspringen, weil mir irgendwas Wichtiges eingefallen war? – Jetzt gibt es nichts Wichtiges mehr, außer Kriemhild zu besiegen. Fernsehen ist völlig verboten. Kriemhild mag nämlich Fernsehen, weil sie sich dann in aller Ruhe ausbreiten kann, wenn ich mich berieseln lasse. – Ich begebe mich in mein Schlafgemach und gebe Kriemhild noch mal einen ordentlichen Schub Sauerstoff nach Doktor Shioya. Den verträgt sie nämlich nicht.«

- Schnitt -

»Sonntagmorgen. Um zwei Uhr bin ich hellwach. Mein Herz klopft. Ich glaube, ich habe Bauchschmerzen. Mein Kopf summt. Ich hole das Blutdruckmessgerät. Das Ding wollte ich schon längst ausrangieren, diese sinnlose Messerei kann ich lassen. Ich habe Angst. Wovor denn? Dass ich draufgehe? Unter Schmerzen womöglich noch? Na und wenn? Sterben kann nicht schlimmer sein als eine Spontanentbindung. Ist wahrscheinlich nicht halb so schmerzhaft. Und bis jetzt hat beides noch jeder geschafft. Ich beschließe, mein Allheilmittel bei solchen Attacken zu nehmen, dann verzichte ich heute Abend eben darauf. Ich will weiterleben. Ohne Kriemhild und ohne Angst. Die Faustan-Tablette wird ergänzt durch eine schmerzbefreiende, entzündungshemmende Ibuprofen, das beruhigt mich, lässt mich sanft in den Schlaf gleiten und böse Gedanken verschwinden. Gute Nacht, mein sich selbst heilender Körper, ich hab dich gern und behandle dich immer gut.

Halb elf Vormittag wache ich auf. Jasmin hat sich heute zu Besuch angemeldet. Ein bisschen habe ich Angst davor, wie sie mich behandelt. Pünktlich um 15 Uhr kam sie. Allein. Sehr gut, hatte schon Angst, sie bringt Max mit. Ich nehme mir vor, normal zu sein. Bei der Begrüßung hat mich Jasmin in den Arm genommen, und ich Heulboje bin losgegangen. Ich wollte das gar nicht. Ehrlich! Und Jasmin sicher auch nicht. Aber es war gut so. Ich habe sie um ihre Unterstützung gebeten, in Form von Mich-in-Ruhe-Lassen, aber ab und zu mal anzurufen, wenn sie Zeit hat. Sie hat verstanden, dass ich jetzt Zeit allein brauche. So war ich immer, wenn ich Probleme hatte. Wir hatten einen schönen Nachmittag, haben uns über Anni unterhalten, eine Runde Schach gespielt ... Ich habe wie immer gewonnen und bin mir heute noch unsicher, ob sie mich hat gewinnen lassen. Als ich die Tür hinter ihr zugemacht hatte, überkam mich eine kurze Welle der Verlassenheit. Das war bald wieder vorüber, denn ich steigere mich in solche Gedanken nicht hinein. Ich glaube auch nicht, dass es Verdrängung ist, die ja eigentlich schädlich sein soll, sondern ich denke, es ist bewusste Steuerung der Gedanken zum Positiven ...«

Ich sehe Edgars gelangweiltes Gesicht und schalte den Videorekorder aus.

»So – das wiederholt sich jetzt immer schön.«

Helene: »Den Ausgang der Geschichte erzählst du uns aber schon noch. Oder treffen wir hier seit Jahren einen Geist.«

Edgar: »Oder eine Zauberkünstlerin.«

Ich weiß nicht, warum ich jedes Wort, das er mit seiner sinnlichen Bassstimme sagt, so wunderwunderschön finde ...

»Schon klar. Als der Termin für die Blutkontrolle näher rückte, war ich merkwürdigerweise nicht übermäßig nervös. Am Stichtag ging ich relativ gelassen in die Klinik.

Das Ergebnis würde ich sowieso nicht am selben Tag erfahren. Eine endlos lange Woche später zum Chefarztgespräch sah die Sache schon anders aus. Es war Freitag, der 13. Januar 2007. Ich wollte den Termin erst verschieben. Das erschien mir dann lächerlich. Ich lasse mich nicht von einem *Datum* einschüchtern. Ich habe versucht, ganz ruhig durch die Körpermitte zu atmen, konnte aber meine höllische Angst nicht verhindern. – *Ich* bin die Chefin, egal, was dieser Arzt sagt, *ich* bestimme, was mit mir passiert. Ich gehe nach Hause und entscheide neu, was ich als Nächstes tun werde. Ich saß noch nicht mal zwei Minuten, die allerdings endlos schienen, da hat mich schon der Chef persönlich *ohne* weißen Kittel, sondern in Zivil abgeholt *und* mit der Hand um meine Taille in sein Sprechzimmer geführt. Macht man das mit einer Todkranken? Normalerweise werden die Patienten *gar nicht* angefasst. Es sei denn, sie liegen im Koma und werden gewindelt, oder sie sind tot und werden sektioniert. Aber dann auch niemals vom Chef persönlich. Aber egal, in was für einem Zustand ich nun bin, nach unserer letzten Unterhaltung würde ich es auf jeden Fall an seiner Stelle *niemals* wagen, mich anzufassen. Aber *diesem* Experten hier fehlen scheinbar sowieso etliche Instrumente im Orchester.

So, der Weißkittel ist also in Zivilklamotten. Ist das jetzt ein schlechtes Zeichen? Nach dem Motto: Liebe Frau Doktor Kistritz, bevor Sie elend abnippeln, will ich Ihnen gönnen, das Ihnen noch einmal jemand um die Taille fasst, der auch noch so gut aussieht wie ich …

Ich nahm meinen ganzen Mut zusammen, denn so *einer* spannt mich schon lange nicht auf die Folter. So unterkühlt, wie ich konnte, habe ich ihn gefragt: Nun – gibt es eine Veränderung meiner Blutwerte? Ich hörte die Worte wie Engelsgesang aus dem Mund dieses Quacksalbers:

Frau Doktor Kistritz, ich kann mir das nicht erklären, aber Ihre angeforderten Laborparameter liegen alle im Normbereich. Was haben Sie denn gemacht? Wie sind denn Ihre Beschwerden jetzt? Sie sehen besser aus als das letzte Mal, obwohl Sie bestimmt zwei, drei Pfund abgenommen haben. Innerlich konnte ich nicht mehr aufhören zu lächeln, doch vor *dem* wollte ich mir nichts anmerken lassen: *Sie haben sich offenbar geirrt.* – Das war's. Ich ging so lässig und gleichzeitig damenhaft hinaus, wie ich konnte. – Kinder, ich sag euch, das war der beste Abgang, den ich je hatte.«

Scheinbar habe ich die volle Aufmerksamkeit meiner Truppe. Wobei ich sonst bei ihnen schon öfters Zuhördefizite festgestellt habe.

»Draußen bin ich ins Auto gestiegen und in den Wald gefahren, ich habe geschrien und gejubelt vor Glück. Das war das erste Mal, dass ich so etwas wirklich gemacht habe. Ich fand das immer affig, wenn Claire gesagt hat, das hilft bei Wut und Ärger und so. Das war ein Befreiungsschlag erster Klasse. Als Nächstes bin ich zu Jasmin gefahren und in den Unterricht geplatzt. Die Schüler haben sich genauso gefreut wie wir, stimmt's, Mausi?«

Jasmin: »Ja, weil ich sie nach Hause geschickt habe. Du warst ja wie unter Drogen.«

»War ich auch. Das war ich absolut. Glückshormone sind die allerbesten Drogen.«

Nina: »Ist ja unglaublich. Wie erklärst du dir denn die ganze Sache, und wie waren denn deine Beschwerden dann?«

»Bis zum Freitag, den 13. Januar 2007, hatte ich noch Bauchdrücken und Kopfschmerzen. Ab dem Waldschrei nicht mehr. Erklären kann ich die Sache nicht. Wenn ich anfange, darüber zu grübeln, werde ich sowieso zu keinem

Schluss kommen. Ich habe mir angewöhnt, schwierige Fragen nach eigenem Ermessen zu beantworten. Und bei dieser Antwort bleibt es dann. Meine Welt soll voller Wattebällchen sein. Meine Antwort lautet: Es *war* ein Irrtum. Was oder wer sich nun genau geirrt hat, ist mir schnurzegal. Ich lebe noch. Besser als je zuvor. Das ist die Hauptsache. Danach habe ich meinen Tagesablauf noch verfeinert und die Sache hat sich eingepegelt. In dieser Klinik war ich nie wieder.«

Helene: »Den Tagesplan kannst du schon mal für alle kopieren.«

Edgar: »Ich merke mir den.«

»Einmal im Jahr lasse ich meine Blutwerte bei meinem Hausarzt kontrollieren, aber sonst sieht mich keiner im Wartezimmer irgendwo. Abgesehen vom Zahnarzt.«

Nina: »Ich gehe lieber einmal mehr zum Arzt, vielmehr zum Heilpraktiker, als zu wenig. Ich könnte das nicht, wie du, Mathilda, alles allein mit mir ausmachen.«

Edgar: »Deswegen wärst *du* wahrscheinlich auch draufgegangen.«

Jasmin: »Du bist aber wieder heftig, Edgar. Mach dir nichts draus, Nina.«

Nina: »Ich weiß doch, von wem's kommt.«

Jasmin: »Ich finde, egal ob du beim Heilpraktiker oder Arzt im Wartezimmer sitzt, wenn du dabei selbst noch auf deine Gesundheit achtest, ist das auch eine gute Strategie. Jeder soll das machen, womit er am besten schlafen kann.«

Edgar: »Das ist der springende Punkt: *selbst* für seine Gesundheit Verantwortung übernehmen. Ich habe die letzten Jahre vor der Rente oft in der Ambulanz Dienste geschoben. Viele Patienten finden sich damit ab, dass sie sowieso immer gebrechlicher werden, flüchten sich in Wartezimmer und verbringen ihre Zeit bei Ärzten, die dann alles rausreißen sollen. Manchmal auch nur zur Beruhigung oder zum Reden. Die Verantwortung wird den Ärzten zugeschoben. Und dann erklären sie mir noch die Vererbungslehre: Das war mir klar, dass ich diese Krankheit kriege, das liegt bei mir in der Familie. – Da geht mir innerlich die Hutschnur hoch.«

Nina: »Aber wenn etwas schon in der Familie liegt, hast du es nun mal schwerer. Die Krankheit kann leichter auftreten oder wiederkommen.«

Edgar: »Das ist richtig, aber heißt das dann, ich finde mich damit ab und kann mit meiner Gesundheit schlampen? Und schlampen heißt: Süßigkeiten oder Chips in sich reinstopfen, Zuckerzeug und übermäßig Alkohol trinken, fast kein Obst und Gemüse essen, dafür kennen sie kaum einen Tag ohne Wurst oder Fleisch. Am besten noch über die Arbeit schimpfen und regelmäßig bedauern, dass man gar nicht mehr zum Sporttreiben kommt. Rauchen wie ein Schornstein und dann das teuerste Asthmamittel verlangen. Würdest du dich plan- und kampflos deinem Schicksal Erbkrankheit ergeben? Da muss man sich eben *noch* mehr in Acht nehmen.«

Nina: »Na ja, ein bisschen habe ich das so mit meinen Krampfadern gemacht. Die hatte meine Mutter auch schon. Die muss ich jetzt auch ertragen. Dachte ich zumindest.«

Da muss ich mal dazwischen. Die Geschichte kenne ich, und das ist jetzt eine gute Gelegenheit …

»Hast du dich schon mal erkundigt, was man dagegen machen kann?«

Nina: »Ich hatte mal gegoogelt, aber das ist alles so risikoreich oder schmerzhaft.«

»Gut. Wenn du dich entschieden hast, damit zu leben, dann ist das okay.«

Nina: »Nein, nicht entschieden, ich sagte doch, die Behandlung tut weh oder ist risikoreich, nicht, dass ich nicht will. Die Dinger ärgern mich jeden Tag.«

»Ah, du brauchst die Garantie, dass nichts passiert. Die kann dir keiner geben. Aber so gut wie möglich informieren und dann entscheiden, ist immer eine gute Verfahrensweise. Also frag dich, ob du besser lebst mit deinen Krampfadern, die ja auch unschön aussehen, oder ob du die Sache wirklich in Angriff nehmen willst und dich erkundigst, welche Möglichkeiten für deine Stampferchen überhaupt infrage kommen. Da muss man die schon mal einem Spezialisten zeigen. Und den sucht man auch ganz gezielt aus. Triff eine Entscheidung, und dann ist das kein Thema mehr.«

Nina: »Aber ich bin schon achtundsechzig. Das hätte ich doch eher machen müssen.«

»Ach, meinst du. Wie wäre es, wenn du dich am besten gleich auf dem Friedhof anstellst, wenn sich alles nicht mehr lohnt?»

Nina: »Hilfst du mir?«

»Aber mit Vergnügen. – Und wenn die Damen und Herren Gefäßspezialisten nur ihre *Spezialmethode* verkaufen wollen, obwohl die bei dir nicht hundertprozentig angezeigt ist, kriege ich das mit.«

Nina: »Aber würdest du auch mit ins Sprechzimmer kommen?«

»Ja, natürlich. Wenn der Patient es erlaubt, darf der Arzt nichts dagegen haben.«

Edgar: »Denk dran, Mathilda hat die letzten Jahrzehnte nur am toten Subjekt praktiziert.«

Jasmin: »Bei den ganzen Erbkrankheiten sind Krampfadern bestimmt das kleinere Übel.«

Edgar: »Gut erkannt. Und wer will schon die Staketen von Nina betrachten.«

Jasmin: »Ich meine Diabetes, Schilddrüsenfehlfunktionen, Asthma … Solche Krankheiten, wo man als Hausarzt auch einschätzen kann, welchen Beitrag der Patient dazu leistet.«

Edgar: »Es gibt wenige Patienten, die wirklich nicht viel gegen ihre Krankheit machen können. Bei den Sündern unterscheide ich die Gelegenheitssünder von den Dauersündern. *Eine* Sprache verstehen beide: Hör auf, Süßes und Fettiges in dich hineinzustopfen ... Hör auf zu rauchen ... und: Du bekommst von mir das einfache Medikament verschrieben, nicht unbedingt das beste, wenn du nicht mitarbeitest, denn die Pharmaindustrie soll nicht an deiner Nachlässigkeit noch mehr verdienen.«

Nina: »Hast du deine Patienten etwa geduzt?«

Edgar: »Mensch, Nina, nur mal beispielhaft umrissen, formuliert habe ich das natürlich anders, du Naivling. – Die Dauersünder haben manchmal erst spät etwas geändert, immerhin. Wenn sie meinten, es läuft im Großen und Ganzen doch ganz gut, habe ich ihnen erklärt, dass jede Sünde ihre Gesamtlebenszeit verkürzt, egal, ob sie unmittelbare Auswirkungen hat oder nicht. Das fruchtet aber auch erst, wenn sie schon ziemlich nah dran sind am Ende ihrer Gesamtlebenszeit. – Und wenn ich mitkriege, dass eine anverwandte Begleitung im Wartezimmer sitzt, hole ich die mit dazu, bevor ich meine Vorträge halte.«

Helene: »Schade, dass ich das Wartezimmer der Ambulanz nie gesehen habe. Da kann man sicher seine Studien machen. Ein Mandant von mir, ein Urologe, hat mir einmal ganz stolz seine neue Praxis vorgeführt und wollte mich scheinbar mit seinem Empfangs- *und* Wartebereich besonders beeindrucken. Also, stellt euch vor: Du kommst als Patient in einen offenen Flur- und Wartebereich. Jeder andere Patient kann hören, was ich für intime Beschwerden habe. Wenn du also als Mann mit Potenzstörungen hinkommst – quasi bei null Diskretion – weiß es dann auch jeder Anwesende. Und seinem Reden nach ist die Praxis immer krachend voll. Dann setzt du dich hin, blickst in die Runde und erkennst deinen Nachbar, der dir zuwinkt: Moin Günther, na wie geht's? – Schweigepflicht hat nur das Personal.«

Nina: »Du könntest diskret einen Zettel über den Tresen schieben.«

Helene: »Aber jetzt der Hammer: Nicht nur, dass dieser Urologe zu geizig ist, ein paar schöne Ablenkungsklatschzeitschriften zu abonnieren und stattdessen Fachliteratur auslegt – die armen, sowieso schon nervösen Patienten müssen über einen Riesen-Flatscreen auch noch ihre eventuell bevorstehende Untersuchung, in dem Fall wurde gerade eine Blasenspiegelung gezeigt, voller Vorfreude ansehen. Mir erläuterte der Herr Doktor zum besseren Verständnis: damit die Patienten wissen, was auf sie zukommt. – An der Wand hingen hässliche Ölschinken, wie in den meisten Kanzleien und Praxen. Es gab eine Nische für Privatpatienten mit Kaffeevollautomat und Ledersitzen. Als ob die gesetzlich Versicherten auch gleich noch dämlich wären und das nicht mitkriegen. Das neueste Ultraschallgerät hatte er auch. Das hat er nur nicht zum Laufen bekommen, als er es mir vorführen wollte. Die Weiterbildung dafür hat nur seine Assistenzärztin gemacht. Ob so einer fachlich was drauf hat, interessiert mich dann schon nicht mehr.«

Jasmin: »Ich finde auch, das Wartezimmer ist die Visitenkarte des Arztes. Nichts schaut man so lange in einer Arztpraxis an wie den Wartebereich. Trotzdem wird dem scheinbar nicht viel Wert beigemessen und dafür gesorgt, dass man sich wohler fühlt mit seinem Krankheitsbild und seinen bedrückenden Gedanken. Neulich habe ich meine Kollegin in der Frauenarztpraxis abgeholt. Die Stühle im Wartezimmer waren im großen Viereck angeordnet entlang der Wände im Raum. Jeder glotzt sich praktisch an, wenn er nicht gerade die Augen niederschlägt. Dazu war eine Totenstille, keine dezente Musik oder so. Wenn du als niedergelassener Arzt schon keine Gebühren bezahlen willst, könnte man ja alternativ eine CD einlegen. – Ich würde den regionalen Radiosender einstellen, damit die Patienten sich bewusst sind, dass das Leben draußen weitergeht. Du konntest dich also nicht unterhalten, ohne dass jeder jedes Wort gehört hat. In der Mitte stand ein Tisch, der auch schon bessere Zeiten erlebt hat, es gab verstaubte Kunstblumen, keine einzige echte. An den Wänden Raufasertapete mit so Terra- und Orangetönen, die vor hundert Jahren modern waren, zerlesene uralte Zeitschriften, ungeputzte Fenster, Spielzeugfragmente und zerfetzte Kinderbücher in der Ecke für die Kleinen … Mann oh Mann … Ich hatte gar nicht für möglich gehalten, dass es so etwas noch gibt in der freien Marktwirtschaft. – Die Krönung war, hinter vorgehaltener Hand sagte die Sprechstundenhilfe, weil sie mich kannte: *Das Erste, was die Patientinnen hier machen, ist aufs Klo gehen. Kein Wunder, dass die jeden Abend so schmutzig aussieht.*

Überlegt mal, und das in einer Frauenarztpraxis. Da sollst du dich am liebsten noch rechtfertigen, wenn du dich vorher noch mal gürtelabwärts kontrollieren willst!«

Nina: »Ich war mal in einer Naturheilpraxis. Eine Dreierpraxisgemeinschaft. Die war vom Feinsten. Wunderschöne Landschaftsbilder, dezente Hintergrundmusik, ein Wasserspiel in der Mitte. Es gab hohe Pflanzen, die extra beleuchtet wurden. Frische Blumensträuße im Ikebana-Look. Die Wände waren mit Pastellfarben überzogen. Es gab Klatsch- und Gesundheitszeitschriften, Wasser und Tee wurden offeriert! Nicht zum Selbstnehmen, was sich oft keiner traut. – Dir wurde suggeriert, du hast keine inneren Organe, sondern dein Körper ist voller Schaumgummibällchen, die hier bloß neu geordnet werden müssen. Die Anmeldung war im separaten Raum, wo nur ein Patient Zutritt hatte. Es gab Nischen und Einzelbereiche, unterschiedliche Wartebereiche direkt vor dem Behandlungsraum. Wenn einer von den Heilpraktikern mal einen Patienten vorziehen würde, kommt dadurch Frust und Ärger gar nicht erst auf, weil es gar keiner mitkriegt. Auch mit wenig Platz kann man das einrichten. Ich habe nachgefragt; die hatten einen guten Innenarchitekten mit Arztpraxisreferenzen.«

Genau, ein schönes Wartezimmer ist die Eintrittskarte zum Herzen des Patienten.

»Ich war auch einmal bei einem Heilpraktiker. Der hatte zumindest eine ärztliche Ausbildung, da lege ich Wert drauf. Die meisten Heilpraktiker sind ja Physiotherapeuten. Ich würde meine Gesundheit nicht in deren Hände legen. – In unserem Staat werden sogar Heilpraktiker ausgebildet, die schon fünfzig sind. Ich finde das unverantwortlich, die auf die Menschheit loszulassen. Die machen das doch nur für sich und sind echt so idealistisch und glauben, sie könnten was draus machen, ich würde zu so einem nicht gehen. Das Fachwissen und die Erfahrung fehlen, und ein Fünfzigjähriger wird beides nicht mehr kriegen.«

Nina: »Aber du hast doch auch schon gesagt, die ganzheitliche Behandlung ist am wichtigsten.«

»Ja, aber nicht, wenn du keinen Plan hast von Anatomie und Physiologie. Das ist Voraussetzung, da brauchst du umfassendes Wissen und nicht nur mal zwei oder drei Jahre reinriechen.«

Jasmin: »Als Patient kann man sich heutzutage gut informieren, und man entscheidet, zu wem man gehen will. Aber egal, ob du Schulmedizin, Naturheilverfahren, Psycho- oder Physiotherapie für dich wählst: Jedem *Heiler* ist schon was danebengegangen. Blöd ist, wenn es allzu oft passiert und sich das herumspricht. Da brauchen wir uns nichts vormachen, der Patient muss bei jedem Arzt mit aufpassen. Ärzte versagen, es sind auch nur Menschen, doch Vertrauen kann man haben, viel mit dem Arzt sprechen, nicht abwimmeln lassen. Vertrauen zum Arzt ist wichtig. Gesunde Skepsis genauso.«

»Recht hast du, Mausi. Ich habe mit vielen Ärzten zusammengearbeitet und ich weiß auf jeden Fall, zu wem ich *nicht* gehen würde. Trotz aller modernen und überlieferten Medizin ist der gesunde Kopf das Wichtigste im Leben. Erst danach kommt der gesunde Körper. Ist nämlich der Körper gesund, kann man trotzdem cholerisch und schlecht gelaunt sein, eben wegen der Psyche. Dann lassen körperliche Beschwerden auch nicht lange auf sich warten. Ist aber die Psyche gesund, ist es meistens auch der Körper. Jeder kann sich heutzutage dank seines gesunden Menschenverstandes informieren, wie man gesünder lebt. Wenn er sich aus irgendeinem Grund nicht danach richten will, kann ihm auch kein anderer helfen.«

Für mich steht fest: Ich werde mir bis ins hohe Alter noch selbst den Allerwertesten abwischen. Meinen Alltag organisiere ich mit bezahlten Kräften für Kochen, Putzen und Waschen. Meine Lieben, vor allem meine Urenkel, kommen zu Besuch für einen Plausch beim Tässchen Tee und fühlen sich nicht genötigt, mir behilflich zu sein. – Sie kommen gern zu ihrer Urgroßmutter, denn die hat spannende Geschichten von früher parat, die sie natürlich ein bisschen aufpeppt. Vor allem habe ich immer ein offenes Ohr und einen Rat für die Grünlinge. – Ein paar Wochen nach meinem fünfundneunzigsten Geburtstag lege ich mich wie immer abends ins Bett, um friedlich einzuschlummern. Mit einem Lächeln im Gesicht träume ich von meinem erfüllten Leben. Ich wache nicht mehr auf.

In meiner hübschen hölzernen Urne liege ich im Familiengrab und werde langsam biologisch abgebaut, während ich darauf warte, dass aus mir wieder eine Keimzelle wird. Die Pause hab ich mir verdient.

Dieses Rundumsorglospaket pflanze ich mir täglich ein und weiß damit, dass alles so sein wird.

• • •

Es war keine Absicht!

Donnerstag, 19. Dezember 2013

Auf der Uhr im Taxi ist es 19.36 Uhr.

Endlich wieder zu Hause. Es schneit feine Flocken, der Fahrer meint, ich hätte Glück, denn mit Schnee war diesen Winter noch nichts. Deshalb lasse ich mich schon an der Ecke absetzen, um noch einen Moment die Häuser meiner Straße in ihrem dünnen Winterkleid zu bestaunen. Die Weihnachtsbeleuchtung hier im Villenviertel ist nicht kitschig, sondern stilvoll und edel. Ich muss sagen, mein Elternhaus ist das allerschönste. Es sieht aus wie im Märchen mit dem Jugendstil-Eingangsportal und den eingeschneiten Bäumchen im Vorgarten.

Ich habe Nina beauftragt, das Haus zu hüten. Dekoriert hatte ich schon vor meiner Abreise. Jedes einzelne Stück kommt jedes Jahr an denselben Platz, der dafür sorgfältig ausgewählt wurde. Das habe ich von meiner Mutter übernommen, nichts ist überladen, so macht es Spaß und spart Zeit.

Den Türkranz habe ich dieses Jahr erneuern lassen. Puristisch aus dunklem Weidengeflecht mit zwei roten Äpfelchen und ein paar zarten Mistelzweigen schmückt er meine Haustür.

Ich brauche den Wechsel der Jahreszeiten, jede für sich hat etwas Schönes. Niemals könnte ich an einem Ort leben, an dem immer die Sonne scheint. Das ist todlangweilig, so als würde man jeden Tag das Gleiche tun oder essen, oder jeden Tag dieselben Menschen um sich haben.

Eigentlich fällt unser Treffen heute aus, weil ich ja noch weg sein wollte. Ich bin einen Tag zu früh wieder hier, denn ich hatte irgendwie Sehnsucht. Mein Zuhause ist mein Heiligtum.

Ehrlich gesagt, habe ich auch gehofft, dass außer Nina einer meiner Spezies vielleicht doch heute kommt. Genau genommen hoffe ich auf Edgar. Der geht mir in letzter Zeit nicht mehr aus dem Kopf. Manchmal habe ich Angst, dass die Spannung zwischen uns durch zu viel Nähe zerstört wird. Ich will nicht, dass er mich zu gut kennt. Und ich will ihn erst recht nicht zu gut kennen.

Ich versuche, durch die geschmiedete Vorgartentür zu schleichen. Klappt nicht so richtig, ich müsste sie mal wieder ölen lassen. Ich will die Gelegenheit nutzen, die schöne Rückseite meines Anwesens zu betrachten, und gehe ums Haus herum. Lotti IV begrüßt mich freudig, ist aber sofort eingeschnappt, als ich sie leise, aber streng in ihre fußbodenbeheizte Massivhütte schicke. Ihre Hundeklappe lässt sie wütend hinter sich zuknallen. Die Fensterläden der Küche sind geschlossen, so wie ich sie verlassen habe, ich kann nicht hineinsehen. Ich will Nina nicht kontrollieren, ehrlich nicht. Ich will nur mal ein bisschen wissen, was in meinem Haus vor sich geht, wenn ich nicht da bin.

Nina hat die Außenbeleuchtung eingeschaltet, vielleicht saß sie im Wintergarten. Von da aus ist die Aussicht toll. Die Bäume, die von meinem Großvater angepflanzt wurden, werden vom Boden aus angestrahlt, und die feinen, tanzenden Schneeflocken glitzern im Licht.

Danke, lieber Gott und Mama, für mein tolles Leben. Seit ihrem Tod ist meine Mutter mein Schutzengel. Sie arbeitet eng mit dem lieben Gott zusammen. Für mich gehört zum Menschsein, an etwas zu glauben. Ich bin voller Illusionen. Das finde ich schön. Ich versuche, meine Welt immer wieder in Wattebällchen zu packen. Außerdem habe ich schon einige Ignoranten erlebt, die an gar nichts glauben können und gar nicht wissen, wie schön die Welt sein kann; solche Menschen sind für mich bedauernswerte Unglückshaufen.

Eine Freundin – wobei für mich das Wort Freundschaft nichts weiter bedeutet – hat sogar ihrer vierjährigen Tochter erzählt, dass es keine Prinzessinnen und keinen Weihnachtsmann gibt.

So, Kind, das Thema Märchenwelt ist dann auch geklärt und nun werd schnell erwachsen und selbstständig.

Das finde ich grausam, so als ob du von deiner eigenen Mutter jeglicher Hoffnungen und Träume beraubt wirst. Eigentlich kannst du mit vier Jahren schon deinen Sarg bestellen.

Jeder erzieht seine Kinder nach seiner Fasson, das habe ich schon verstanden. Und dass viele nicht weiter denken als von hier bis zur Wand, weiß ich auch. Das steht auch nicht in irgendeiner Relation zu ihrem Bildungsgrad. Im Gegenteil, die Akademiker sind oft die größten Blindgänger bei ihren Kindern. Erst recht, wenn sie beim ersten Kind jenseits der vierzig sind. Die wollen es besonders korrekt und am liebsten nach Buch machen; läuft das Kind nicht wie ein Uhrwerk, wird der Notdienst bemüht, wenn der Kinderarzt gerade keine Sprechstunde hat. Die menschliche Intuition hat Sendepause. Vielleicht ein Leben lang. Bedauernswerte Kinder wird es immer geben. Bei Jasmin habe ich auch nicht alles richtig gemacht. Aber ich war verdammt nah dran an der perfekten Mutter. – Bei einer verkorksten Kindheit hat man als Erwachsener immer noch die Möglichkeit, die Vergangenheit hinter sich zu lassen. Auch wenn es ein ganzes Stück Arbeit ist. Die meisten, die ständig für sich und vor anderen rezitieren, *meine Eltern haben Schuld an meinem verkorksten Leben,* wissen gar nicht, was eine wirklich furchtbare Kindheit ist. Zum Glück betrifft mich das nicht.

Die Küchentür zum Wintergarten steht einen Spalt offen. In der Küche brennt Licht. Nina muss also da sein. Ich schleiche mich hinein. Als ich leise die schwere Flügeltür hinter mir geschlossen habe, höre ich Stimmen. Nina und Edgar reden in der Küche. Lauschen tut man nicht. – Wie soll ich aber sonst wissen, was sie über mich reden, obendrein in meinem Haus. Bevor ich meinem Über-Ich die Oberhand lasse, kann ich sie deutlich hören, und es ist zu spät, normal hereinzupoltern.

Wollten die sich etwa hinter meinem Rücken treffen? Nina ist ein attraktives Weib … – Hör auf, Mathilda, du paranoide Person! Mit dir kann Nina nicht mithalten, und du hattest schließlich gesagt, sie soll sich wie zu Hause fühlen. Und du hast *gehofft*, dass Edgar da ist.

Ich spitze die Ohren.

Nina: »… also, ich weiß schon, dass du nie ein Kostverächter warst, aber du hast doch auch gemerkt, was dabei herauskam. Ärger in deiner Beziehung, weil du ja so dämlich bist und das noch nicht mal heimlich machen kannst. Aber dann erfährt ja auch keiner, was du für ein toller Hecht bist.«

Edgar: »Hat dir das Mathilda erzählt?«

Nina: »Das war Stadtgespräch … Wenn *mich* mal einer interessiert hat, während ich eigentlich mit einem anderen zusammen war, dann hab ich mir einfach das Objekt meiner Begierde vorgestellt, wenn ich mit meinem eigenen Partner zugange war. Und zwar solange, bis dieser Mann mir sogar im Kopf überdrüssig wurde und ich mit den Gedanken wieder bei dem real existierenden Mann an meiner Seite war. Die Sache war geritzt, ohne dass ich den anderen je angefasst hätte. Hat mir Mathilda so empfohlen. Funktioniert super und spart Zeit und Ärger. Für die ist ja fleischliche Treue heilig. Sofern sie mal jemanden hat.«

Edgar: »Na, die gibt dir ja Ratschläge. Ich kann dir nur sagen – *anfassen* ist viel schöner.«

Nina: »Nicht, wenn ich bedenke, was dabei auf dem Spiel steht. Du kannst ruhig dein Kopfkino erst mal ein bisschen bemühen, bevor du losgrabscht. – Ihr Männer seid aber nicht dafür gemacht, ich weiß schon. Zum Wohl, Casanova.«

Müssen die gerade heute solche Themen draufhaben ... Nur noch ein Minütchen, dann geh ich wirklich rein ... Auf ein Weinchen hätte jetzt ich auch Appetit.

Nina: »... ich vermisse Mathilda auch, muss die gerade jetzt, wo ich Probleme habe, ihre Weltreise unternehmen?«

Hat Edgar etwa gesagt, dass er mich vermisst?

Edgar: »Erstens hast du *immer* Probleme, du nervtötende Hypochonderin, und zweitens ist Mathilda bloß eine Woche in London. Aber als unsere Bandenführerin ist sie schon ganz brauchbar.«

Toll, mehr nicht oder wie?

Nina: »Wenn sie auch oft so resolut und kritisch tut. Das ist nur Fassade, ich mag sie sehr. Am besten finde ich, dass ich ihr Haus benutzen darf. Am Wochenende habe ich erst mal das Dampfbad und den Jacuzzi angeworfen. Das war traumhaft. Anton war bei seinem Schachkumpan. Lotti IV ist auch pflegeleicht, die hatte ich mit bei mir zu Hause; hat sich sofort mit meinem Garfield angefreundet, die beiden haben sogar ein bisschen geflirtet.«

Edgar: »Das gibt rothaarige Lottis. Die würden bestimmt eigenartig aussehen.«

Nina: »Garfield kann sich beherrschen, der heißt ja nicht Edgar ... Und Mathildas Küche ist super organisiert, ich habe mich spielend zurechtgefunden. Ordnung halten geht hier voll einfach und schnell.«

Edgar: »Was kochen wir denn überhaupt, es duftet nach guter Vorbereitung.«

»Wenigstens funktioniert dein Näschen scheinbar noch gut. Wollte mal die Gelegenheit nutzen und tierische Leckerbissen zubereiten, Mathilda isst ja so gut wie kein Fleisch. Es gibt überbackene Lammkoteletts, Stangenbohnen und Rosmarinkartoffeln mit einer schlanken Erdnuss-Koriander-Soße. Als Vorspeise serviere ich Blätterteigsäckchen mit Ziegenkäsefüllung. Ich habe bloß kein Dessert, weil ich eigentlich allein hier bin und den Rest einfrieren wollte. Konnte ja nicht wissen, dass du vergisst, dass Mathilda heute nicht da ist und unser Treffen ausfällt. Aber in deinem Alter muss man mit allem rechnen.«

Flirtet sie etwa mit Edgar? Quatsch, Nina foppt ihn doch immer.

Edgar: »Lecker, ich wusste gar nicht, dass du so gute Rezepte draufhast.«

Nina: »Wusste ich auch nicht. Mathilda hat mir Inspirationen an den Kühlschrank geheftet. Kochen macht mir erst richtig Spaß, seitdem wir unseren Gourmetzirkel haben. Ich sag's ja nur ungern, aber über dich habe ich immer gestaunt, wie gut du als Mannsbild kochen kannst. Du würdest gut zu Mathilda passen, find ich.«

Oh Gott. Ich krieg keine Luft.

»Ich verwelkter Tattergreis … Sagt sie doch immer.«

Nina: »Das ist ihre Art, mit dir zu flirten. – Mit richtig Alten und Kranken will Mathilda nichts zu tun haben. Ich glaub, sie denkt, das ist ansteckend. Ist ja auch mühsam, sich mit Leuten einzulassen, die alles dreimal und nur von früher erzählen, als die Kinder klein waren, oder ständig über ihr Schicksal jammern und nichts dagegen tun. Aber komischerweise fährt sie auf dich irgendwie ab.«

Edgar: »Hat sie das gesagt?«

Hab ich nie!

Nina. «Das braucht sie nicht, sie hätte dich niemals in unseren Kreis aufgenommen, wenn du nicht interessant für sie wärst. Ich versteh ja auch nicht, was sie an dir findet.«

Edgar: »Auch wenn ich dich nicht ausgesprochen gut leiden kann, verrate ich dir mal ein Geheimnis: Für mich war sie immer die Traumfrau. Sie war aber nie etwas Handfestes, ich brauchte immer eine wie Bettina, die ich lenken kann, das ist sicherer, wenn auch auf Dauer langweilig. Ich war glücklich, als ich Mathilda wieder getroffen habe. Für mich ist sie wie die Venus von Botticelli ... Man will sie beschützen und gleichzeitig flachlegen. Das musst du erst mal hinkriegen als Frau.«

Nina: »Hey, ich bin *auch* eine Frau, du taktloser Typ.«

Edgar: »Du bist mir ohnehin viel zu alt.«

Nina: »Kann ich verstehen, wenn das ein so straffer Adonis wie du sagt ...«

Edgar: »Sie reizt mich sehr. Und ein bisschen lieb ich sie.«

Gott – ich fall gleich in Ohnmacht ...

Nina: »Ich sage kein Sterbenswort.«

Er sieht bestimmt wieder gut aus. Edgar ist kein Schönling, so einer wäre nichts für mich. Er ist der blasse, rothaarige Typ. Gepflegt, geistreich, witzig, provokant. Eigentlich brauche ich nur seine Stimme zu hören und schon bin ich hin und weg. ... Aber er ist schon achtundsiebzig. Manieren hat er – vor allem am Esstisch. Und im Kopf hat er auch was ...

Mathilda, hör auf zu schwärmen. Du wirst dich nicht behängen mit so einem Alten!

Nina: »Mit deiner schwerkranken Frau sind dir ja die Hände gebunden. Und Mathilda würde niemals etwas mit dir anfangen, solange du – wenn auch nur auf dem Papier – verheiratet bist. Und so skrupellos bist du auch nicht, dass du deine Frau einfach verlässt.«

Genau – er ist *verheiratet*, der Vertrag besteht. So was würde ich nie machen, Nina hat recht.

»Viel hast du ja nie darüber geredet, aber du gibst dir irgendwie die Schuld für ihre Krankheit, oder sehe ich das falsch?«

»Ich *bin* schuld.«

»Wir haben einen Schlaganfall oder so was bei ihr vermutet.«

»Nein, kein Schlaganfall ... Bettina und ich kennen uns seit der Schulzeit. Irgendwann war unser Zusammenleben eintönig und bestand vielleicht nur noch aus Gewohnheit. Ich kann das nicht mehr unterscheiden: Gewohnheit oder zusammengewachsene Liebe. Ich wollte ihr jedenfalls nie wehtun mit meinen ... Geschichten. An diesem schauderhaften Abend, der unser ganzes Leben auf den Kopf gestellt hat, hatten wir wieder mal Krach. Es sind hässliche Worte gefallen. Bettina meinte, sie kann meine Weibergeschichten nicht mehr ertragen. Ich habe die Haustür hinter mir zugeknallt und bin weggefahren. Ich wusste, sie trinkt. Sie hat dann wohl ziemlich viel getrunken. Dann hat sie sich in ihr Auto gesetzt. Sie hatte nachweislich einen Affenzahn drauf, als sie aus dem Wagen vor den Baum geschleudert wurde. Sie war nicht mal angeschnallt. Als ich zur Unfallstelle kam, hatte man sie schon abtransportiert. Ich sah nur noch Teile ihrer Hirnmasse am Baum kleben. Überall Blut. Ich weiß nicht, wie ich in die Klinik kam, der Kollege Unfallchirurg sagte mir, dass sie die Nacht nicht überleben wird. Ihr Schädel war zertrümmert.

Ich hatte nur einen Gedanken: Sie darf auf keinen Fall sterben. Nicht durch meine Schuld. Dann habe *ich* sie auf dem Gewissen.

Sie hat die Nacht überlebt. Nach zwei Monaten konnte sie den Arm heben. Nach anderthalb Jahren wieder ein paar Worte sprechen. Zuerst haben wir englisch geredet. Offenbar gibt es ein separates Hirnareal für Fremdsprachen, das musste also weniger beschädigt worden sein. Für mich ist das Gehirn seitdem eine biochemische Masse, die sich wie alle Organe regenerieren kann und ihre Nervenbahnen neu einfährt, wenn ein Teil der Masse nicht mehr da ist.«

Nina: »Kommt sicher auch drauf an, *welcher* Teil der Masse fehlt.«

Edgar: »Das schon, aber selbst bei Leberresektionen bildet sich Lebergewebe neu, und bei Herzinfarkten bilden sich kleine Gefäße neu, zwar nicht so gut wie die alten, aber es ist unglaublich, wie sich der Körper selbst wiederherstellen kann.«

Nina: »Entschuldige, ich wollte dich nicht unterbrechen.«

Edgar: »Bettina hatte üble Schmerzen. Nachdem sie langsam wieder sprechen gelernt hatte, war ich wie besessen davon, sie wieder herzustellen, wie sie früher war: schön und gepflegt, eben eine Frau zum Vorzeigen. Ich habe sie einigen *Korrekturoperationen* unterzogen, wie ich das für mich nannte. Ich war besessen und egoistisch. Ich wollte unbedingt, dass sie lebt, damit meine Schuld nicht noch größer wurde. Du hättest sie früher sehen sollen: gertenschlank, immer topmodern angezogen und perfekt geschminkt…

In den letzten Jahren habe ich mich nur noch um sie gekümmert. Ich wollte mein altes Leben zurück. Sie hat nur noch Süßkram in sich hineingestopft und neunzig Pfund zugelegt. Ich konnte ihr ja nicht die einzige kleine Freude, die sie noch hatte, wegnehmen, oder?

Du weißt nur, dass das die Frau sein muss, die du schon so lange kennst und auch irgendwann mal geheiratet hast. Ihr Aussehen und ihr ganzes Wesen haben keine Sekunde mehr darauf hingedeutet.«

Ich stehe gelähmt am selben Fleck im Wintergarten …

Nina: »Mensch, Edgar, das ist schrecklich, wieso hast du nie was gesagt? Oh Mann – es ist nicht deine Schuld. Du wolltest das Beste für sie *und* für dich. Du hättest eine Therapie gebraucht nach diesem Riesenschock.«

Edgar: »Weißt du, wenn einer unglücklich ist, dann weiß er es, aber er kriegt nicht mit, wenn er glücklich ist.«

… für mich ist er gerade eben noch liebenswerter geworden, so etwas habe ich von ihm noch nie gehört. Edgar war für mich immer ein gestandener Mann, der seine Feinfühligkeit öfters hinter demonstrativer Schroffheit versteckt hat, denn damit kam er schlecht zurecht. Jeder, der gerade da war, kriegte dann sein Fett ab. Heute, mit achtundsiebzig, ist er immer noch unberechenbar in seinen Reaktionen, aber das macht für mich seinen unglaublichen Reiz aus. Der verbale Schlagabtausch mit ihm hat mir immer gefallen.

Das hatte ich so nie wieder. Deshalb habe ich ihn auch unauffällig in meine Gruppe geschleust. Das einzige Mal, wo ich gegen mein Prinzip verstoßen habe, mit Exliebhabern nie wieder in Kontakt zu treten.

Ist er ja auch eigentlich nicht, es gab nur diesen einen realen Kuss damals, den er sicher schon längst vergessen hat. Doch mir hat er mehr bedeutet als eine ganze Nacht mit irgendeinem smarten Typ. Diesen Kuss werde ich nie vergessen, und je öfter ich Edgar treffe, umso unrealistischer kommt mir das vor … Aber *wie* es eigentlich dazu kam, weiß ich auch nicht mehr.

Jetzt kann ich nicht länger lauschen und schleiche zur Vordertür.

Edgar: »Ich habe mich immer wieder in kurzlebige Frauengeschichten gestürzt. Für den Moment hilft das erst mal. Aber am Ende reite ich mich noch tiefer rein, im wahrsten Sinn, ich weiß.«

Nina: »Komm her – du bist nicht schuld. Unfälle passieren und sind eine Verquickung *vieler* unglücklicher Umstände. Schuldgefühle helfen keinem und lassen dich nur schlecht fühlen.«

Als ich an der Türglocke läute, drehe ich im selben Moment den Haustürschlüssel um. Die beiden begrüßen mich freudig, und ich bleibe irgendwie länger an Edgar hängen als sonst.

Nina: »Edgar hat verpennt, dass heute eigentlich nix ist. Zum Glück habe ich reichlich gekocht. Wollte den Rest einfrieren für dich. Obwohl Fleisch dabei ist.«

»Ich kann ja das Fleisch weglassen, Ninalein.«

Nina: »Wir sprechen gerade über Schuldgefühle.«

Sie schaut Edgar an, als wollte sie fragen, ob sie erzählen darf. Er nickt andeutungsweise, und ich kriege die Unfallgeschichte in Ninas einfühlsamer Kurzfassung zu hören. Jetzt kann ich meine Position vortragen.

»Du glaubst, du bist schuld am tragischen Unfall deiner Frau und dass sie jetzt so daliegt? Dann will ich dir mal was sagen: Ein Unfall heißt deswegen Unfall, weil er die Folge von vielen unglücklichen Umständen ist. Es kommt zu einer plötzlichen, *nicht beabsichtigten* schädigenden Einwirkung äußerer Faktoren auf einen lebenden Körper. Die Betonung liegt auf *nicht beabsichtigt.* Das ist nämlich der

Unterschied zu einer kriminellen Handlung, für die es sehr wohl einen Schuldigen gibt. – Nach einem Unfall kommt es für die Beteiligten oft knüppeldick. Nicht nur die, die es *direkt* erwischt, sind die Opfer, sondern gerade auch die nächsten Angehörigen. Das bezeichnet man als Trauma, eine tiefe seelische Verletzung, und die erfordert psychologische Betreuung. Nimmst du die nicht in Anspruch, hat das gravierende Auswirkungen auf dein weiteres Leben. Dein Alltag wird nämlich ständig gestört und gesteuert durch Schuldgefühle oder Angst, schlechte Gedanken und Fantasien daran. Trotzdem entscheiden sich viele, das allein zu schaffen.

Ich betrachte das als pure Verschwendung wertvoller Lebenszeit, wenn man sich da nicht helfen lässt. Mit Profihilfe kann man schneller ruhiger weiterleben, das steht mal fest. So eine Therapie hilft zu jedem Zeitpunkt und in jedem Alter. Kommt natürlich auf den Therapeuten an. Da sollte man nicht sparen mit Auswahlkriterien.«

Ich konnte mir beim Lauschen zum Glück schon meinen Vortrag zurechtlegen.

Edgar: »Ich hatte mal eine Patientin, die war vierundachtzig. Als ich ihr gerade den Oberbauch sonografiert habe, hat sie mir erzählt, dass sie als Fünfzehnjährige im Krieg von drei Soldaten vergewaltigt wurde. Mir ist fast der Schallkopf aus der Hand gefallen. Ich weiß nicht, warum sie das gerade *mir* erzählt hat. Und ich wette, die hat noch nie einen Psychologen gesehen, geschweige denn eine Therapie gemacht. An diese alte Frau musste ich oft denken seit dem Unfall von Bettina. Andere haben ein schlimmeres Schicksal.«

Nina: »Ja, schlimmere Schicksale gibt es leider zu Tausenden, aber wirklich helfen tut dir das auch nicht. Für *dich* sind nur *dein* Schicksal und *dein* Leben von Bedeutung.

Und die alte Frau hat dir das erzählt, weil du als Arzt für sie eine Vertrauensperson warst.«

Hat sie schön gesagt.

»Genau. Jeder lebt in *seiner* Welt und in keiner anderen. Dein Verhalten und Erleben, deine Entwicklung im Lauf deiner Geschichte bestimmen deinen Tag, deine Woche, deine Jahre … Und um *deine* Welt zu verbessern und glücklicher zu sein, den Stein von deinem Herzen zu nehmen, den du allein trägst, genau dafür sind Psychologen da. Es gibt nichts Wichtigeres und Schöneres im Leben, als im Reinen mit sich und der Welt zu sein. So gut es eben geht, jedenfalls nach solchen traumatischen Ereignissen.«

Ich halte schon wieder Vorträge. Bissel zurückschrauben, Mathilda …

»Wir Menschen sind keine Maschinen, mach nicht den Fehler, dein restliches Leben zu ruinieren und dir für den Unfall die Schuld zu geben. Überleg mal, aus wie vielen unglücklichen Umständen dieser Unfall die Folge war.«

Nina: »Streiten passiert oft, unglückliche Ehen gibt es wie Sand am Meer. Und Ehepartner, die sich woanders umschauen, auch. Es gibt Menschen, die trinken, weil sie gelernt haben, dass so alles für sie erträglicher und für den Moment schöner ist. Die bedenken eben nur den kurzfristigen Kick. Nicht *du* hast deine Frau betrunken ins Auto gesetzt, das hat sie selbst zu verantworten. Tragisch. Doch ich glaube auch: Solange man nicht *absichtlich* einem anderen Schaden zufügt, darf man sich *nicht* mit Schuld beladen. In *keinem* Fall. Davon musst du dich befreien, Edgar. Schuldgefühle sind hässliche dunkle Schatten, die einem auf Schritt und Tritt folgen. Und keinem etwas nützen. Aber Männer suchen ja keine Hilfe beim Psychofritzen, das ist unmännlich. Selbst nach so einem Hammer.«

Mensch, Nina, über dich staune ich auch immer wieder:

»Nina hat recht. Und dass du deine Frau, wie du sie kanntest, wiederhaben wolltest, ist auch keine *Schuld*, die du auf dich geladen hast. Es war deine Art, damit umzugehen; eine Schockreaktion, die jahrelang angehalten hat. Du hast ihre Schmerzen nicht ignoriert oder warst egoistisch; du hast Hoffnung auf ein besseres Leben für euch beide gehabt. Fertig.«

Edgar: »Mit euch beiden Weibern kann man sich auf jeden Fall den Psychofritzen sparen.«

Vielleicht haben wir dir wirklich ein bisschen geholfen mit unserer professionell gestalteten Faselei. Ich würde dich am liebsten küssen …

Nina: »Unglücke passieren jeden Tag. Bis heute bin ich verschont geblieben von den vielen furchtbaren Dingen, die mir *hätten* passieren können. Wie oft bin ich schon mit einem blauen Auge davongekommen, mein Schutzengel war immer auf der Hut.«

Nina mit ihrer deppischen Art hätte echt schon viel passieren können. Aber komischerweise haben fröhliche Trampel immer mehr Glück als andere …

Sie ist eine liebenswerte Person, die es immer nur gut meint, ich gönne ihr alles Glück der Welt.

»Abgesehen von meiner Krebsdiagnose war das schlimmste Unglück für mich, dass ich Lotti II auf dem Gewissen habe. Zumindest brodelte lange in mir dieses furchtbare Schuldgefühl. Bis mich meine Claire eines Besseren belehrt hat …«

Nina: »Erzähl.«

»Ich war mit Lotti II am Neujahrsmorgen spazieren. Unsere übliche Strecke durch den Stadtpark war mir zu langweilig. Wir schlenderten an der Straße entlang. Plötzlich ging ein Blitzknaller in der Nähe zu Boden. Lotti erschrak so heftig, dass sie sich ihr Halsband über den

Kopf streifte. Das habe ich sonst immer fester angezogen, bevor wir losgingen, weil ich das schon kannte und sie ja schließlich ein großer Hund war, der unheimliche Kräfte freisetzen konnte. Sie raste mitten auf die Straße, auf der das wahrscheinlich einzige Auto an diesem Morgen entlangfuhr. Und mein Hund lief direkt hinein. Ich hörte einen lauten Schlag. Der Fahrer war genauso erschrocken wie wir beide. Lotti war schwer verletzt. Sie jaulte herzzerreißend. Ich rief den Rettungsdienst, der mich zum Tiernotdienst durchgestellt hat. Als der Wagen kam, war Lotti schon tot. Meine Gedanken daran und die Schuldgefühle haben mich zermürbt. Tag und Nacht. *Wie konnte das bloß passieren?* Innere Monologe, die immer wieder auftauchten: *Hätte ich doch nur …*«

Nina: »Ich kann mich daran erinnern. Das war schlimm damals, das hatte in der Nachbarschaft die Runde gemacht. Wir kannten uns nur als Nachbarinnen. Aber ich habe voll mit dir mitgefühlt. Garfield rennt auch gern auf der Straße rum. So ein Unglück kann immer passieren, und es *war nicht* deine Schuld. *Ein Unfall war es.* – Einmal habe ich eine Radfahrerin angefahren, hab sie nicht gesehen. Außer dass ihr Rad verbogen war und sie ein paar Schürfwunden hatte, ist nicht viel passiert. Das Schlimme daran war, ich konnte nächtelang nicht schlafen, weil abends die Gedanken kamen. Ich habe mir ausgemalt, was *noch* hätte passieren können, und fühlte mich lange miserabel. Was wäre, wenn die Frau gestorben oder für immer gelähmt geblieben wäre?

Ich sagte mir: Nina, jeder baut mal Mist, ob mit oder ohne Absicht. Manche haben Glück, dass die Konsequenzen nicht so gravierend sind. So wie ich. Sei froh, dass alles glimpflich abgelaufen ist, und steigere dich jetzt nicht in irgendwelche Was-wäre-wenn-Geschichten hinein. Wenn du ständig bedenkst, was alles passieren *könnte* oder etwa: *hätte* passieren *können*, darfst du nämlich nicht mehr das Haus verlassen.«

Edgar sieht trotzdem nicht aus, als ginge es ihm jetzt besser. Ich erinnere mich, wie ich ihn wiedersehen wollte. Vor etwa anderthalb Jahren war das. Wir hatten uns, seitdem er in Rente gegangen war, aus den Augen verloren. Ich ging in die Cafeteria der Klinik. Allein. *Jeden* Donnerstag gegen halb elf. Früher saßen wir manchmal hier, als wir noch Kollegen waren. Es war die Zeit, als die Visite durch war und Edgar vor lauter Langeweile auf Nahrungssuche ging.

Ich wusste nicht, ob er noch verheiratet war. Doch ich habe gehofft, er würde hier auch privat nicht in Begleitung erscheinen. Es könnte auch sein, dass er nie wieder hierherkäme, das würde eher zu ihm passen, denn er hatte mit der Klinik abgeschlossen.

Am dritten Donnerstag nahm ich mir ein Buch mit, hatte aber immer noch den Eingangsbereich durch die Glasscheibe im Blick. Wie immer war der Kaffee ungenießbar. Ich dachte, er *muss* einfach kommen. Er wird jetzt vielleicht sein zweites Frühstück einnehmen wollen. Ich hatte nur einen Gedanken: Mein Magnetfeld ist so groß, gegen diese Anziehungskraft ist er machtlos. Plötzlich erschien er tatsächlich. Wie eine Fata Morgana. Er war noch weit entfernt, ich sah ihn durch die Glasscheibe, und für den Bruchteil einer Sekunde trafen sich unsere Blicke.

Nie, nie, nie hätte ich damit gerechnet, was dann mit mir passierte. Ich konnte ihn nicht ansehen, mein Blut schoss in den Kopf, und mein Herz schlug in meinem Hirn auf einer ganz anderen Frequenz. Ich hatte das Gefühl, gleich zu explodieren. Auf eine wunderschöne Art und Weise. Ich musste mir immer wieder sagen: Mathilda, beruhig dich. Beruhig dich, du alte Schachtel!

Er kam direkt auf mich zu und ich hatte ein bisschen das Gefühl, es ging ihm ähnlich. Er gab mir die Hand und nach dem ersten Geplänkel war mein Gehirn immer noch völlig blockiert. Ich wusste nichts mehr, und ein Gesprächsversuch seinerseits kam auch nicht richtig zustande.

Wir saßen uns gegenüber wie zwei pubertierende Kinder, die sich schämen. Zwei, die sonst immer die größte Klappe haben. Ich hatte noch zusammengekriegt, dass er mich anrufen kann, wenn er mal wieder Zeit für ein Käffchen hätte. Ich wusste, damit war die Warterei meinerseits besiegelt.

Neun Wochen! Das ist typisch für ihn, so lange hat er mich zappeln lassen. Natürlich *weiß* er das nicht, er kann nur vermuten. Am Telefon tat ich neutral freundlich. Ich habe ihm von meinem Kochzirkel erzählt, er hat von seiner kranken Frau erzählt und dass er froh ist, wenn er mal Abwechslung kriegt.

Das war vor über einem Jahr. Seitdem ist er dabei …

Edgar: »Mhm, Nina, dein Essen sieht ja lecker aus. Hast vielleicht einen 1990er Château Margaux dazu?«

Er wieder mit seinen Extrawünschen. In meinem Weinschrank kenne nur ich mich aus.

»Tut's auch ein 2009er Esporao Reserva Tinto?« Ich habe die Flasche schon in der Hand.

Edgar: »Obwohl der ja nicht zum Essen passt.«

»Der passt. Wenn wir bei *mir* sind, wird gegessen und getrunken, was auf den Tisch kommt. Machen wir bei *dir* ja auch.«

Ich Idiotin …

»Entschuldige, Edgar, ich weiß, dass wir nicht zu dir können.«

Er öffnet die Flasche und setzt sich mit seinem Weinglas zu mir an den Kamin. Er wird ganz still.

Gott, bin ich dämlich …

Edgar: »Wir können uns auch mal bei *mir* treffen. Ist alles frisch renoviert. Bettina ist vor fünf Wochen gestorben.«

Schreck, Schock, Unglaube – alles eins. Ich sehe Nina ganz undeutlich, sie ist genauso blass wie ich vermutlich. Keiner rührt sich. Ich lege meine Hand auf die von Edgar, sagen kann ich nichts, weil nichts passen würde.

Edgar: »Als ich am Morgen nach ihr sehen wollte, war sie friedlich in ihrem Bett eingeschlafen. Jetzt hat sie Ruhe vor mir.«

Er war mindestens dreimal hier in den letzten fünf Wochen. Ich habe ihm nichts angemerkt.

»Glaube mir, sie wusste, dass du das alles nicht wolltest. Du bist kein gewissenloser Mensch, und du wolltest dich ein Leben lang aufopfern, um es wieder gutzumachen. Sich selbst zu bestrafen ist vielleicht eine noble Geste, nützt aber keinem etwas. Den einzigen Effekt, den ein solches Verhalten hat, ist, dass du dabei kaputt gehst. Diese ganzen Jahre hast du den Schock nicht verarbeitet. Du warst ja gar nicht zurechnungsfähig. Was du brauchst, ist Erholung. Und Ablenkung.«

Edgar: »Zwölf Jahre meines Lebens. Die kommen mir jetzt vor wie ein paar Wochen. Ja, ich glaube, ich werde verrückt in diesem renovierten leeren Haus. Aber komm mir bloß nicht mit Kloster.«

»Nein, nein, ich hatte eher an einen richtigen Urlaub gedacht.«

Deine achtundsiebzigjährigen Augen sind immer noch so reizvoll wie damals, auch wenn sie jetzt traurig aussehen. Unpassenderweise funkt mir meine Fantasie manchmal zwischen meine Ausführungen und ist schon wieder ganz schön ausschweifend … Hör auf, Mathilda, die Sache ist ernst... – Ich würde ihn jetzt gern küssen. – Ich beherrsche mich und rede normal.

»Es ist doch so: Für jeden von uns endet die Reise früher oder später an derselben Stelle: unter der Erde oder im Himmel. Bis dahin kann jedem von uns sehr viel Schlimmes im Leben passieren. Die Devise muss in jedem Fall lauten: Steh auf und mach das Beste draus. Nach einer gewissen Erholungszeit natürlich, die brauchst du. Erst wenn du dich in Trauer, Schuld, Angst und Depressionen verlierst, wird's gefährlich. Erst recht, wenn einem keine anderen Stütze Halt gibt, weil man sie vernachlässigt hat. Zu diesen Stützen zählen Familie, sinnvolle Beschäftigung, Freunde ... Zum Glück hast du ja unseren Gourmetzirkel. Wir werden dich schon beschäftigen, stimmt's, Nina?«

Nina: »Genau. Jeder braucht etwas anderes, um aus einer Krise herauszufinden: Profihilfe, Gruppengespräche ... im schlechtesten Fall Drogen und Alkohol. Also, bevor du zur Flasche greifst, komm lieber her. Nach einem solchen Schock, der obendrein *zwölf* Jahre angedauert hat, dem Tod deiner Frau, musst du etwas machen, erst mal Zeit vergehen lassen, trauern, auch um dich selbst ... Dann Urlaub mit anschließender Therapie.«

Edgar: »Das ist vielleicht wirklich keine schlechte Idee. Aber was für ein Urlaub denn?«

»Ich kenne da ein Spitzensanatorium, ich meine, ein Hotel. Am Bergsee. Du magst doch Berge.«

Edgar: »Kommst du mit?«

Oh Gott ... Dann würden die Dinge ihren Lauf nehmen, denn ich traue mir selbst nicht über den Weg, was Edgar betrifft. Das ist zwar reizvoll, aber zu früh und zu simpel. Außerdem kann ich Berge nicht leiden. Berge sind nicht nur langweilig, da fühle ich mich so erschlagen und eingeengt. Am besten noch Trachtenzwang ... Also:

»Ich bin ja mehr für Großstädte oder kleine Ortschaften am Meer. Ich kann dich aber besuchen.«

Edgar: »Wie kommst du denn darauf, dass *ich* Berge mag? Ich reise auch gern ans Meer ... Aber wer weiß, ob sich das alles noch lohnt.«

Erst baggern und dann auf die Mitleidstour kommen, typisch Edgar ...

Nina: »Ja genau, bevor du einen Urlaub planst und an eine geistige und körperliche Erholung denkst, kannst du dich natürlich auch schon auf dem Friedhof anstellen. Wir müssen alle sterben. Das muss man aber nicht schon Jahre vorher erledigen, indem die Gedanken ständig darum kreisen. Nicht um den Tod selbst, denn da sind sich die meisten einig, dass es ein tiefer Schlaf ist, bei dem man nichts mehr merkt, im günstigsten Fall etwas Schönes träumt. Das Einzige, was uns wirklich Sorgen macht, ist das langsame, schmerzvolle Sterben. Das *kann* heutzutage gar nicht mehr passieren, weil es für jeden Einzelfall abgestimmte Medikamente gibt. Und der eigentliche Moment des Sterbens kann nicht schlimmer sein als mein Zahnarztbesuch, als die Spritze nicht gewirkt hat, weil alles entzündet war. Es ist sehr unwahrscheinlich, dass man unter Schmerzen stirbt. Der Körper fährt eine Automatik, und man schlummert benebelt ein. Ist echt erwiesen. Und eine schöne Aussicht, finde ich. So *schlimm* kann das Sterben also nicht sein.«

Ich bin immer wieder stolz auf mich, dass ich Nina ausgesucht habe für mein Grüppchen.

Edgar: »Ja, bei *plötzlichen, unerträglichen* Schmerzen fällt der Körper von sich aus ins Koma, das ist erforscht und erwiesen.«

So kann man es auch ausdrücken. Edgar sieht das wieder nüchtern und wissenschaftlich. Aber:

»Nicht der Schmerz ist das Schlimme am Tod, sondern die Angst davor. – Seit Menschengedenken gibt es Religionen. Aus meiner Sicht sind die nur aus einem Grund entstanden: um einem Hoffnung zu geben und Ängste zu nehmen. Ängste, die einen zermürben können. Die es nur im Kopf des Denkenden gibt. Besonders die Angst vor dem Tod. Ich finde es gut und hilfreich, an etwas zu glauben. Es macht das Leben schöner. Und beeinflusst es sogar. Natürlich kannst du nicht von heut auf morgen an Gott, der für jeden etwas anderes bedeutet, glauben, wenn du es nie gemacht hast. Aber man kann mit Menschen reden, die das tun. Nicht gerade mit einem Pfarrer, der wäre zu extrem, der will einen natürlich gleich zu seiner Sicht von Gott bekehren und seine Kirche voll kriegen.«

Nina: »Die, die nüchtern durch ihr Leben gehen und an nichts glauben, jammern am meisten. Nicht mal an Weihnachten gehen sie in die Kirche, haben aber das Haus am vollsten mit knallbunter Deko und machen gigantische Schnulligeschenke.«

Finde ich auch:

»Weihnachten nicht in die Kirche zu gehen, kann ich mir auch nicht vorstellen. Das hat auch etwas mit Gemeinschaft, Tradition und Werten zu tun. Mit Jasmin und Anni gehe ich jedes Jahr in die Stadtkirche. Wenn wir dann bei Jasmin zu Hause eintrudeln, hat Max schon Glühwein gemacht, und wir bereiten gemeinsam das Essen vor.«

Nina: »Ich habe einmal ein junges Ehepaar erlebt, die nie an irgendetwas glauben konnten. Die beiden waren in Indien im Urlaub und sind plötzlich von heut auf morgen als Bekehrte heimgekommen. Was genau ihr Glauben war, habe ich allerdings nicht begriffen. Die Großeltern durften nicht mehr an die Kinder ran, und sie wurden aus der Kita genommen. Es gab nur noch *spirituelle Reinigung*.

Ich habe nie verstanden, wie eine einzige Reise zwei Menschen so komplett verwandeln kann.«

So etwas habe ich auch schon gehört:

»Das sind Menschen, die die nie gefestigt waren, nie über Glauben nachgedacht haben und schon gar nicht über ihr eigenes Verhalten. Wenn man plötzlich blind einem Guru folgt, ohne ihn auch nur im Ansatz infrage zu stellen, heißt das, dass sich diese Menschen nach Führung sehnen, dass sie Halt brauchen und nie ein eigenes Konzept hatten. Wenn dann diese *Lehre* noch einigermaßen stimmig für sie klingt, ist alles geritzt. – So kriegen gute Verkäufer ihre wankelmütigen Kunden auch immer. Da kann ich mich leider auch manchmal nicht ganz ausschließen.«

Nina: »Diese Sehnsucht, an etwas glauben zu können, hat bestimmt jeder, auch wenn sie gern verleugnet wird. Und der Halt, den man darin findet, ist gut, solange die Lieben nicht darunter leiden, was bei dem besagten jungen Paar leider nicht der Fall war. Die Kinder und Großeltern haben nämlich darunter gelitten.«

Ich hätte nicht gedacht, dass sich Nina solche Gedanken macht. Und ich meine:

»Gerade extreme Fälle relativieren sich meistens. Der Mensch vergisst schnell wieder. Es sei denn, die Erinnerung daran wird immer wieder aufgefrischt und lässt die Überzeugung weiterleben. Durch einen Film darüber zum Beispiel, der so eine extreme Entscheidung als richtig suggeriert.«

Nina: »Bei den beiden war es so, dass sie bis heute jedes Jahr wieder an diesen Ort gereist sind. Die haben das immer wieder am lebendigen Leib aufgefrischt und sind so extrem geblieben. Die Großeltern der Kinder konnten einem leidtun. Und die Kinder sind inzwischen beide ausgewandert. Die Philosophie von denen ist wahrscheinlich: abnabeln von der Familie mit aller Konsequenz.«

Jeder findet sein Glück auf seine Weise. Und manche niemals:

»Gott ist für jeden etwas anderes. Für mich ist er eine metamorphe Gestalt, die immer bei mir ist, egal in welcher Form.«

Ich kann jetzt wohl kaum sagen, dass er mit dem Geist meiner Mutter zusammen im Himmel sitzt und auf mich aufpasst. Trotzdem ist es so.

»Das hilft mir. Und durch meinen Glauben habe ich keine Angst vor der Zukunft oder vorm Tod. Ich vertraue auf Gott.«

Edgar: »Komisch, Mathilda – du vertraust keinem Arzt, den du anfassen kannst, aber einem Gott, den du nicht mal siehst. Geschweige denn, dass er irgendwas studiert hat.«

Nina: »Das Unterbewusstsein ist doch eine Form von Gott. Wenn nicht, der einzige Gott überhaupt. – Als ich eine Zeit lang im Heim gearbeitet habe, habe ich erfahren, dass sich fast alle Heimbewohner schon früher damit abgefunden hatten, einmal hier zu landen. Dann gab es noch das andere Extrem: Ein paar von den Heimbewohnern hatten riesige Angst davor und sind wahrscheinlich genau deswegen da gelandet. Die haben durch die Bank nicht lange dort gelebt. Genauso wie Menschen, die ihr Leben lang betont haben und sicher sind, sie würden niemals in ein Heim gehen. Die kommen da auch nicht hin. Ich glaube an das Unterbewusstsein und an seine vom jeweiligen Individuum eingerichtete Programmierung. Ja, das tue ich, weil da echt was dran ist. So habe ich Anton gefunden.«

Edgar: »Wie hast du Anton gefunden?«

Nina: »Den Text kenne ich jetzt noch auswendig, den ich wochenlang bei Kerzenschein vorm Spiegel heruntergebetet habe: *Ich spüre, wie sich mir ein Mann zuwendet, der aufrichtig, liebevoll, stark, wohlhabend, glücklich und zuverlässig ist. Ich weiß, es gibt ein unwiderstehliches Prinzip der Anziehung, und im Vertrauen darauf rufe ich nun den Mann, der meinen unterbewussten Überzeugungen entspricht. Uns verbindet das Gefühl der Liebe und gegenseitigen Wertschätzung.*«

Edgar: »Und du denkst, deswegen hast du Anton gefunden?«

Nina: »Nein, ich weiß es.«

Klar, Edgar ist zu rational und verbietet sich selbst, so einen Kram überhaupt weiterzudenken … Aber ich *weiß* auch, dass es klappen kann.

Edgar: »Ich will trotzdem nicht über das Pflegeheim oder meinen Tod nachdenken. Wer will denn das schon.«

Ich stelle mir den Tod als weißen Engel vor, der mich abholt und in Wattewölkchen packt:

»Kommt darauf an, *wie* man an den Tod denkt. Ich stelle ihn mir als einen wunderschönen Schlummertraum vor. Die, die übrig bleiben, können ruhig mal ein bisschen um einen trauern. Das funktioniert allerdings nur, wenn du dich nicht in deinen letzten Jahren als außergewöhnliche Belastung aufgeführt hast. Denn dann sind natürlich alle froh, wenn sie dich los sind. So möchte ich auf keinen Fall abtreten. Während ich friedlich in meiner biologisch abbaubaren Holzurne auf meine Wiedergeburt warte, juckt es mich kein Ding, was oberirdisch passiert. Die Pause habe ich mir verdient. Und deine Seele weiß genau: So hart mich auch ein Los auf Erden trifft, ich werde das Beste daraus machen.«

Nina: »Ein ganz wichtiger Punkt, Mathilda: Es gibt so viele außergewöhnliche Belastungen auf der Welt. Die leben natürlich für die anderen gefühlt am längsten und nach dem Motto: Wenn mich einer so nicht mag, wie ich bin, hat er eben Pech.«

Genau. So möchte ich nie werden, denn:

»Dabei hat er selbst vielleicht sogar das größere Pech. Mit so einem will ja keiner etwas zu tun haben, jedenfalls nicht öfters, als es Pflicht ist. Ich tue mein Bestes und passe immer auf, dass ich keine von denen bin, bei der man mit den Augen rollt, wenn man schon wieder aus Pflichtgefühl Zeit mit ihr verbringen muss. Ich lasse die anderen ausreden, auch wenn es manchmal schwerfällt, ich stecke Jasmin oder Anni immer mal einen Schein zu. Das gehört zum Mama- und Großmuttersein dazu. Ich verschenke keine Kinkerlitzchen, über die sie sich freuen müssen, nur weil sie *mir* vielleicht gefallen. Die haben sowieso einen anderen Geschmack als ich. Ich versuche, nicht so viel von *mir* zu erzählen. Und schon gar nicht von früher und am besten zu jedem Besuch das Gleiche. Das muss man in fast jeder Familie ertragen, wie die Alten ungefragt dreimal dieselben Geschichten von früher erzählen.«

Nina: »Aber wenn nun mal heute bei den Alten nichts Großartiges mehr passiert, was sie erzählen könnten?«

»Dann muss man selbst dafür sorgen, dass etwas passiert. Aktiv sein ist doch wichtig im Alter. Ich habe festgestellt, wenn ich meinen Lieben zeige, dass ich mich für sie interessiere, auch wenn das manchmal große Aufmerksamkeit von mir erfordert, bekomme ich das in irgendeiner Form zurück. So ist das Leben viel schöner. Ich möchte, dass die anderen ein bisschen traurig sind, wenn ich nicht mehr da bin, und nicht etwa erleichtert und froh. Das ist mein Ziel.«

Edgar: »Ja, schlimm, wenn du nur noch eine Belastung für deine Kinder darstellst…«

Nina: »Genau, da kommen zum Beispiel die Erbschleicher in unser Heim damals: Wir *wollten* ja die Oma besuchen, aber es war dauernd was anderes bei uns los. Die waren nicht *einmal* zu Besuch bei der Omi in den sechs Jahren. Sie kommen mit einem Riesenkranz, der ihr Gewissen erleichtern soll. Und diese Omi war bestimmt kein belastender Charakter, das ist mal sicher. Sie hat mir damals erzählt, dass sie in jungen Jahren plötzlich ihren Mann verloren hat. Vermutlich war es ein Herzinfarkt. Sie sagte, schlimmer, als dass ihre Kinder sie nicht besuchen, ist, mit den offenen Fragen an ihren verstorbenen Mann zurechtzukommen. Sie wollte von ihm wissen, wie es für ihn war, als er gestorben ist, ob er Schmerzen hatte oder noch etwas gedacht hat. Sie sagte: *Ich weiß alles von ihm. Nur das Wichtigste weiß ich nicht: Wie ging es ihm, als er gestorben ist? Und wenn ich mit ihm die täglichen Dinge besprechen wollte, war er nicht da.* – Auf so einen Gedanken würde ich nicht kommen, dass einen dann solche Fragen bewegen.«

Edgar: »Du hast ihr doch bestimmt etwas empfohlen.«

Nina: »Sie meinte, sie hat sich selbst geholfen: Sie hat beschlossen, zu glauben, er hat keine Schmerzen gehabt und zuletzt an sie gedacht. Und wenn sie in all den Jahren nach seinem Tod etwas mit ihm besprechen wollte, hat sie so getan, als sei er im selben Zimmer und hätte ihr die Antworten gegeben, die sie doch eigentlich wusste, denn sie kannte ihn doch. Sie sagte mir: Für meinen großen Verlust, den ich erleiden musste, war es ein Trost, dass er nicht lange gelitten hat oder ein Pflegefall geworden ist oder dement. Auch wenn ich ihn nicht lange hatte, ich bin dankbar für die Zeit mit ihm.

Man kann einen Menschen nicht vergessen, der im Herzen wohnt, auch wenn man manchmal plötzlich voll Panik glaubt, vergessen zu haben, wie er aussah. Er ist im

Herzen lebendig, solange man lebt. Mir hat das einmal mehr gezeigt, wie wichtig es ist, an etwas zu glauben.«

Das finde ich auch:

»Ja, was dich am stärksten im Leben treffen kann, ist der Verlust eines nahestehenden Menschen. Du hast etwas Vertrautes verloren durch Krankheit, Unfall, Unglück oder Trennung. Dabei ist es nicht von Belang, ob das Ereignis plötzlich kam oder ob du es geahnt oder gefürchtet hast. Der Schock sitzt. Ein gigantischer Knoten drückt den ganzen Körper zusammen.«

Edgar: »Gutartige Abschiede gibt es wahrscheinlich nicht, selbst wenn das Leben danach scheinbar leichter wird. Es klingt sicher eigenartig, aber an diese schwere Zeit mit Bettina hatte ich mich irgendwie gewöhnt. Ich musste mich damit arrangieren. Ich frage mich seit Wochen jeden Tag, wie es weitergehen soll. Jeder Tag ist so leer. Die Gewohnheit war eine gewisse Stütze. Im Moment fühle ich mich ganz schön hilflos.«

So etwas habe ich noch nie von Edgar gehört. Ich würde ihn am liebsten mit Haut und Haaren bei mir aufnehmen. Doch ich weiß genau, das wäre wieder mal eine meiner Spontanreaktionen, die ich eher früher als später bitter bereue und dann schwerlich zurücknehmen kann. Aus dem Alter bin ich raus.

Nina: »Weißt du, Edgar, so ein Schicksalsschlag, wie du einen hattest, würde selbst den härtesten Mann voll aus der Bahn werfen. Deine Frau ist für dich zweimal gestorben. Du brauchst unbedingt Erholung.«

Edgar: »Sie ist tot, und trotzdem habe ich immer noch mit Schuldgefühlen zu kämpfen.«

Nina: »Hör zu, ich spreche dich hiermit frei von Schuldgefühlen! Egal, was an diesem Abend passiert ist, Schuldgefühle helfen keinem und sind Gift, weiter nichts. Nimm alles, wie es ist, und mach das Beste draus. Verzeih dir deinen Fehler, wenn du glaubst, dass es einer war. Du kannst dich ein paar Jahre aufs Meditationskissen setzen und Dein Mantra summen, was prinzipiell eine tolle Sache ist, aber ich schätze, nicht deine. Oder du machst Nägel mit Köpfen und planst dein Leben neu. Für dein Alter bist du schließlich noch ziemlich aktiv. Nimm die Sache in Angriff und mach einen Plan. Erst mal einen für die nächsten paar Wochen. Kleine Schritte … Mathilda und ich helfen dir dabei. Stimmt's, Mathilda?

Ich muss aufpassen, dass ich Edgar nicht zu *sehr* helfe. Ich war stets die einsame Kriegerin, aber in letzter Zeit wünsche ich mir immer öfter jemanden, dem ich *alles* anvertrauen kann. Einen geliebten Menschen an meiner Seite zu haben, mit dem ich alles teilen kann …

»Ehrensache. Erst mal ein Urlaub. Vielleicht komme ich für ein paar Tage mit …«

Gott, was sag ich denn da …

Edgar: »Gesagt ist gesagt. Gleich morgen buche ich.«

• • •

Lieber Aufstieg in Blödhausen als auf Stütze in der Hauptstadt.

Mein Abitur habe ich mit *Sehr gut* abgeschlossen, etwas anderes hätte ich meinen Eltern nicht vorgelegt. Ich war ehrgeizig. Doch die beiden waren enttäuscht, weil ich *nur* Krankenschwester werden wollte, das war mir klar. *Frau Doktor* würde ihrer Tochter besser stehen. Den Erwartungen meiner Eltern wollte ich wie jedes anständig erzogene Kind entsprechen. Dieser Gedanke pochte in meinem Hinterkopf, bis ich endlich das Medizinstudium angefangen habe. Meine Eltern wunderten sich. Wir haben gesprochen. Sie wollten, dass ich glücklich bin, und wenn das als Krankenschwester gewesen wäre – auch gut.

So kann man sich irren. Selbst mir passiert das.

Wenn man sich seine Welt zurechtspinnt und wenig miteinander redet, kann man die dollsten Vermutungen anstellen und hat doch nicht recht. Das beobachte ich zu oft, als dass ich bei mir selbst nicht darauf achten würde.

Die Arbeit als Krankenschwester wollte ich sowieso nicht bis zur Rente machen. Aus meiner Sicht war es vernünftig, in der Medizin zu bleiben. Ich musste nur den passenden Kompromiss finden. *Frau Doktor Chirurgin* gefiel mir gut, wenn schon Ärztin, dann richtig: mit Schnippeln, Bohren und Sägen. Schnelle Ergebnisse, die ich durch Gefühl in Kombination mit Kraft erreichen konnte, haben mich schon immer gereizt. Allerdings hatte ich keine Lust auf schlauchende Bereitschaftsdienste, Behandlungsfehler und hoffnungslose Schicksale.

Weil toten Menschen nichts mehr wehtut und ich gern forsche, bin ich zur Pathologie gekommen. Die Ausbildung war lang. Von da an wunderten sich meine Eltern über nichts mehr bei mir.

Als Pathologin muss man sich immer bei den *Normalen* erklären. Warum sollte jemand so etwas freiwillig als Beruf ausüben? *Aus demselben Grund, warum einer Toiletten putzt oder Raketen fliegt: Solche muss es auch geben,* antworte ich dann meistens, damit Ruhe ist. Mit Spaß an der Arbeit kannst du da nicht kommen.

Forschung ist mein Ding. Und es macht mir Spaß. So.

In der Anfangszeit ging es mir genauso wie den umstehenden Polizisten oder meinen Kommilitonen, die reihenweise umfielen. Kerle wie die Schränke. Umso mehr wollte ich das überwinden. Um der Forschung willen. Und weil ich nun mal angefangen hatte. Aufgeben kam für mich noch nie infrage.

Ist bestimmt gut für Bluthochdruckpatienten, wenn sie jeden Monat mal eine Sektion besuchen, kaum irgendwo sieht man so viele blasse Gesichter. Von einem Bluthochdruck ist da weit und breit nichts zu sehen.

Vor ein paar Jahren hat ein Student der älteren Semester in meinem Saal sogar über *das Verhalten und Empfinden von Beobachtern einer Sektion* seine Doktorarbeit geschrieben. Und kurz bevor ich in Rente gegangen bin, hat einer unserer Doktoranden über die *Gründe für einen Menschen, Pathologe der Rechtsmedizin zu werden*, promoviert. Auf das Ergebnis bin ich selbst gespannt. Der Gute bummelt ein wenig. Aber ich bleibe dran. Vielleicht erfahre ich dann mehr über mich.

Jahrelang habe ich an der Uniklinik Forschungsprojekte geleitet. Unter meinem Namen standen Artikel darüber in Fachzeitschriften und im Regionalblatt. Deswegen hat mich der Leiter der Rechtsmedizin auf einer Tagung abgeworben und mir den Job in seiner Abteilung schmackhaft gemacht, soweit das möglich ist. So hatte ich vermutet.

Später habe ich erst mitgekriegt, dass er mich *nicht* wegen meiner fachlichen Kompetenzen für seine Abteilung gewinnen wollte. Aber das ist eine andere Geschichte.

Als Rechtsmedizinerin habe ich dann Todesursachen und Genveränderungen erforscht. Ich habe mich nie an meine Arbeit gewöhnt, es blieb immer spannend und einzigartig. Ich habe meine Arbeit stets als reinen Forschungsauftrag gesehen. Ich habe immer Handschuhe und Atemschutz getragen, nach einem Arbeitstag gründlich geduscht und natürlich die komplette Wäsche gewechselt. So hatte ich immer ein sauberes Gefühl bei meiner Arbeit.

Donnerstag, 09. Januar 2014

Heute ist meine Enkelin Anni mit von der Partie. Sie ist schon vierundzwanzig, sieht aber aus wie zwölf und ist ein bildhübsches blondes Mädchen mit einer schlauen schwarzen Brille, hinter der ihre sauber geschminkten rehbraunen Augen leuchten. Sie hat ihre Freundin Elly aus ihrer Nachbarschaft mitgebracht. Ein unscheinbares Mäuslein. Elly ist wesentlich jünger, Anni hat früher bei ihr babygesittet.

Den Altersunterschied sieht man den beiden nicht an. Meine Enkelin. Sie hat mich gefragt, ob sie Elly mitbringen darf. Ich bin froh, wenn mal ein frischer Wind weht in meinem Haus. Trotzdem wusste Anni, dass ich stets Wert darauf lege, gefragt zu werden. »Schön, dass du heute Elly mitgebracht hast, Anni-Maus. Aber gewöhnt euch nicht an, unsere Erwachsenengespräche zu belauschen.«

»Keine Angst, Großmutter, keiner interessiert sich wirklich für euer einschläferndes Rentnergefasel. Ich dachte nur, es gibt vielleicht was Schönes zu essen. Außerdem wollte ich mal wieder meiner Pflicht nachkommen, dich zu besuchen, damit du mich nicht enterbst.«

Nina: »Ein liebenswertes Kind. So eine hätte ich auch gern.«

»Ja, mein Schätzchen. Du kriegst heute dein Lieblingskinderessen. Es gibt Avocado-Mozarella-Salat mit Mango. Als Hauptgang hätten wir vegetarische Frikadellen mit Spinat und Kartoffelpüree. Und zum Dessert servieren wir Helenes Spezial-Apfelstrudel mit Vanilleeiscreme.«

Anni: »Sehr lecker, Großmutter.«

Helene: »Bist du eigentlich jetzt fertig mit deinem Archäologiestudium?«

Ich werde jetzt ganz unauffällig mit meiner Enkelin angeben.

»Sie ist längst fertig und arbeitet auf Schloss Neuschwanstein.«

Anni: »Ich arbeite im Museum der bayerischen Könige. Und das gehört zum Schloss Hohenschwangau.«

»Aber Neuschwanstein liegt genau daneben, das kennt jeder, dachte ich.«

Helene: »Das gehört aber nicht den Wittelsbachern.«

Anni: »Na, du bist ja gut informiert.«

Helene: »Und was machst du da genau?«

Anni: »Ich kümmere mich um die Öffentlichkeitsarbeit. Kommunikation mit Behörden und Unternehmen, Marketing und solcher Kram.«

Nina: »Toll. Aber mit Archäologie hat das nicht so viel zu tun oder?«

Ich fühle mich herausgefordert, den Grund des jahrelangen Studiums meiner Enkelin zu verteidigen …

»Sie hat ja kurz nach dem Studium in Ägypten gegraben. Aber sie ist nicht der Buddeltyp. Was sie jetzt macht, hat richtig Zukunft. Und ohne den akademischen Abschluss hätte sie auch den Job gar nicht bekommen.«

Anni: »Kann ich bitte selbst über mich reden?«

Sie hat einen scharfen Ton drauf.

»Entschuldige, Mäuslein. Gut, dass du mich immer mal zur Räson bringst.«

Das meine ich ernst. Meine größte Angst ist sowieso immer, eines Tages völlig in meiner eigenen Welt zu leben, wie das so viele Angehörige der älteren Generation machen. Anderen über den Mund fahren und nicht zuhören können. Zeug erzählen, das jeder schon zigmal gehört hat. Oder etwa das Gespräch moderieren, damit was dabei rumkommt. Das Gespräch laufen lassen, ist gar nicht so einfach und erfordert tägliche Arbeit an meiner Person. Doch ich bin bereit und willig.

Anni: »Nein, einen direkten Bezug zur Archäologie gibt es nicht, außer dass man da auch oft im Museum landet. Aber mein Uniabschluss hilft ungemein. Mit dem, was ich jetzt mache, bin ich ganz glücklich und will darauf aufbauen. Mal sehen, wo die Reise hingeht.«

Helene: »Du gehst deinen Weg. Da bin ich ganz sicher.«

Edgar: »Bei einer Welt voller Studienwechsler und -abbrecher kannst du wirklich stolz auf deinen Abschluss sein. Ich weiß noch, die Kinder von den meisten jüngeren Kollegen durften ja sofort umsatteln, wenn der Studiengang ihnen nach einem Semester auch nur den Hauch von *nicht das Richtige für sie* erschien. Mein Enkel wusste immer, dass er sein Studium durchziehen musste, das hat ihm sein Vater gleich beigebracht. Auch wenn er zwei Semester länger gebraucht hat. Der macht heute auch was anderes. Anni hat völlig recht, erst mal muss ein Abschluss her. In dieser

Zeit entwickelst du deine Persönlichkeit, und dann kannst du weitersehen. Kein Mensch weiß, ob die Entscheidung, einen bestimmten Beruf zu lernen, richtig für ein ganzes Leben ist. Ist doch mit dem Ehepartner das Gleiche. Die Umstände ändern sich dauernd. Und die Gefühle auch. Keiner kann in die Zukunft blicken.«

Wieso schielt er denn beim Erzählen dauernd zu mir …?

»Wenn du die Laufbahn mancher Kollegenkinder verfolgst, haben die am Ende das Fach zweimal gewechselt und studieren mit achtunddreißig immer noch, weil sie nicht ganz sicher sind, ob das auch *wirklich* das Richtige für sie ist.«

Nina: »Ist aber auch heute schwer, sich zu entscheiden, in welche Richtung man gehen soll. Ich hatte nach der Schule noch keine Ahnung, was ich wirklich werden wollte. So viel Auswahl gab es zum Glück nicht. Und heute gibt es jede Menge neue Berufe, worunter sich kein Mensch was vorstellen kann. Da müssen sich manche Eltern sogar die Berufsbezeichnungen ihrer Kinder aufschreiben oder auswendig lernen, damit sie wissen, was ihr eigenes Kind gelernt hat. Da sagst du dann: *Mein Sohn ist Industrieglasfertiger mit Schwerpunkt Mess-, Steuerungs- und Regelungstechnik.* Bei euch in der Zone hieß das glaube ich Facharbeiter für Glastechnik.«

Edgar: »Du hast ja keine Ahnung. Das hieß bei uns: *Der ist bei Schott.*«

Man merkt eigentlich kaum noch, dass Nina Wessi ist. Auch wenn sie keine Pionierlieder versteht, habe ich sie trotzdem gern. Bei uns Ossis muss sie auch manchmal ganz schön tapfer sein.

Anni: »Elly steht auch gerade vor der schwierigen Entscheidung, was sie einmal werden will. Bei der großen Berufsliste schaust du erst einmal, was es in deiner Region gibt, zumindest bei einer Ausbildung. Es sei denn, du bist gut situiert oder willst unbedingt gleich in die weite Welt hinaus. Ich weiß noch von mir, wie unsicher ich damals war, ob das der richtige Studiengang für mich ist. Und nach einem Jahr wollte ich auch das Fach wechseln. Das haben schließlich viele so gemacht. Und Unsicherheit kann ein quälender Zustand sein, wenn man sich nicht selbst davon befreit.«

Helene: »Berufserfahrung ist erst mal das Wichtigste, der Umgang mit Kollegen und Chefs und die Arbeitspraxis auf deinem Fachgebiet.«

Nina: »Wechseln ist nur dann sinnvoll, wenn zu erkennen ist, dass du mit dem nächsten Fach nicht nur einem Trend folgst, sondern brennendes Interesse dafür entwickelt hast. Nur weil du unsicher bist mit dem, was du gerade machst, ist Wechseln keine Alternative, finde ich. Sonst kommst du vom Regen in die Traufe. Wie ein Mann, der ständig die Frau wechselt, für den kurzen Kick.«

Edgar: »Dann hast du aber wenigstens den kurzen Kick.«

Ich will lieber mal zurücklenken:

»Willst du studieren, Elly, oder eine Ausbildung machen?«

Elly: »Erst mal eine Ausbildung. Ich bin jetzt in der zehnten Klasse und habe ständig Zweifel, in welche Richtung ich gehen soll. In manchen Bereichen habe ich Praktika gemacht, mir Berufe angesehen, die *eventuell* für mich infrage kommen, aber vom Hocker gerissen hat mich nichts davon. Meine größte Angst ist, etwas zu machen, wo ich jeden Tag mit Grausen hingehen werde.«

Helene: »Das kann ich verstehen. Lass dich nicht verunsichern.«

Anni: »Mama sagt auch, die Schüler haben heutzutage

unnormale Zukunftsangst, weil das die Umwelt, die Medien und so jeden Tag suggerieren. Das Ergebnis ist dann ewiges Rumtingeln und überhaupt nicht mehr wissen, was richtig für einen ist. Doch völlig danebenhauen kannst du nicht für den Anfang, Elly, die haben doch Tests gemacht in der Schule, wo deine Interessen liegen könnten.«

Elly: »Und wenn die Tests durch irgendetwas verfälscht sind?«

Anni: »Sind sie nicht, verstanden?«

Helene: »Worauf hast du dich denn beworben?«

Elly: »Kauffrau in allen möglichen Bereichen. Ich habe Angst, dass ich dann so festgefahren bin. Hänge womöglich nur am Telefon, koche Kaffee und kriege die Launen vom Chef ab. Und stelle dann jeden Tag fest, dass ich das alles gar nicht will.«

Helene: »Okay – wir klammern die Lehre jetzt mal aus. Wenn du bei einem Unternehmen angenommen wirst, ist es in jedem Fall das Beste, die Ausbildung eisern durchzuziehen. Der Abschluss in der Tasche öffnet dir die nächste Tür. Wohin sie führt, bestimmst du nach der Ausbildung wieder neu.«

Nina: »Bewirb dich auf viele Stellen, die dich *eventuell* interessieren könnten. Für dein Selbstwertgefühl und dein Auftreten anderen gegenüber ist das tägliche Arbeiten mit Kollegen superwichtig. Außerdem wird dein *Teamfähigkeitsmuskel* trainiert, und du wirst selbstbewusster. Die Ausnahme ist, du wirst gemobbt. Davon gehen wir aber mal nicht aus. Wir gehen davon aus, dass du die Lehre gut schaffst und den Abschluss in der Tasche hast. Das ist das erste Ziel. Da kannst du nichts falsch machen. Damit ist auch nichts entschieden. Die Weichen sind zwar erst einmal gestellt, was auch wichtig ist, aber die Karten werden immer wieder neu gemischt. Du hast in unserem Land alle

Möglichkeiten. Du wirst auch nicht verhungern oder sozial abstürzen. Es gibt Quereinsteiger in so ziemlich allen Berufsrichtungen. Doch die Eintrittskarte dafür ist immer eine abgeschlossene Ausbildung.«

Elly: »Danke, ich wünschte, meine Eltern hätten mal so mit mir geredet. Jetzt hab ich gleich nicht mehr so viel Angst.«

Helene: »Und soweit ich weiß, gibt es gutes Lehrlingsgeld im kaufmännischen Bereich. Der Job wird auch später gut bezahlt. Das ist doch schon mal was.«

Nina: »Das heißt jetzt *Ausbildungsvergütung*. Selbst wenn du Friseurin wirst, was ja bekanntermaßen nicht gut bezahlt wird, hast du alle Möglichkeiten.«

Edgar: »Was hast du denn als Friseurin für Möglichkeiten?«

Nina: »Erstens – besondere Freundlichkeit und Kompetenz zeigen. Für eine anständige Kollekte in der Tasche. Die musst du nicht mal versteuern. Im Heimservice arbeiten – später Meister machen – ein eigener Laden ...«

Helene: »Oder über eine Arbeitsbeschaffungsmaßnahme vom Arbeitsamt in eine ganz andere Richtung gehen.«

Nina: »Du meinst Agentur für Arbeit.«

Alter Besserwessi ... Zum Glück kann Helene so was ignorieren. Ich möchte Elly auch bestärken:

»Eine Weiterentwicklung findet immer statt, wenn du eine Sache durchziehst. Beruflich wie privat.«

Nina: »Man muss ja auch nicht immer eine Weiterentwicklung im Sinn von Aufsteigen ansteuern.«

Edgar: »Wäre aber besser, es sei denn, du willst dein Leben lang ein kleines Licht bleiben, nichts verdienen und ungemütliche Arbeitszeiten haben.«

Nina: »Kleine Lichter muss es aber auch geben. Wer würde denn sonst diese niederen Arbeiten erledigen?«

Oh – niedere Arbeiten! Ich will mal geschwind von dem hässlichen Wort ablenken:

»Junge Leute, die noch nicht aufgestiegen sind, könnten das machen. Man würde Schüler- und Studentenjobs schaffen. Oder eben Frischlinge disponieren, bis sie dreißig und zum Aufsteigen bereit sind.«

Nina: »Aber nicht jeder ist für das Aufsteigen geschaffen. Und nicht jeder will das.«

Helene: »Klar möchtest du das Beste für deine Kinder und kannst dir gar nicht vorstellen, dass deine Jungs ein Leben lang für wenig Geld arbeiten müssen. Du willst, dass sie selbstbewusst werden und gestandene Männer mit ordentlichen Abschlüssen. Da gehört natürlich Abitur dazu. Doch für Söhne denkt man anders als für Töchter. Als Mann denkt man anders als als Frau. – Ich kann dir sagen, Elly, auch ohne Abi kannst du was werden. Denn trotz riesiger Emanzenlobby ist es nun mal so, dass die Frau die Erziehung übernimmt, nicht nur vom Kind, sondern auch vom Ehemann, und den größten Teil im Haushalt organisiert und erledigt. Wo das nicht so ist und keiner seine klare Aufgabe hat, platzt regelmäßig die Bombe. Bis die Liebe abstirbt. Da ist noch nicht mal Fremdgehen nötig, um eine Partnerschaft auseinanderzubringen.«

Edgar: »Das klingt wie Musik in meinen Ohren. Ich meine, eine Frau, die sich um mich kümmert, mich streichelt, Ordnung im Haushalt hält ohne zu meckern und mir meine Hobbys lässt, das wäre traumhaft.«

Deine Hobbys kann ich mir vorstellen. Am liebsten hättest du ein hübsches junges Ding, das dir hörig ist.

Helene: »Ich finde, keiner müsste bis zur Rente Toiletten putzen, als Lagerarbeiter mit schweren Säcken sich den Rücken kaputt machen, im Schichtsystem als Pfleger die Alten wuchten oder sich als Friseurin oder Verkäuferin jedes zweite Wochenende für die paar Kröten die Beine in den Bauch stehen. Wenn ich etwas zu sagen hätte, würde ich solche Arbeit den Jungen überlassen. Aber mich wählt ja keiner.«

Nina: »Jeder entscheidet doch trotzdem selbst über sich, nicht allein die Regierung. Es gibt immer Möglichkeiten.«

Helene: »Ich denke dabei mehr an uns als Kunden von demotivierten Dienstleistern. Die jüngere Generation verfällt nicht in abgestumpfte Routine und führt ihren Job lustlos aus. Und lässt das auch jeden spüren, wie die Älteren, die schon ewig denselben Job machen.

Edgar: »Denk das nicht. Die Jungen sind manchmal auch die Lustlosigkeit in Person.«

Ich hoffe, wir sind immer noch beim Jobthema …

Helene: »Was *du* meinst, ist das Verhalten der Teenager zu Hause. Die sind im Ausnahmezustand. Aber wenn du nicht aus irgendeinem Grund völlig außer Gefecht gesetzt bist als Mutter, machen die das an Stellen, wo es darauf ankommt, nicht und zeigen auch den nötigen Respekt. Sonst musst du eben härter durchgreifen.«

Genau, aber:

»Es gibt auch leider die nicht außer Acht zu lassende Anzahl von jungen Menschen, die gar kein Benehmen von Haus aus mitgekriegt haben. Die sind genauso schludrig und nichtsnutzig wie die Mutter.«

Edgar: »Wieso immer nur die Mutter? Als Vater hast du doch mindestens genauso viel Verantwortung.«

»Das schon. Aber wie sieht denn die Realität aus? Die Väter glänzen meistens durch Abwesenheit oder fallen nach Feierabend auf ihr Sofa und machen nichts mit den Kindern. Beschweren sich nur, dass sie nicht bei Fuß stehen und ihren Vater freudig begrüßen und erzählen, wie ihr Tag war, oder etwa fragen, wie *sein* Tag war. Sie wissen instinktiv, dass sowieso keiner zuhört oder Interesse hat. Vom Vater kommt nicht ein einziges Mal die Frage: Wie geht's dir denn? Wie war dein Tag? Hast du Lust, mal am Wochenende was zu machen? Du kannst dir auch aussuchen, was wir machen.«

Edgar: »Aber wenn du den ganzen Tag beschäftigt bist mit Geldverdienen, bist du froh, wenn Feierabend ist. Außerdem habe ich meinen Sohn öfter mal gefragt, wie es ihm geht. Der wollte einfach nicht mit mir reden. Und mitten in der Pubertät war die Scheidung, da hat die Mutter ihn sowieso vereinnahmt und ich hatte kaum noch Einfluss.«

Ja, schon, aber:

»Ich verstehe die Väter, wenn sie abgekämpft nach Hause kommen. Ich verstehe aber die Kinder noch mehr, denn die können noch nichts beeinflussen. Die sind in der Pubertät keine zurechnungsfähigen Menschen und hochempfindsam, was sie nach außen mit Coolness, Schweigen und Trotzigkeit kompensieren. Die Väter sind meistens selbst noch Kinder. Um *sie* soll sich gekümmert werden. Zurückgeblieben in der Zeit. *Deren* Rolle ist es, sich um ihre Kinder zu kümmern. Nicht umgekehrt. Also hängt alles an der Mutter. Die hängt dazwischen und muss Blitzableiterin, Prellböckin und Vermittlerin spielen. Und wenn sie damit überfordert ist, bricht alles zusammen und nichts läuft mehr.

Edgar: »Wollen wir uns jetzt über die Rollenverteilung ausführlich auslassen?«

Helene: »Wäre möglicherweise interessant, mal die verschiedenen Perspektiven hier im Raum zu betrachten.«

Nina: »Mutter: kochen, putzen, waschen, Kinder erziehen … Vater: Geld verdienen und sich zu Hause von vorn bis hinten bedienen lassen. Das war vor hundert Jahren mal. Wir leben in einer modernen Gesellschaft.«

Edgar: »Schade eigentlich.«

Anni: »Das will doch keine Frau mehr. Ich möchte Kinder kriegen und trotzdem Karriere machen. Das werde ich auch hinkriegen.«

Helene: »Wenn das jemand schafft, dann du.«

Helene ist offensichtlich Anni-Fan. Ich bin auch Elly-Fan:

»Wie siehst du das denn, Elly?«

Elly: »Habe ich noch nicht so drüber nachgedacht. Meine Mama hat immer gearbeitet. Wir waren drei Kinder und hatten das neue Haus. Das wäre gar nicht anders gegangen.«

Jetzt haben sie das neue Haus nicht mehr. Auch wenn ihre Eltern noch verheiratet sind, macht jeder seins, und vom Glücklichsein kann keine Rede sein. Das weiß ich von Jasmin. Ellys Vater hat eine andere … Schlimm, wenn das alle wissen, nur die Betroffene nicht, aber das geht mich nichts an, und ich bleibe beim Thema:

»Ich finde, ohne Rollenverteilung ist kein entspanntes Zusammenleben möglich.«

Nina: »Das ist ja eine mächtige Theorie, die du da in den Raum stellst.«

Edgar: »Ich finde das auch. Den meisten Streit gibt es doch um die Hausarbeit. Wenn alles blitzblank ist, kann man sich auch besser umeinander kümmern.«

Der blinzelt schon wieder … ist klar, was er meint …

»Ich versuche mal, diese Theorie zu belegen.«

Nina: »Ich bitte darum.«

»Also: Wir lassen jetzt mal den Mann als Hausmann beiseite. Das sind Ausnahmen, die können wir ja später gern diskutieren. Ich gehe von der Mehrheit aus. Wenn ich ein gestandener Mann wäre, dann würde ich mich gern in der Rolle des Familienernährers sehen. Ich möchte mich allerdings auch in der Sicherheit wiegen, dass meine Frau, wenn ich mal arbeitslos werde oder länger krank bin, arbeiten geht und ebenfalls anständiges Geld verdienen *könnte*. Ich mag es, wenn das Haus sauber ist, meine Frau mir schönes Essen kocht, auch mal bäckt, der Garten gepflegt ist und ich vor meinen Kumpels angeben kann. Ich habe immer saubere Wäsche im Schrank. Wenn sie noch das Haus dekoriert, Gardinen oder Tischdecken verteilt, worauf ich keinen gesteigerten Wert lege, aber von mir aus, soll sie machen. Ich habe den schönsten Platz sowohl am Esstisch als auch auf dem Sofa und bestimme das Fernsehprogramm. Die Kinder bringen gute Noten nach Hause, wissen genau, was sie einmal werden wollen und arbeiten selbstständig darauf hin. Sie freuen sich wie Bolle, wenn ich heimkomme, und danken mir, wie gut ich sie versorge, und loben mich anerkennend für meine tägliche Schufterei.

Und jetzt kommt die Hauptsache: Meine Frau ist wunderschön, witzig, immer gut gelaunt und bedient mich von vorn bis hinten. Sie dankt mir täglich, wie gut ich sie versorge, und lobt mich wegen jedem Pups. Wenn das alles gegeben ist, kann sie sich von mir aus auch selbst verwirklichen.«

Edgar: »Da wissen offensichtlich die Frauen ganz genau, was wir wollen, und stellen sich immer so an.«

»Nun weiter. Wenn ich ein Kind wäre, hätte ich gern, dass sich meine Eltern um mich kümmern. Ich darf mir jeden Tag wünschen, was es zu essen gibt. Ich muss nie mein Zimmer aufräumen, denn das macht Mama. Ich höre nie Gemeckertes, habe meinen Stammplatz auf dem Sofa und darf das Fernsehprogramm bestimmen. Meine Eltern interessieren sich für mich und meine Hobbys, und ich bestimme, was wir am Wochenende machen. Ich kriege cooles Spielzeug und darf am Computer sitzen, wann ich will.

Und wenn ich ein *pubertierendes* Kind wäre: Alle sollen mich in Ruhe lassen. Wenn ich Hilfe brauche bei Bewerbungen oder so, dann sollen das meine Eltern von alleine wissen und mich nicht mit Fragen belästigen. Die sollen mir mal was zutrauen und mich nicht ständig reglementieren. Okay – reglementieren würde ich noch nicht sagen. Eben, mir sagen, wann ich mit fünfzehn zu Hause sein soll oder so … Ich kriege regelmäßig üppiges Taschengeld für coole Klamotten, Computerspiele und zum Verprassen. Mein eigener Fernseher und obercoole Möbel stehen in meinem Zimmer. Natürlich habe ich ein eigenes Bad. Damit ich auch mal jemanden mitbringen kann …

Und als Frau schließlich würde ich mir wünschen: Meine Familie trägt mich auf Händen und erkennt, dass ich hier Mädchen für alles bin. Sie helfen mir, wo sie nur können. Mein Mann kommt nach Hause und fragt, was er Schönes für uns kochen kann. Ich lehne dankend ab, weil er das sowieso nicht richtig macht und mir meine Küche durcheinanderbringt, aber freue mich, dass er fragt. Er duscht von ganz allein, hat uns aber vorher eine Kerze angezündet und eine Flasche Wein geöffnet. Wir stoßen auf unser Glück an, er küsst mich zärtlich und säuselt mir ins Ohr, was für eine wunderbare Frau ich bin und was er für ein Glück mit mir hat. Nach dem Abendessen, das von meiner ganzen Familie kräftig gelobt wurde, räumen mein Mann und die Kinder den Tisch ab und machen den Abwasch. Die Kinder gehen mit Gutenachtkuss für uns in ihr Bettchen, nachdem sie geduscht, die Zähne geputzt und ihr Zimmer aufgeräumt haben. Mein Mann massiert meine Füße, ohne dass ich gleich Sex mit ihm haben muss. Ihm reicht es zu kuscheln. Nur wenn ich möchte, haben wir Sex. Zu meiner Selbstverwirklichung male ich oder arbeite stundenweise. Oder ich gehe in einen Volkshochschulkurs, in den Elternbeirat oder trete einer sonst wie unwichtigen gemeinnützigen Stiftung bei und fühle mich gebraucht. Regelmäßig bekomme ich von meiner Familie gesagt, wie toll ich das alles unter einen Hut kriege.«

Anni: »Sehr gut, Großmutter, so viel zu den Traumwelten der Beteiligten. Aber wie kann man denn nun so unvereinbare Welten glücklich zusammenbringen?«

Edgar: »Scheidung durchziehen und allein leben wie deine Großmutter.«

Könnte man vielleicht denken.

»Das ist *eine* Möglichkeit. Aber niemand soll sich deswegen scheiden lassen, es sei denn, es ist wirklich nicht mehr auszuhalten.«

Nina: »Und wo ist die Lösung?«

»Dazu komme ich gleich …«

Anni: »Ich glaube trotzdem, dass es für eine Frau mit Karriere, Mann, Haushalt und Kindern gut klappen kann.«

»Natürlich kann man sich trotz allem ein geregeltes glückliches Leben einrichten. Wir kennen jetzt also die Wünsche der Beteiligten. Mit dieser Feststellung sind wir schon ein ganzes Stück weiter, denn darin liegt schon ein großer Teil der Lösung: Die Bedürfnisse der Familienmitglieder wird keiner ändern. Wichtig ist es, miteinander zu reden. Immer wieder neu. Spätestens, wenn sich die Umstände ändern: Wenn ein Kind dazukommt oder sich die beruflichen Umstände der am Haushalt Beteiligten ändern.«

Anni: »Genau. Ständig Updates machen. Seinen Computer bringt man ja auch immer auf den neuesten Stand. Sonst kann er abstürzen.«

Meine Enkelin ist clever. Kommt ganz nach ihrer Großmutter:

»Wenn der Laden gut laufen soll, kommt keine Familie um eine Rollenverteilung herum. Erst mal egal, wie die aussieht. Wichtig ist, jeder in der Familie weiß, welche Aufgabe er hat. Arbeiten beide Partner, kann das meiner Meinung nach nicht ohne Putzhilfe funktionieren. Da geht viel von der Liebe verloren durch ständiges Unaufgeräumtsein, was nicht ausbleibt. Jeder lässt sein Zeug rumliegen. Wenn es in jeder Ecke nach Arbeit riecht, steht man doch gar nicht erst vom Sofa auf, weil man sowieso kein Land mehr sieht. Hat man jedoch eine menschliche Putzhilfe, macht es auch Spaß, den Rest sauber zu halten. Und wenn beide arbeiten, ist das auch finanziell machbar. Das schafft einfach Frieden und Wohlfühlen zu Hause.«

Nina. »Wie bist du denn eigentlich an dein Rentnerehepaar gekommen, Mathilda, die dir den Garten und das Haus in Schuss halten?«

»Ich hatte im Stadtanzeiger inseriert. Es kam nur diese eine richtig ordentliche Bewerbung von dem süßen Rentnerehepaar, das jetzt schon seit Jahren für mich tätig ist, ansonsten waren da nur katastrophale Anschreiben. Zumindest wusste ich, wem ich mein Haus nicht anvertrauen würde. Wichtig ist, in der Anzeige zu formulieren, was du genau suchst und gemacht haben möchtest.

Ich schreibe den beiden jede Woche auf, was ich erledigt haben möchte. Das muss schon sein, denn jeder legt auf andere Arbeiten Wert, woher sollen sie das sonst wissen? Womöglich wienern sie jede Woche nur die Lichtschalter und Türklinken. Wenn eine Putzhilfe obendrein noch sieht, was zu tun ist, hast du den Glückstreffer gelandet. Neulich hat Maria meine Bettwäsche gebügelt und dabei gleich die fehlenden zwei Knöpfe selbstständig angenäht.«

Nina: »Du glaubst also, Haushalt und Harmonie funktionieren nur mit Putzhilfe?«

Ich halte das für das Beste. Aber muss ich ja nicht so hart sagen:

»Nein, wenn für jeder seinen Aufgabenbereich genau kennt, nicht. Man muss aufpassen, dass wirklich jeder für die regelmäßige Erfüllung seiner Aufgabe zuständig ist: Der Sohn muss jeden Samstag ein aufgeräumtes Zimmer vorweisen, nach jedem Essen den Tisch abräumen, der Mann muss den Tisch decken, jede Woche den Müll rausbringen und darf keine Wäsche herumliegen lassen. Nur so als Beispiel. Mama sorgt für ein gemütliches Zuhause, kocht, putzt und bügelt. *Wenn* sie das möchte und als Hausfrau aufgeht. Andernfalls musst du eventuell mit dem Räumkommando der Messieverantwortlichen rechnen, denn der Krempel türmt sich auf wie von Zauberhand, wenn sich keiner darum kümmert. Wenn dann noch ein liebes Wort oder eine kleine Geste der Anerkennung kommt, und zwar von jedem an jeden, ist die Familie zwangsläufig glücklich. Reden, und das immer wieder, hilft immer.«

Anni: »Ich habe mir auch schon mit Theo Gedanken darüber gemacht, denn wir möchten Kinder, Harmonie in der Familie *und* ein sauberes Haus, in dem sich keiner überfordert fühlt. Ich bin bereit, nach der Geburt unseres ersten Kindes die herkömmliche Hausfrauen- und Mutterrolle zu übernehmen, und mir ist klar, dass ich in dieser Zeit auf mein gewohntes Leben verzichten muss. Theo übernimmt die Rolle des Versorgers. Ich werde öfter übermüdet sein und kein Ohr für seine Probleme haben. Genauso habe ich wahrscheinlich nur noch das Baby im Kopf. Der Vorteil ist: Wir beide wissen, was auf uns zukommt, haben vorher immer wieder ausführlich darüber gesprochen und wollen es trotzdem.«

»Sehr gut, Annilein. Aber wie geht es weiter? Ich bin zwar auch noch da als Urgroßmutter und Jasmin als Großmutter – herrje, wie das klingt …«

Anni: »Wir wissen, dass es ohne Personal nicht gut geht. Deshalb konzentrieren wir beide uns auf unsere Karriere, um Zufriedenheit zu bekommen und trotzdem in der Freizeit Geduld mit unseren Kindern zu haben. Wir haben uns geschworen, immer ein offenes Ohr für den anderen zu haben. Und später für unsere Kinder. Mehr können wir im Moment nicht tun.«

Elly: »Wie weit du schon immer denkst, Anni. Ich weiß noch nicht mal, was ich werden will.«

Arme Elly. Ich bin ja auch nicht sofort dahin gekommen, wo ich die letzten dreißig Jahre vor der Rente war. Ich will sie mal beruhigen:

»Wichtig ist, erst einmal eine Lehre zu beginnen. Vorher kannst du sonst ewig herumrätseln und kommst doch zu keinem Schluss.«

Edgar: »*Ich* wollte schon immer Medizin studieren. Bei uns war es ja noch so, dass du vor dem Studium eine Lehre machen musstest. Erst mit dem Abschluss konntest du studieren.«

Nina: »Was hast du denn gelernt?«

Edgar: »Ich bin Gärtner.«

Nina: »Nein.«

Edgar: »Was dagegen?«

Nina: »Also – ich meine, so mit deiner Hände Arbeit im Garten was zu schaffen …? Schön. Du kennst auch Blumen und Pflanzen? Hast du denn einen Garten?«

Edgar: »Natürlich habe ich einen Garten. Einen Gärtner habe ich auch angestellt. Für mich selbst bleibt natürlich noch genug übrig, um mich auszutoben.«

Nina: »Du siehst schon aus wie austoben. Machst du wirklich Gartenarbeit?«

Edgar: »Ich weiß gar nicht, was daran so ungewöhnlich ist?«

Edgar klingt beleidigt. Aber er hat noch nie einen Hehl daraus gemacht, dass er ziemlich faul ist. Aber es ist auch schließlich ein Unterschied, ob das einer von sich selbst behauptet oder von jemandem gesagt kriegt. Edgar erstaunt mich immer wieder. Auf *Gärtner* hätte ich wahrscheinlich zuletzt getippt. Aber irgendwie passt es zu ihm. Er kann ohne die freie Natur nicht sein. Genau wie ich, das wusste ich schon. Aber dass er einen Garten hat, hätte ich auch nicht gedacht. Wegen Aufwand und Arbeit. Ich weiß eigentlich gar nicht, wie er wohnt. Einmal bin ich vorbeigefahren, aber von der Straße aus sieht man nicht viel. Er wohnt in einem ruhigen kleinen Dörfchen, wo er das Haus seiner Tante geerbt hat.

Nina: »Und dann hast du das Medizinstudium gleich im Anschluss gemacht? Find ich toll.«

Edgar: »Da war mir nur noch nicht klar, dass ich von Stund an *immer* im Dienst bin. Bei jeder blöden Feier legen sich meine Bekannten und Verwandten auf die Geburtstagstafel, um ihre Symptome zu demonstrieren. Am besten soll ich sie dann mit der Verabreichung *einer* Tablette augenblicklich von dem kurieren, was sie selbst vorher jahrzehntelang verbockt haben. Du bist ein Leben lang für die kleinsten Wehwehchen und die schwierigsten Krankheitsbilder deiner unmittelbaren Umgebung zuständig. Entweder gehst du nicht mehr hin und bringst dich um eine Party mit gutem Essen oder du antwortest: Ich hab keine Ahnung, am besten du gehst zu deinem Hausarzt. – Aber eigentlich würdest du am liebsten singen: *Du müsstest mindestens fünfzehn Kilo abnehmen durch*

Bewegung, Obst und Gemüse. Statt zu schlingen müsstest du langsam kauen, und es gibt keine Schlachtplatte meh-her, la la la … Doch schon bald weißt du, auch wenn sie noch nicht gänzlich taub sind: Auf *diesem* Ohr sind sie es auf jeden Fall. Das hören die gar nicht. Nichts wird sich ändern. Die Menschen übertragen dem Arzt die Verantwortung für ihre Gesundheit, niemals mit aller Konsequenz sich selbst. Es sei denn, sie haben mal ordentlich einen Schlag vor den Bug gekriegt. In Form von einem Virus oder Herzinfarkt zum Beispiel. – Bald wirst du dir abgewöhnen, Einladungen anzunehmen, wo hauptsächlich Nichtmediziner sind.«

Nina: »Gut, dass ich jetzt weiß, ich habe nichts verpasst. Ich wollte nämlich auch Ärztin werden.«

Wusste ich gar nicht … Warum Edgar lieber auf Medizinerpartys gegangen ist, ist schon klar.

Edgar. »Das hätte sich bestimmt auch kein Arzt träumen lassen bei seiner Berufswahl. Oder er hat es außer Acht gelassen. Es gibt schließlich bei allen Berufen Vor- und Nachteile.«

Nina: »Ich denke, die Berufswahl für den Mann ist schwieriger. Da kannst du nicht ewig rumtingeln. Die Versorgerrolle steckt dir in den Knochen. – Ich war ganz zufrieden mit meiner Arbeit über die Jahre.«

Edgar: »Ich glaube auch, dass du mit deinem Sozialkram genau das Richtige für dich gefunden hast. Also – ich meine, weil du so hilfsbereit bist.«

Nina: »Ja, genauso wird man dann abgestempelt. Keiner nimmt einen ernst, und ich konnte das innerliche Abwinken direkt spüren, wenn ich erzählt habe, was ich beruflich mache.«

Helene: »Ich hatte immer den Eindruck, wenn ich mal mit Sozial-Heinis gefeiert habe – entschuldige. Ich meine mit Sozialpädagogen –, dass sie einen abschmettern und lieber unter sich bleiben wollen. Die haben mir zu verstehen gegeben, dass ich sowieso keine Ahnung habe.«

Anni: »Ich glaube, das siehst du ganz richtig. Das ist aber ein Reflex, der darauf zurückzuführen ist, dass die Berufssparten unter sich konkurrieren: Bauingenieure mit Architekten, Ärzte mit Anwälten, Sozialpädagogen mit Psychologen … Die haben alle Komplexe voreinander, manchmal ist die Sache auch einseitig. Aber eigentlich kommt immer nur das Geltungsbedürfnis ein bisschen heraus und lässt denjenigen dann überheblich erscheinen. Ich glaube, sie haben im Grunde genommen Respekt vor dem, was der andere macht. Jeder möchte Anerkennung und stolz sein auf das, was er macht. Deswegen wird auch keiner müde, wenn auch im Spaß – den anderen bei der passenden Gelegenheit anzupieksen. Und weil keiner mit Anerkennung für andere um sich wirft, möchte man mit kleinen Sticheleien den anderen abwerten, was aber niemals funktionieren wird. Das ist eins von den Phänomenen, wo ich frei Großmutters Lieblingsphilosophen zitieren kann: Verstand kann Bildung ersetzen, aber Bildung niemals Verstand.«

»Schopenhauer ist doch nicht mein Lieblingsphilosoph.«

Anni: »Ach ja, du stehst ja auf diesen Jungschen … Brecht oder so …«

»Ganz recht.«

Anni: »Ich finde, Nina hat mit ihrem *Sozialkram* vielen Jugendlichen helfen können und war für den Job wie gemacht, soweit ich das einschätzen kann. Das Land braucht fähige Leute in allen Bereichen. Und dass jede Berufssparte zusammenklebt, um sich auch gegenseitig zu stärken, ist ganz normal, finde ich.«

Edgar: »Du hast dich ja ganz schön gemausert, du kleine Anni, Enkelin von Mathilda.«

Ich platze gleich vor Stolz. Ich werde mich noch mehr hervorheben:

»Als Mediziner kannst du ohne Doktortitel gar nicht aufsteigen, das war manchen meiner Kommilitonen auch nicht klar bei der Berufswahl. Das ist noch mal ein Berg Arbeit. Dabei gehört der *Doktor der Medizin* mit zu den einfachsten. Wenn du zum Beispiel als Gynäkologe für deine Forschungsarbeit über *Das Verhalten der Thrombozyten im Uterus bei über vierzigjährigen Erstgebärenden nach Forceps* promovierst, brauchst du dann einfach nur nach vier Jahren die Röhrchen mit zugehörigen Laborzetteln, die du den Schwestern in Auftrag gegeben hast, auszuwerten.«

So ähnlich hat es Edgar gemacht. Er hat sich schwergetan damit, das habe ich damals mitbekommen. Er wollte nur den Titel und nicht die zugehörige Arbeit … Geht bestimmt vielen so, aber bei mir war es anders:

»Ich brauchte den Doktortitel nicht unbedingt. Ich war ehrgeizig und wollte den Titel so bald wie möglich.« Ich schaue teilnahmslos in die Runde.

Ich weiß, für Edgar war die Promotion ein Graus. Es reizt mich, wenn er nicht genau weiß, was ich warum sage. Ich erzähle einfach nur ganz unschuldig etwas. Er macht das schließlich auch so mit mir. Manchmal bin ich auch ein bisschen gemein. Dann tut er mir fast leid, wenn ich ihn bestrafe. Wie damals, als er mich eingeladen hat. Er hat mich fast eine Stunde warten lassen. Unzuverlässig war er eigentlich immer. Und als ob er die Grenze riechen konnte, wann ich gegangen wäre, ist er plötzlich aufgetaucht.

Damals war er gerade sehr geknickt, weil sein Sohn bei seiner Ex-Frau aufwuchs mit einem fremden Mann und die drei gerade im Urlaub waren. Vielleicht gehörte das auch zu seiner Strategie, Mitleid zu erhaschen, so dass ich nicht mehr böse sein konnte. Doch ich konnte, ganz fein versteckt, böse sein. Während wir am Plaudern waren, habe ich gesagt: Ach so – da ist jetzt dein Sohn im Urlaub mit seinen Eltern … Und er: *Mit seinen Eltern* … Darauf ich: Äh, entschuldige, ich meine, mit seiner Mutter und ihrem Mann, was genauso gemein war … Aber Strafe muss sein.

Edgar: »Was hattest du eigentlich für ein Thema bei deiner Doktorarbeit?«

Ah – verstehe. *Ich* bin jetzt dran …:

»Ich hatte es mir leicht gemacht und habe über eine bestimmte Population von Stroma-Fibrozyten exprimierte Glykoprotein CD34 geforscht und geschrieben.«

Das war eine Sauarbeit für mich, und ich musste mich immer wieder motivieren …

Nina: »Heißt das nicht Struma?«

»Nein, *das* nicht. Stroma in der Histologie ist das bindegewebige Stützgerüst eines Organs. Das andere ist der Kropf, mein Hasi.«

Das war jetzt überheblich … ich weiß.

Edgar: »Hut ab, Mathilda.«

»Danke schön, du kannst ja richtig Komplimente machen.«

Wahrscheinlich habe ich es gerade übertrieben mit dem Zurücklächeln, denn Nina verleiert zu Helene die Augen, wie ich es früher gemacht habe, wenn jemand offensichtlich für alle, versucht zu flirten und es kein bisschen kann … Vielleicht war es auch, weil ich eben überheblich war. Ich ignoriere es jedenfalls …

Anni: »Doktorarbeit ist ja noch in weiter Ferne für uns. Erst mal wollen wir Elly eine ordentliche Lehre verpassen.«

Meine Enkelin ist ganz schön resolut. Das kommt mir bekannt vor. Wenn für mich jemand so reden würde, hätte ich schon was gesagt. Aber Elly ist wahrscheinlich der Typ, der gern ans Händchen genommen wird, denn sie lächelt verlegen …

Helene: »Willst du hier bleiben oder ist es dir egal, wo du erst mal hingehst?«

Elly: »Ich hätte auch nichts dagegen, in eine andere Stadt zu ziehen für einen anständigen Job später. Erst mal, um Erfahrung zu sammeln. Mit einer kaufmännischen Ausbildung könnte ich mich schon anfreunden. Etwas Besseres fällt mir auf die Schnelle eh nicht mehr ein.«

Helene: »Sehr gute Einstellung.«

Nina: »*Willst du immer weiter schweifen? Sieh, das Gute liegt so nah. Lerne nur das Glück ergreifen, denn das Glück ist immer da.* Goethe kann man nicht nur auf die passende Arbeitsstelle anwenden, sondern auch auf seinen Auserwählten und die nächste Urlaubsreise.«

Helene: »Nehmen wir an, du hast deinen Abschluss als Kauffrau, sagen wir mal für Groß- und Einzelhandel, in der Tasche.«

Elly: »Gibt es das denn?«

Gott, haben ihre Eltern und die Berufsberatung gar nichts geleistet, oder interessiert sich Elly nicht wirklich für ihre Zukunft?

Helene: »Ja, das macht eine Mandantin von mir. Die verdient ordentlich Geld damit. Du bist also scharf auf eine bestimmte Position bei einem renommierten Unternehmen in einer bestimmten Stadt. Die Konkurrenz ist groß, davon kannst du ausgehen. Wie würdest du vorgehen?«

Elly: »Ich achte darauf, dass ich ein interessantes authentisches Foto schicke und die Gestaltung der Mappe ansprechend ist.«

Helene: »Bravo, was noch?

Anni: »*Weißt* du denn, wie man sich am besten bewirbt, Helene?«

»Nicht direkt, ich versuche nur gerade, zu sondieren, wie Elly die Stelle am besten bekommen kann.«

Anni: »Ah, gut. Dann können wir ja *alle* unseren Senf dazugeben.«

Edgar: »Ja, dafür kommen wir doch schließlich jede Woche zusammen.«

Helene: »Dein Anschreiben ist also perfekt auf die Stelle abgestimmt, genau wie dein Lebenslauf. Die Zeugnisse sind vollständig und sauber kopiert. Was ist noch zu beachten, damit du auf dem rechten Bewerbungsstapel landest? Nur zur Info: Rechts liegen die Bewerbungen, die in die nähere Auswahl kommen.«

Elly: »Adresse und Rückumschlag beifügen, damit ich die Unterlagen zurückbekomme.«

Anni: »Würde ich nicht machen, das bedeutet mehr Arbeit für die Personalabteilung und erweckt den Anschein, du bist eine arme Jacke oder willst nichts investieren.«

Elly: »Aber was ist mit Umweltschutz? Die Unterlagen könnte ich noch mal verwenden.«

Anni: »Der Transport mit der Post verursacht garantiert mehr Umweltverschmutzung als die neu ausgedruckten Papiere und die entsorgten Unterlagen.«

Nina: »Ja, Elly, außerdem könnte sich der Gedanke: *Die Unterlagen könnte ich noch mal verwenden* in deinem Unterbewusstsein manifestieren, und du *musst* die Unterlagen dann wirklich noch mal verwenden. Und vielleicht sogar immer und immer wieder.«

Nina übertreibt mal wieder.

Helene: »Du richtest dir ein Postfach ein in dieser Stadt, wenn du niemanden dort kennst, der dir seine Adresse leiht und du c/o für care of, auf Deutsch: *zu Händen von* draufschreiben kannst, damit du den Eindruck erweckst, du wohnst in dieser Stadt, wo die Arbeitsstelle deiner Begierde ausgeschrieben steht. Du achtest darauf, dass auf deinen Unterlagen auch *nur* diese Anschrift steht. Und falls du wegen des Postfachs gefragt wirst, sagst du einfach, du bist gerade in eine Wohngemeinschaft umgezogen. Und damit du mit der Post auf Nummer sichergehst, hast du dir das Postfach eingerichtet. Cleverer ist es, wirklich eine WG zu finden, vielleicht an der ortsansässigen Uni, die dir nach Rücksprache die Postadresse zur Verfügung stellt. Und schon steigen deine Chancen um ein Vielfaches, den begehrten Job zu kriegen. Viele Unternehmen legen Wert darauf, Menschen aus der Region zu beschäftigen, und das ist auch richtig so.«

Elly: »Danke – da wäre ich nie draufgekommen.«

Nina: »Du kannst natürlich auch hier in deiner Heimatregion Karriere machen. Es sei denn, du suchst das Abenteuer und willst mal eine Zeit weg oder in die Großstadt. Ich habe mich immer nach dem Motto gerichtet: Warum in die Ferne schweifen, wenn das Gute liegt so nah. Dann suchst du dir Firmen in der Umgebung. In großen Unternehmen bekommst du normalerweise die beste Ausbildung. Es gibt immer einen Grund, warum kleine Firmen klein bleiben.«

Edgar: »Die werden immer kleiner. Bis sie ganz verschwunden sind. Aber warum soll man generell nicht Karriere in Blödhausen machen? Haben wir ja auch gemacht, stimmt's, Mathilda?«

Ist ja auch als Arzt leicht, überall einen Job zu kriegen.

»Meinst du, hier ist Blödhausen?«

Edgar: »Nein, Mathilda, natürlich nicht. Ich meine nur, wenn sich ein Unternehmen, wo du gern hinmöchtest, in einem Kaff niedergelassen hat und du hättest nach der Ausbildung gute Chancen, dort anzufangen, dann kneifst du den Hintern zusammen und pendelst entweder oder suchst dir eine gemütliche kleine Wohnung. Man kann es sich überall schön machen. Für die Karriere ist das Unternehmen selbst wichtiger als in der Großstadt zu wohnen, wo der Bär tanzt.«

Nina: »Alle reden von Karriere, wenn es um den Job geht. Was ist es denn nun richtig? Wenn ich die Chefin bin oder sonst irgendwas zu sagen habe? Auf jeden Fall ist das ein komisches Wort: Karriere. Woher das wohl kommt?

Ich weiß es! Ich weiß es! Ich lasse eine kleine Pause und antworte so lässig, wie ich kann:

»Ich bin zwar kein Philologe, aber das Wort Karriere soll aus dem Französischen kommen von cariier und soll die *Karre auf zwei eingefahrenen Schienen* heißen. Heute handelt es sich eher um eine Entdeckungsreise als um eine Schienenfahrt. *Eine tolle Karriere* ist der Inbegriff einer ambitiösen Laufbahn und von beruflichem Erfolg. Sicher spricht man im Zusammenhang mit einem Putzjob nicht von Karriere.«

Helene: »Und, Elly, wenn du irgendwo anfängst, lass dich nicht von fiesen Kollegen ärgern oder denk etwa gleich ans Aufgeben. Der liebe Gott hat die Tyrannen nämlich gut verteilt, bei jedem Unternehmen gibt es wenigstens *einen*, der im Umgang mit seinen Mitmenschen überhaupt nichts mitkriegt. Das sind die sogenannten Querulanten. Man erkennt sie daran, dass bei solchen die Chemie mit den *meisten* Menschen ihrer Umgebung nicht übereinstimmt. Sie haben jedoch gelernt, das zu ignorieren, nachdem sie sich jahrelang darüber gewundert haben und zu keinem Ergebnis gekommen sind. – Stell hohe Ansprüche an dich, Elly. Sei kein Duckmäuser, auch wenn mal was danebengeht, das ist normal und passiert jedem. Sich zu wehren lernt man erst mit den Jahren. Das ist normal.«

Edgar: »Es sei denn, du lernst es nie und bleibst ein kleines Licht.«

Nina: »Kleine Lichter muss es auch geben. Und: *Wenn du zu wichtig bist für kleine Arbeiten, bist du auch zu klein für wichtige Arbeiten.* Oder so ähnlich.

Edgar: »Okay – wir kennen jetzt Elly und haben hier die Chance, ihren Ehrgeiz anzustacheln.«

Nina: »Was meinst du überhaupt genau mit kleinem Licht? Eine kaufmännische Ausbildung ist doch anspruchsvoll und hat Zukunft.«

Edgar: »Natürlich. Ich meine zum Beispiel eine Verkäuferin. Für Mode vielleicht, am besten noch jenseits der fünfzig. An die Stelle gehört einfach was Hübsches und Knackiges.«

Natürlich – daher weht der Wind …

Helene: »Bleiben wir mal bei der Verkäuferin: Egal, wie alt sie ist, mit ihrem Ehrgeiz und leider auch meistens mit ihrem Horizont kann es nicht weit her sein: Ihr gesamtes weniges verdientes Geld gibt sie für den neuesten Fummel aus, um ihn dann bei der Arbeit zu tragen. Ist zwar auch eine Philosophie, aber auf den Mindestlohn warten und schimpfen über die Arbeitszeiten kann ich dann auch nicht verstehen. Aber was ich am allerschlimmsten finde, ist die Behandlung der Kunden. Genau genommen, von mir. Abgesehen von der Unfreundlichkeit manchmal, damit kann ich leben, wobei ich das als Chefin niemals tolerieren würde. Ich nehme mir immer wieder vor, keiner Verkäuferin mehr zu sagen, wenn ich etwas Bestimmtes suche. Ich komme also neulich in ein Geschäft und suche ein mintfarbenes Tuch. Besagte Verkäuferin zeigt mir Tücher, die mit viel Fantasie etwas mit Grün zu tun haben, und damit nicht genug, ich kriege noch einen dunkelblauen Minijeansrock unter die Nase gehalten, *weil die diese Woche runtergesetzt sind und die auch sehr schön sind.* Nicht nur, dass ich mit meinen kräftigen Schenkeln und noch dazu in meinem Alter keinen anziehen würde.«

Ich kenne solche Situationen auch. Die bringen mich auch auf die Palme:

»Und dann denkt sie auch noch, du hast es nötig, runtergesetzte Klamotten zu kaufen. Würde ich als Frau von Welt fast als Beleidigung auffassen.«

Nina: »Du bist aber auch eine schwierige Kundin, Mathilda.«

»Findest du? Für mich wäre es eine Herausforderung, die Kunden zur vollsten Zufriedenheit bis zur Begeisterung zu bedienen und dabei noch höchste Umsätze zu bringen. Ich würde mich auf Stilberatung spezialisieren, danach sehnt sich doch jeder Kunde. Ich würde dann sagen: Hören Sie mal, das gibt nicht das optimale Gesamtbild, lassen Sie uns mal überlegen … Oben im Shop – da gehöre ich eigentlich gar nicht hin, aber ich kenne das Sortiment – ich hole Ihnen mal ein Stück, was hierzu passen würde und auch zu Ihrem Typ, Sie haben so strahlende Augen! Genau das habe ich einmal in München erlebt, ich war schwer begeistert, kann ich euch sagen. Aber leider haben die wenigsten das Gespür oder Interesse dafür. In die Pause gehen und der Feierabend sind das Wichtigste. Meistens kriegst du als Kunde auch noch die Launen der Verkäufer zu spüren.

Mit Schulungen des Personals wäre schon viel gewonnen. Es gibt zwar Mitarbeiterzusammenkünfte, wo den Chefs heutzutage vor lauter Umsatzverlustangst nichts Besseres einfällt, als jede einzelne Verkäuferin zu fragen: Welche Ideen haben Sie denn, wie wir die Umsätze noch steigern können? Das hat zur Folge, dass die Mitarbeiter schon drei Tage vor der Versammlung die Hosen voll haben und irgendwelche blödsinnigen Vorschläge machen, die zu keinem Ergebnis führen. Stattdessen würde ich als Geschäftsführerin sagen: Ich will Sie nicht mit Zahlen langweilen, nur so viel, unser Unternehmen hat gut gewirtschaftet. Das feiern wir heute mit belegten Brötchen und Kaffee für alle. Auf Essen am Arbeitsplatz verzichten Sie aber bitte trotzdem generell. Außerdem erbitte ich unter allen Umständen Ihre ständige Präsenz auf der Verkaufsfläche. Abgesehen von den Pausen natürlich, aber nichts macht so einen schlechten Eindruck auf den Kunden wie Privatgespräche von uns als Dienstleister. Ich schließe mich also ein, um meine Verbundenheit zu meinen Mitarbeitern zu demonstrieren. Wir alle kennen schlechte Zeiten und private Krisen, doch die Kunden dürfen das auf keinen Fall zu spüren bekommen. Denn Unfreundlichkeit schlägt sich in den Umsätzen nieder und damit in Form einer Prämie natürlich auch in Ihrer Lohntüte. Vorschläge zur Verbesserung des Kundenservices sind jederzeit willkommen. Und nun wünsche ich uns guten Appetit! – Für die guten Dekorationen vergebe ich noch ein besonderes Lob.

Ich versuche, bei der Besprechung immer wieder nachzuvollziehen: Wie fühle ich mich als Kunde? Meistens bin ich unsicher. Ich befürchte, das spontan gekaufte teure Teil von heute samt Etikett auch morgen und nächstes Jahr mit null mal angezogen im Schrank vorzufinden und das unter Fehlkauf verbuchen zu müssen, weil es mir überhaupt nicht steht oder ich nicht weiß, wie ich es kombinieren soll. Und ich würde eine Kundenbefragung durchführen! So kann ich am besten die Kundenwünsche auswerten und darauf eingehen. Wenn das Geld locker sitzt, will ich, dass es die Kunden in meinem Geschäft ausgeben und nicht nebenan. Ich sorge für gut verteilte Spiegel, ein bisschen getönt vielleicht, Schönheitsspiegel eben. Aber kein Schummellicht. Die Beleuchtung ist dem Tageslicht nachempfunden, das vermindert die Rückgabe der Kleidungsstücke und ermöglicht eine bessere Einschätzung für den Kunden selbst.

Wichtig sind viele angezogene Puppen. Was nützt mir die eingesparte Fläche, wenn da nur Ladenhüter hängen, weil die Kunden gar nicht sehen, wie hübsch die Teile angezogen aussehen. Nichts wirkt so konsumsteigernd bei Klamotten wie gut angezogene Puppen. Und die stehen natürlich in den Verkaufsräumen in Größe L für Large. Auch in der Herrenabteilung. Das Problem ist doch immer: *Ich kann nicht gut kombinieren!* Und: *Ich bin viel dicker als die dünnen Puppen, deshalb sieht das bei mir nicht so gut aus.* Ich garantiere euch: Viele Kunden würden sogar das ganze Outfit kaufen samt Schal, Tasche, Schmuck und Schuhen, weil sie auf so eine Kombination nie gekommen wären, das für sich aber ganz toll finden. Ich hätte einen gigantischen Jahresumsatz!«

Edgar: »Wieso hast du es denn nicht gemacht, Mathilda?«

»Ich theoretisiere lieber so für mich.«

Nina: »Die Einkäufer haben auch manchmal ein Gespür wie ein Elefant. In Erfurt und Düsseldorf gibt es zwei Geschäfte derselben Marke. Wenn du regelmäßig beide besuchst, weißt du genau, der Düsseldorfer Einkäufer hat ein besseres Gespür für das, was sich verkauft, und der andere in Erfurt holt Ladenhüter ran. Wer den größeren Umsatz macht, ist damit auch klar.

Aber es gibt auch positive Beispiele: In meinem Lieblingseinkaufspalast gibt es eine richtig fähige Verkäuferin. Ich habe eine ziemlich teure Jeans anprobiert, auf die ich

– wohlgemerkt – nicht abgezielt hatte. Allerdings *wollte* ich mich auch einlullen lassen. Die Kaufstimmung war da, Topverkäufer haben das im Gespür. Erst habe ich diese Hose in zwei Längen anprobiert, ich konnte mich nicht entscheiden, weil ich sie auch mal mit höheren Absätzen tragen wollte. Besagte Topverkäuferin sagte, ich könnte die Jeans gern mit nach Hause nehmen, und wenn sie mir morgen doch nicht mehr zusagt, kann ich sie wiederbringen. Mit solchen Mitarbeitern könntest du sogar Zalando Konkurrenz machen! Sie hat mir noch einen Rabatt eingeräumt, und alles war perfekt. Die Jeans habe ich übrigens heute an.«

Edgar: »Na ja, perfekt ist was anderes.«

Nina: »Vielleicht wäre ich perfekt, wenn ich deine Hose anhätte.«

Die beiden Mädels schauen sich schon vor Langeweile mit Helene die Weihnachtsfotos an. Jetzt sind wir ja ganz schön abgeschweift. Ich will wieder auf unser Thema lenken:

»Aber du hast recht, Nina, nicht jeder ist dafür geschaffen, aufzusteigen, obwohl es in Deutschland mehr als genug Bildungsmöglichkeiten gibt. Wahrscheinlich haben wir sogar eins der besten vom Staat gestützten Bildungssysteme der Welt. Die Aufgabe ist, den Ehrgeiz der Trantuten ein bisschen anzustacheln. Wir wissen, es gibt nur eins, was auf Dauer teurer ist als Bildung: keine Bildung. Bis zu einem gewissen Grad ist schließlich jeder lernfähig.«

Helene: »Genau das ist der Punkt: *bis zu einem gewissen Grad*. Keiner reizt seine Karten ganz aus in seinem Leben. Entweder kommt einem die Trägheit oder sein minderbemitteltes Gehirn dazwischen, was meistens leider von einem minderbemittelten Umfeld herrührt in Form von

Eltern. Von denen kriegst du pausenlos Schimpftiraden zu hören, die offensichtlich erstaunlich plausibel für sie selbst klingen. Sogar in Gegenwart der Kundschaft beschweren sich manche Dienstleister über ihre kaputten Knochen und Organe und die schlechten Arbeitsbedingungen. Niemals zweifeln diese Menschen ihr eigenes Verhalten an oder nehmen ihre Möglichkeiten wahr. Aber das ist dann von Vorteil für die, die mehr vom Leben verlangen.«

Nina: »Sei doch nicht so hart, Helene. Nicht jeder kann sich eine gute Ausbildung leisten.«

»Ich rede ja nicht von einem Studium. Jedenfalls nicht sofort. Eine gute Berufsausbildung kann sich jeder leisten in Deutschland. Es hapert nur an den intellektuellen Fähigkeiten, der Motivation und dem nötigen Fleiß.«

Edgar: »Bis auf diese drei Aspekte gibt es aber keine sonstigen Hindernisse.«

Anni: »Ich sage auch immer zu Elly: Die Ausreden der meisten sind dein Vorteil! Wir leben im Land der unbegrenzten Möglichkeiten. Wenn du jung und gesund bist, stehen dir hier alle Türen offen! Mach was draus!«

Elly: »Ja, seitdem mich Anni als Kind gehütet hat, ist sie wie eine Mutter zu mir.«

Anni: »Entschuldige, Schatzi, ich weiß, das steht mir gar nicht zu.«

Elly: »Nein, nein, ich finde das gut. Ich würde dir sagen, wenn es mir zu viel wird.«

Elly sieht schon so aus. Ich möchte auch noch was beisteuern:

»Wichtig ist, einen groben Plan für sein Leben zu entwerfen und den immer wieder neu zu überdenken. Es wird immer wieder Situationen geben, in denen du unsicher bist, Elly. Nicht nur, was die Berufswahl angeht. Das gehört zum Leben dazu. Wenn dich Krankheit oder Tod eines nahen Angehörigen treffen, kannst du nicht viel machen, aber alles andere in deinem Leben ist dein eigener Verdienst. *Du* entscheidest, was aus dir wird, wen du heiratest oder mit wem du zusammenlebst. *Du* bestimmst, wie viele Kinder du mit wem bekommst. Und *du* entscheidest, wie respektvoll du mit deinem Umfeld umgehst.«

Elly: »So viel habe ich begriffen, Mathilda – äh, ich meine Frau Doktor. Im Moment habe ich aber eine extreme Unsicherheit, was meine Berufswahl betrifft, und kann gar nicht mehr ruhig schlafen deswegen.«

»Genau, das meine ich: Der Respekt vor Älteren ist dir nicht abhandengekommen. Das finde ich sehr gut, und ich sage dir jetzt: Bitte nenn mich beim Vornamen! Und egal, was du gelernt hast. Solltest du dich umentscheiden: Quereinsteiger gibt es in jedem Berufszweig!«

Elly: »Aber, es ist doch schwer, als Ungelernte irgendwo Fuß zu fassen.«

»Das schon, mein Schatz, aber glaubst du, dass die meisten Politiker einen Abschluss in Politikwissenschaften haben? Oder kommt dir ein Professor so vor, als könnte er sein Wissen wirklich vermitteln? In jeder Berufssparte gibt es Menschen, die sich durch aufmerksames Abgucken und Ehrgeiz alles, was sie möchten, aneignen können und gut darin sind. Wichtig ist, sein Leben auf mehrere Säulen zu stellen: Familie, Beruf, Hobbys, Freunde …«

Das war jetzt sogar meine richtige Reihenfolge …

»Egal in welcher Reihenfolge.«

Helene: »Bildung ist ein lebenslanger, dich ständig begleitender Prozess, der dein Verhalten in bestimmten Situationen lenkt und beeinflusst. Sie ist ein super Hilfsmittel fürs Leben. Du lernst, Situationen besser einzuschätzen und Auswege zu finden. Bildung macht dich selbstbewusst, denn du kannst mitreden.«

Nina: »Lernen kannst du alles, singen, tanzen, malen …«

Edgar: »Beim Tanzen sehen die meisten trotzdem aus wie Bretter, auch wenn sie die Schritte beherrschen.«

Nina: »Technik ist das eine, aber auch den Hüftschwung kann man lernen. Ganz sicher. Wenn man natürlich vorher aufhört und es einem reicht, den Frauen ein Leben lang auf den Füßen herumzutrampeln…«

Ach ja, die beiden haben ja letztes Jahr zusammen einen Tanzkurs belegt. Ich war ein bisschen eifersüchtig. Aber ich kann ja tanzen.

»Ich finde auch, man kann alles lernen, aber wie in jedem Spiel gibt es auch im Berufsleben Dinge, die man ungern macht. Oder Phasen, die Durchhaltewillen verlangen. Das darf natürlich nicht über Jahre so gehen. Ob du deine berufliche Laufbahn im Sinne von *Befahren gesicherter Routen* oder als *Entdeckerreise* gestalten willst, entscheidest du allein, Elly.«

Elly: »Man, bin ich froh, dass mich Anni heute überredet hat, mit hierherzukommen.«

• • •

Für den Esel ist die Eselin die Schönste.

Schönheitsmäßig hat mich der liebe Gott gut ausgestattet. Vielleicht betreibe ich deshalb trotz meiner dreiundsechzig Jahre leidenschaftlich Körperpflege. Leider wird im Alter der Eigengeruch strenger, die Haare wachsen da, wo sie nicht sollen und umgekehrt. Schlaffe Haut, wohin das Auge blickt …

Ich schätze, selbst so mancher Halbblinde würde in Ohnmacht fallen, wenn er sich mal aufmerksam in meinem Siebenfachvergrößerungsspiegel betrachten würde. Die Verwahrlosung wird vorangetrieben, wenn ich nicht mindestens dreimal pro Woche gefasst hineinschaue, egal, wie brutal es wird. Andernfalls käme ich leicht in Versuchung anzunehmen, was ich selbst erfolgreich ignoriere, sehen die anderen auch nicht.

Fingernägel und Fußpflege kann sowieso keiner so akkurat wie ich. Manchmal lasse ich mich auch bedienen und entspanne bei Maniküre und Pediküre, lasse Besenreiser und Hautflecken entfernen, habe Sitzungen im Kosmetikinstitut, beim Shiatsu und beim Zahnspezialisten. Ich habe mir vorgenommen, nicht nur mir selbst gegenüber immer kritisch zu bleiben. Ich finde, es gehört nicht allzu viel dazu, seine Arbeit gründlich zu machen. Abgesehen von Astronauten und Hirnchirurgen. Niemals werde ich mich daran gewöhnen und staune jedes Mal wieder, dass so viele ihre Arbeit schlampig ausführen.

Habe ich sorgfältige Ermittlungen über jeweilige Behandlungen oder Dienstleistungen an mir angestellt und den Ausführenden unmissverständliche klare Vorgaben gemacht, finde ich auch ab und zu mal ein Korn.

Wenn ich mich schön fühle, könnte ich die Welt umarmen.

Donnerstag, 13. Februar 2014

Heute treffe ich mich zum Frühstück mit Nina im Café auf Helenes Dorfquetsche, wo sie zweimal pro Monat ihren Altenkreis betreibt. Den Abend verbringe ich mit Jasmin und Anni im Theater.

Ich bin überpünktlich, weil ich den Laden gern vorher inspizieren möchte. Vom Vorbeifahren kenne ich das Natursteingemäuer schon, denn Helene wohnt gleich um die Ecke. – Nachtblaue Buchstaben mit edler Messingeinfassung leuchten über dem Gewölbeeingang: ENGLISH PUB. Na ja, der Name ist ein bisschen einfallslos.

Die Ausstattung und die Speisekarte interessieren mich. Natürlich auch das Personal, das ganze *Ambinente* eben, würde Annis minderbemittelter archäologischer Bauhelfer sagen. Jede Wirtschaft hätte leichtes Spiel, seine Stube vollzukriegen, wenn der Chef fähig wäre, die Sache vom Standpunkt der Gäste aus zu betrachten. Aber die sind erfahrungsgemäß oft nicht mal imstande, ihren eigenen Standpunkt zu betrachten.

Ich trete ein und staune. Ich muss sagen, sehr hübsch. Richtig schön. Die Einrichtung ist im englischen Stil gehalten und passt also zum Namen. Das kann ich noch mal gelten lassen. Auf dem Kamin steht ein riesiger Bronzeschutzengel. Auf dicken Teppichen stehen dunkle Holztische, auf denen noble weiße Stoffservietten liegen. Romantiktapeten und edle Hölzer geben der sauberen Stube eine rauchige Note. Es müsste mal renoviert werden – aber sonst tipptop. Ich bin total überrascht. Und das will was heißen.

Von der dienstwilligen Kellnerin werde ich freundlich begrüßt. Damit gibt sie mir die Möglichkeit, sofort etwas zu bestellen, falls ich nach Kaffee lechze – oder mich lieber erst mal in Ruhe auf der Polsterbank niederlassen möchte. Woanders wird man, noch bevor man sitzt, schon genötigt, Getränke zu bestellen, um sicherzugehen, dass man nach entsprechend schneller Konsumierung und Bezahlung das Lokal möglichst schnell wieder verlässt und für die nächste Abfertigung Platz macht. Daran erkennt man auch die gestressten Gäste, die gierig alles in sich hineinschlingen. Die bestellen schon Getränke, wenn sie den Mantel noch anhaben.

Ich mache es mir gemütlich und lasse die Atmosphäre auf mich wirken.

Nina kommt hereingestürmt: »Hallo mein Schatz, du bist ja pünktlich.«

Ich hatte gleich den besten Platz am Fenster angesteuert mit echten dunkelroten Tulpen in der hübschen antiken Vase. Als wir beide sitzen, kommt die lächelnde Bedienung, reicht uns die Karte, zündet die Kerze an und tippelt diskret wieder davon.

»Wahnsinn – ist wie im Adlon. Ich meine, ich weiß, dass es eigentlich selbstverständlich sein müsste, aber in der normalen Welt findest du das nicht. Die Frühstückskarte ist auch beeindruckend.«

Normalerweise brauche ich viel Zeit, um die Karte zu studieren und mir Kombinationen zu überlegen. Aber hier werde ich schnell fündig:

»Ich nehme gebackene Bohnen mit Eiern, Bacon und Würstchen. Obst und Grüntee hatte ich heute Morgen schon. Jetzt wird geschlemmt.«

Nina: »Ich brauche was Süßes, am besten Pfannkuchen mit Ahornsirup und Obstsalat. Vielleicht übernehme ich den Schuppen, habe ich mir überlegt. Wollte mal deine Meinung dazu hören.«

»Übernehmen – du!?«

Hoffentlich hat sie mein Geringschätzungsgesicht nicht persönlich genommen. Auch wenn es persönlich gemeint war.

Nina: »Die frühere Besitzerin, eine Architektin, hat den Pub aufgebaut. Sie hat das Personal ausgesucht und geschult und das Konzept entwickelt. Früher gab es Frühstücks- und Mittagsbuffet. Abends gab es zweimal die Woche Lunch mit dezentem Klavierspiel. Die Stube war immer krachend voll, das Geschäft hat gebrummt, kannst du mir glauben. Die Besitzerin war mit Leib und Seele dabei. Im ganzen Umkreis gibt es nichts in der Art. Diese Architektin ist leider vor ein paar Jahren bei einem Autounfall ums Leben gekommen. Ihr Mann hatte daraufhin den Pub geschlossen. Die Dorfbewohner haben das Lokal sehr vermisst. Bald hat es die Gemeinde gepachtet und die Kellnerin und den Koch wieder eingestellt. An zwei Tagen die Woche ist jetzt geöffnet. Nur bis Mittag. Trotzdem ist die Stube immer voll. Der Bürgermeister sucht einen Pächter oder Käufer, der hier ein paar Touristen anziehen soll. An zwei Dienstagabenden im Monat bin ich ja mit meinen Oldies hier.«

Mir kommen sofort tausend Gedanken:

»*Ich* kauf den Laden, *du* kümmerst dich um das Personal, und wir machen zusammen das Konzept weiter. Was *du* hast, ist kanadisches Frühstück, und ich habe Englisch Breakfast. Wir könnten auch wechselnde Themenbuffets machen …«

Nina: »Ich hätte schon Lust dazu. Für mich allein wäre es zu viel. Du bist das Organisationstalent von uns beiden. Aber was ist mit unserem bequemen Leben?«

»Unbequem wäre es nur für die ersten zwei, drei Jahre. Wenn überhaupt. Und wenn wir es geschickt anstellen, läuft der Laden von selbst, und wir übernehmen nur die Aufsicht.«

Nina: »Abgemacht, wir sind ja sonst zu nichts mehr zu gebrauchen.«

Mir fällt ein, dass ich niemals mit irgendjemandem so etwas *zusammen* machen würde. *Ich* bin Bestimmerin und lasse mir von keinem reinreden. Ich schätze, nicht einmal Nina lässt sich das auf Dauer gefallen. Teamarbeit ist belastend. Wünschenswerte Ergebnisse kommen da kaum raus, weil immer die Persönlichkeit jedes Teammitgliedes im Weg steht. Außerdem will ich Nina als Freundin behalten … Moment mal ... ich glaube, sie *ist* wirklich meine Freundin. Ich vertraue ihr vieles an. Für meine Verhältnisse jedenfalls. Ich treffe sie oft, und trotzdem hat sie mich noch nie enttäuscht. Eher bin *ich* grantig zu ihr. Wenn sie das mit mir machen würde, hätte ich sie schon dezent aus meinem Alltag entfernt, muss ich zugeben. Klar, sie ist anders als ich, hat andere Ansichten. Aber sie hat gute Manieren, ist gebildet, taktvoll, sie lacht viel und ist hübsch anzusehen … und sie lässt mich gut fühlen, weil das die Aufgabe einer richtigen Freundin ist. Das könnte ich übrigens auch mal versuchen.

»Wie machst du das nur mit deinen tollen grauen Haaren, Ninalein?«

Nina: »Ein Kompliment von dir. Das will was heißen, ich verrate dir auch gleich mein Geheimnis. Aber nur, wenn *du* mir erzählst, wie du das mit deiner schönen Haut machst. Natürliche Schönheit gibt es schon viel früher als mit sechzig auf jeden Fall nicht mehr, auch wenn du das jedem weismachen willst.«

Ich überlege, ob ich Nina wirklich so viel verraten will.

Denn ich behaupte gern, das sind die Gene. Aber bei Nina fühle ich mich irgendwie sicher. Bei ihr muss ich nicht befürchten, dass sie mich an der falschen Stelle bloßstellt.

»Du glaubst nicht, dass ich von Natur aus so schön bin? Na gut, aber du zuerst. Schieß los.«

Nina: »In meiner Familie sind alle frühzeitig grau geworden. Ich finde, es sieht toll aus, wenn man graue Haare hat und sie richtig pflegt. Ich habe erkannt, dass mein natürlich gewachsener Look am besten zur Geltung kommt, wenn ich ihn annehme und hege und pflege. Für den Übergang hatte ich damals dunkle und graue Strähnchen machen lassen, um das Durcheinander klarer zu definieren. Der Abschied von meinen dunklen Haaren ist mir damit leichter gefallen. Ich habe viele Komplimente bekommen. Trotzdem habe ich noch jahrelang mit Wehmut die schönen Dunkelhaarigen angehimmelt, auch wenn sie gefärbt waren. Ich war ja noch nicht mal fünfzig. Aber das war kein Zustand, ich wollte Klarheit für mich. Abschneiden kam nicht infrage. Dann laufe ich so rum wie die meisten alten Frauen, die glauben, raspelkurzes Haar wäre irgendwie praktisch und pflegeleicht im Alter. Oder sie würden damit jünger aussehen. Aber raspelkurz ist nicht pflegeleicht. Du musst nämlich jeden Tag den Kopf waschen und frisieren. Das brauchst du nicht, wenn die Haare länger sind. Mit zusammengebundenen Haaren siehst du immer noch gepflegt aus. Ich finde, die Haare sind der Schatz einer Frau. Es ist schlimm, zu sehen, wie manche ihre Haare misshandeln, nur um sich knallbunt von der Masse abzuheben. Ich beobachte immer wieder, dass bunte, asymmetrische Frisuren, am liebsten noch mit gepiercten Gesichtern dazu, mit Benehmen und Bildungsgrad im ungünstigen Verhältnis stehen.«

»Tja, Ninalein, vielleicht ist das ihre Art, mit der Welt

zurechtzukommen. Die haben wenigstens noch keine Probleme mit grauen Ansätzen wie wir Alten. Ich wollte jedenfalls keine Chemie mehr auf dem Kopf. Neben der Umwelt- oder Geldbeutelbelastung hat mich in der Hauptsache die Beschneidung meiner Freiheit gestört: Mein Wohlbefinden war abhängig vom Friseurbesuch, vielmehr von der Haarfarbe. Es sieht gruselig aus, wenn bei dunkel gefärbten Haaren auch nur klitzekleine graue Ansätze zu sehen sind. Und das war bei mir fast immer so. Aber dieser Übergang jetzt gefällt mir überhaupt nicht.«

Nina: »Wenn du der Sache ihren natürlichen Lauf lässt und das Ganze sogar noch hübsch betonst, macht das einen völlig anderen Eindruck. Das ist gelebtes Leben. Dreimal im Monat mache ich eine Haarkur und ab und zu eine Intensivblauspülung. Bei mir erhalten nur noch Friseurprodukte und Hausmittel Einlass in mein Badezimmer. Das macht tatsächlich den Unterschied. Ich halte sie immer schulterlang, da kann ich sie zusammenknoten, und an Tagen, an denen ich Lust habe, sie zu bändigen, trage ich sie auch mal offen. Aber ich finde deine Haare schön, Mathilda.«

»Also, schön ist was anderes. Meine Mutter und Großmütter waren bis ins hohe Alter noch nicht grau. Die haben nie gefärbt. Durch das ständige Färben bin ich natürlich eher grau geworden. Das mit der ätzenden Farbe auf der Kopfhaut hat schon seine Auswirkungen, ich weiß. Auch auf die Haarwurzeln und die Melaninproduktion. Ich habe mir die Haare aus Experimentierfreude gefärbt. Nur, als ich dann nicht mehr wollte, waren die Ansätze plötzlich grau, und ich *konnte* gar nicht mehr aufhören. Wegen dieser Unentschlossenheit behandle ich mein Haar ziemlich stiefmütterlich und zwirbele es jeden Morgen lieblos zusammen. Ich werde zwar nicht müde, teure Friseure abzuklappern, stets auf der Suche nach Lösungen für mein Problemhaar, denn komplett färben möchte ich auch nicht mehr, aber eine wirklich gute Beratung finde ich einfach nicht. Stattdessen betonen die Friseure noch, wie dünn mein Haar ist … Danke, weiß ich selber, Blödföhn.

Ich hätte sie gern noch ein bisschen länger – so wie früher. Hab immer nur mein langweiliges Zöpfchen. Mit dem Nicht-mehr-Färben kämpfe ich seit Jahren. Ich weiß nicht, ob ich ganz aufhören kann. Es ist schwer, sich sehenden Auges von seiner – na ja – Jugend zu verabschieden. Die Frau, die ich dann jeden Morgen im Spiegel sehe, ist mit einem Schlag um hundert Jahre gealtert. Mit den Strähnchen, das finde ich eine gute Idee für den Übergang, denn Abschneiden kommt für mich auch nicht infrage. Mit den Ansätzen ist es wirklich schlimm: Ich müsste jede zweite Woche färben, das ist eigentlich noch furchtbarer als richtig grau zu sein. Beschnittene Freiheit eben. Duftiges Friseurshampoo und Luxushaarkuren sind mir sowieso lieber als diese Chemie auf dem Kopf. Das mit den Hausmitteln musst du mir noch mal erklären. Mit den Strähnchen, das find ich eine gute Idee, und ich werde das jetzt in Angriff nehmen. Aber so dicke Haare wie du werde ich niemals haben.«

Nina: »Gut, dass du jetzt nichts anderes Dickes an mir meintest. Ich finde, wenn der Rest gepflegt ist, sehen graue Haare immer besser aus. Wenn du graue Haare verleugnest oder es als schleichende Krankheit siehst, fühlst du dich nicht nur schlecht, sondern strahlst das auch aus. Richtig schlimm wird es aber bei gefärbtem Männerhaar. Halleluja … Die denken scheinbar wirklich, es sieht keiner oder es macht sie potenter.«

»Ja, hör mir bloß auf. Gestandene Männer sind wirklich was anderes. Die altern mit Würde.«

Nina: »Gefärbte Haare bei einem Mann würde ich nur bei Heino tolerieren. Mit dem Alter hadert doch jeder mehr oder weniger. Mit künstlicher Farbe im Haar kann man sich länger etwas vorgaukeln. Zuallererst musst du bereit sein, dich als grauhaarige Frau zu sehen, die trotzdem schön ist. Erst dann kannst du mit allen Konsequenzen dazu stehen. Das entspannt ungemein, ist aber ein Prozess, der eine Weile dauern kann. Permanent jung und hübsch auszusehen, so als wäre man in einer Zeitzone eingefroren, ist mittlerweile verbreitet und zur anstrengenden Obsession geworden. Dieser Stress macht vermutlich noch mehr graue Haare. Ständig die Möglichkeit zu haben, dem rasch voranschreitenden Alter mit gewaltigen Zeitstoppern beizukommen, stiehlt einem doch genau die Zeit, die man als kostbarer denn je empfindet.

Wir Dunkelhaarigen haben es ungleich schwerer, muss ich sagen. Bei den hellen Typen ist das Färben oft die bessere Variante. Da fallen die grauen Ansätze nicht auf. Ich finde, je besser der Kontrast zwischen strahlender Haut und deutlicher Grauhaarigkeit, die durchaus schön sein kann, entwickelt ist, umso interessanter, wenn auch nicht unbedingt jünger, wirkt eine Frau. Wir schauen doch auch nicht mehr auf Jungchen, sondern auf reife Männer. Und die linsen schließlich auch mal nach alten Frauen wie uns. Und anzwinkern reicht mir doch.«

»Klingt überzeugend aus deinem Mund, Ninalein. Ablehnung oder Akzeptanz seiner gelebten Jahre hat sicherlich auch etwas damit zu tun, *wie* man grau wird. Da gibt es die subtil Silbrigen, deren Haare einfach langsam heller und grauer werden, in hübschen natürlichen Strähnen. Und zwar genau die, die man sich früher in mittelblonde Haare mühsam einfärbte. Dann gibt es die Salz-und-Pfeffer-Grauhaarigen, da gehöre ich leider dazu, aber bei

Männern finde ich das total elegant. Oder die mit der einzelnen Dachssträhne im dunklen Haar. Sehr distinguiert.

Wenn eine Frau, die im Gesicht nicht mehr ganz frisch aussieht, sagt: *ist nur getönt*, weil gefärbt so einen künstlichen Missklang hat, wirkt das schon ein bisschen wie verleugnen auf mich. – Längere Haare find ich bei Frauen immer schöner; zumindest beim Deckhaar. Da stehen sie nicht in alle Richtungen.«

Nina: »Das kann aber nicht jede Frau tragen.«

»Doch, das glaube ich schon. Es gibt so viele Möglichkeiten durchzuprobieren: ein Zopf oder Pferdeschwanz mit Holzspange oder Haargummi. Es müsste nur zu Stil und Klamotten passen. Da kann man sich schon mal ein, zwei Gedanken machen. Das kann frecher wirken als die sogenannten frechen Schnitte.«

Nina: »Die Hauptsache ist, du findest *deine* Haare schön, wenn du in den Spiegel schaust. Oder denkst du immer wieder, ich hätte lieber lockige, glatte, längere, dunkle, helle, glänzende Haare? Siehst du sie immer als unvollkommen und nicht schön an? Ich hatte lange Zeit so ein Gezeter mit meinen dicken Haaren, die ich kaum bändigen konnte, aber das ist großer Mist. Auf der anderen Seite ist der Himmel immer blauer. Wasch dir deine Haare, mach eine Haarkur und kämm sie vor dem Spiegel, als hättest du wunderschönes Engelshaar, egal, wie sie beschaffen sind. Gib Festiger in dein Haar und föhne sie zu einer hübschen Frisur. Wenn du dich ansehen würdest, als wäre da im Spiegel eine andere und nicht du, würdest du sie dann attraktiv finden?

Glanz im Haar kommt nicht nur von der Ernährung und den Pflegeprodukten, sondern auch durch Spannkraft beim Frisieren und deine Betrachtungsweise. Ob glätten oder Lockenstab, volumig föhnen mit großer Bürste – egal, sie glänzen mit der Spannkraft. Zumindest, wenn man über fünfundzwanzig ist so wie wir. Schönes Haar braucht Pflege und Zeit, da lässt sich viel machen … So sehen meine Selbstgespräche vor dem Spiegel aus.«

Bei solchen langen Vorträgen driftet die Aufmerksamkeit auch bei mir ab, aber die wichtigen Sachen habe ich, glaub ich, herausgefiltert für mich. Unser Frühstück ist sehr lecker. Ich vermisse allerdings die Salatdeko. Der Kaffee ist auch nicht so ... Für mich wird es immer was zu meckern geben ... Ganz einfach deshalb, weil ich nie begreifen werde, was im Zeitalter des Wissens über die Natur des Menschen schwierig an solchen Kleinigkeiten ist, die den Besuch im Restaurant zum Erlebnis machen. Trotzdem behindert mich oft mein ständiger Perfektionsdrang mehr, als dass er mein Leben perfekter macht. Sollte ich mir abgewöhnen. Wo war ich gerade mit Nina?

»Ja, also, ich sehe immer, ob jemand Spaß hat und Zeit darauf verwendet, sich zu pflegen. Oder ob er gar nicht mit seinem Äußeren zurechtkommt. Gerade auch bei Männern. Meiner dürfte sich auch niemals die Haare färben. Also, ich meine, wenn ich einen hätte. Oder wenn sich einer mit Glatze – das Wort hat so einen Missklang irgendwie – noch drei Haare quer über den Schädel kämmt und sich mit Haarwuchsmitteln herumschlägt oder sogar über eine Haartransplantation nachdenkt. Glatze finde ich durchaus sexy. Es ist, wie es ist und wird selbstbewusst getragen. Natürlich sieht am besten aus, wenn die Konturen sehr kurz gehalten sind. Manche wollen das Ganze mit einem Vollbart kompensieren, das geht ja noch, aber unrasiert, gerade bei älteren Männern, ist gar nicht sexy, sondern in meinen Augen bloß Faulheit, die auch noch als lässiger Dreitagebart durchgehen soll.«

Nina: »Für maximale Freiheit sollte man aus seinem Äußeren mit wenigen Mitteln das Beste machen. Denen, die sich pflegen, sieht man es immer an. Viele Männer stört es nicht, die beruhigen sich damit, dass sie ja immerhin *irgendetwas* machen, wenn sie sich ab und zu rasieren.«

»Noch besser solche, die glauben, dass man Zahnkronen oder herausgefallene Zähne, auch wenn sie nicht gerade im Frontbereich fehlen, nicht sieht.«

Nina: »Wobei Kronen manchmal die bessere Alternative sind als schwarze Stummel.«

»Ich warte noch, bis es künstlichen Zahnschmelz bei uns gibt. Wird in Japan gerade getestet. Kronen im Frontbereich und Veneers sehe ich immer sofort. Das will ich nicht, auch wenn meine Zähne voller Füllungen sind. Aber das Zahnarztthema verschieben wir lieber mal ... «

So ein Schönheitsgespräch mit Nina zu führen, genieße ich richtig, denn sie hat ähnliche Ansichten wie ich darüber. Helene legt da nicht so großen Wert drauf, Jasmin findet mich entweder zu sportlich oder zu spießig, und Edgar geht so was nichts an.

Nina: »Aber jetzt verrat mir endlich das Geheimnis deiner schönen Haut. Sind nicht nur die Gene, stimmt's?«

»Na, da will ich mal eine Ausnahme machen. Also: Zum Altersfleckenlasern und Kürettieren geh ich regelmäßig, Gesicht, Rücken, überall eigentlich. Hab da auch schon viel Geld verplempert bei einigen Nichtskönnern. Ich lasse auch nicht mehr gelten: Ausgerechnet bei Ihnen wirkt die Laserbehandlung leider nicht. Dabei kann man da so viel falsch machen als Dermatologe: falscher Laser für diesen Fleck, es gibt ja verschiedene ... falsch eingestellt, unzureichende Erfahrung, Unfähigkeit ... Vorher frage ich *immer*, was es kosten wird und ob die Sache bis zu meiner Zufriedenheit diese Summe kostet.«

Nina: »Bei deinem Misstrauen ist das ja schon vorprogrammiert. Geh doch einfach mal frohen Mutes hin und freu dich aufs Schön- und Gesundsein.«

»Pass du lieber auf, dass du kein Versuchskarnickel wirst. Es gibt einfach zu viele, die ihren Job nicht können. Bei Ärzten ist es nur am fatalsten ...«

Nina: »Aber du wirst es nicht glauben, es gibt auch viele Ärzte, die gut in ihrem Job sind. Ein bisschen mehr Vertrauen könnte dir nicht schaden.«

»Ja, ich weiß. Ich versuche ja schon mein Bestes und vertraue, wo ich kann.«

Nina: »Dann bin ich zufrieden ... Was stellst du mit deiner Gesichtshaut an? Ich hab mal gehört, die Hautzellen erneuern sich alle achtundzwanzig Tage. Wenn das so wäre, müsste ich doch jeden Monat wieder aussehen wie neu.«

»Wäre schön, aber die Kopie von der Kopie wird leider immer schlechter. Deine Aufgabe ist es, dafür zu sorgen, dass die Kopie so lange wie möglich schön und straff bleibt. Also, früher habe ich nicht viel davon gehalten, ständig auf der Haut herumzuschrubben. So jeden Abend Reinigung mit Gesichtswasser, Reinigungsmilch und am liebsten noch ein Peeling. Ich hatte immer ein schlechtes Gefühl dabei und dachte, je mehr man mit der Haut anstellt, desto mehr wird sie letztendlich entstellt, wird faul und reguliert gar nichts mehr von sich aus.

Vor ein paar Jahren habe ich für mich genau das Richtige gefunden. Zur normalen Kosmetik bin ich so gut wie nie gegangen. Das einzig Schöne war die Gesichts- und Nackenmassage. Die lasse ich inzwischen separat machen. Ich gehe alle drei Monate zweimal im Abstand von zehn Tagen zur Mikrodermabrasion mit Ultraschall. Manchmal mache ich nach Gefühl eine Kur von sechs Behandlungen. Die Kosmetikerin hat richtig Ahnung, arbeitet mit Hautärzten zusammen und bildet sich ständig weiter. Man merkt, dass es ihr Spaß macht, Erfolg zu haben bei der Hautverschönerung ihrer Kundinnen. Sie empfiehlt die Produkte, die auf mein Hautbild abgestimmt sind, sie hat echt einen Plan. Bei ihr fühle ich mich in guten Händen. Ich kann mir Herumexperimentieren nicht mehr leisten.

Zur Reinigung nehme ich Reismehl. Das ist ganz sanft und bleibt nicht lange auf der Haut. Abends trage ich Vitamin-C-Serum auf und danach meine Feuchtigkeitscreme mit ganz viel Q10. Beides von einer deutschen Firma ohne Parabene und mit Lichtschutzfaktor fünf. Einen höheren Lichtschutzfaktor, mit dem das Gesicht leichenblass bleibt trotz Sonne, finde ich zu chemisch. Morgens trage ich Hyaluronsäure auf, das Faltenbügeleisen schlechthin. Danach wieder reichlich Feuchtigkeitscreme. Ich gebe dir mal die Adresse von meinem Kosmetikinstitut, die sind so gut in der Beratung.«

Nina hat schon wieder mitgeschrieben.

Nina: »Ich bin ja sehr für Naturkosmetik, aber ich habe schon festgestellt, dass die in Bezug auf Feuchtigkeit und Sonnenschutz nicht so viel leisten können.«

»Schminken tu ich mein Gesicht nur noch mit einem leicht getönten Mineralpuder. Dafür nehme ich einen dicken weichen Puderpinsel. Flüssig-Make-up nehme ich selten, das sammelt sich leider immer in den Falten. Höchstens ganz dünn abends, wenn ich mal ausgehe.«

»Ach ja, gehst du nicht heut Abend aus. Mit Edgar?«

»Quatsch, wie kommst du denn darauf?«

Nina: »War ‘n Witz. Ich weiß, dass du mit deinen Mädels ins Theater gehst. Was läuft denn?«

»Wir sehen *Lohengrin*. Ist zwar anstrengend, aber ich wollte meinen Schätzchen ein bisschen Kultur vermitteln.

Die Geschichte ist ja eigentlich unterhaltsam und auch mit unserem Städtchen verbunden.«

Nina: »Ach ja – wie denn?«

»Na gut, wenn es dich interessiert: Als Richard Wagner wegen seiner Beteiligung an den Dresdner Maiaufständen 1849 aus Deutschland fliehen musste, verhalf ihm sein Freund Franz Liszt in Weimar zu falschen Papieren, und Wagner konnte in die Schweiz fliehen. Ein Jahr später erlebte Weimar unter der musikalischen Leitung von Franz Liszt die Uraufführung des *Lohengrin* vom politisch verfolgten Künstler Richard Wagner.«

Nina: »Ich nehme an, du kennst die Handlung.«

»Die Handlung erzählt von der Ankunft des *Wunderbaren*. Es geht um die Fragen: *Ist das Wunder ein Resultat unserer Sehnsüchte und Wünsche?* und: *Hat das Außergewöhnliche Bestand, wenn ihm auf den Grund gegangen wird?* Elsa von Brabant ist in Bedrängnis geraten. Ortrud und Telramund klagen sie an, ihren jungen Bruder Gottfried getötet zu haben, um selbst an die Macht zu gelangen. Elsa träumt vom Retter, der ihre Unschuld beweisen wird. Der erscheint tatsächlich am Gerichtsplatz als strahlender Ritter, der nicht nur bei Elsa um ihre Hand anhält, sondern sich auch als Heerführer der kurz vor einem Krieg stehenden Brabanter anbietet. Die einzige Bedingung ist, dass er niemals nach seiner Herkunft befragt werden darf. Als Elsa schließlich doch fragt, zieht der Ritter, nun als Gralsritter Lohengrin bekannt, davon.

Wagner versucht in dieser *romantischen Oper*, weniger ein psychologisch realistisches Drama zu entwickeln, als vielmehr gesellschaftliche Mechanismen aufzudecken: Die Sehnsucht des Volkes nach dem starken, charismatischen Führer schafft sich seinen Retter. Doch der unbedingte Glaube an die Kraft des Heldischen endet da, wo der Alltag beginnt … – So ähnlich geht, glaube ich, die Handlung.«

Das habe ich auswendig gelernt, um meine Mädels neugierig zu machen und mit ins Theater zu locken.

Nina: »Das Ding geht doch über vier Stunden oder so. Ihr seid ja zu bewundern.«

»Nun – sehen und gesehen werden sind mindestens genauso wichtig wie die Bühneninszenierung.«

Nina: »Ich nehme an, heute Abend benutzt du Flüssig-Make-up.«

Ich will glänzen mit meiner Kultiviertheit, und Nina interessiert nur – meine Schönheit.

Na gut …

»Ja, Ninalein. Und abends ist dann Abschminken mit Naturkosmetiktüchern Pflicht. Was nimmst du denn so?«

Nina: »Als Gesichtscreme nehme ich eine aus dem Reformhaus, die ist lecker und schmeckt nach Gurke und Hamamelis.«

»Die Creme würde vermutlich mehr bringen, wenn du sie im Gesicht verteilst, statt sie zu essen.«

Nina: »Klar, Chefin. Hyaluronsäure und Vitamin C hört sich gut an. Ich müsste eigentlich auch langsam schwerere Geschütze auffahren.«

Langsam ist gut. Mit achtzig brauchst du auch nicht mehr anfangen…

»Weißt du, für mich war immer der Wow-Effekt wichtig. Auch jetzt noch. Wird natürlich immer schwerer. Viele andere finden scheinbar den Oh-Gott-Effekt erstrebenswerter, um sich von der Masse abzuheben. Der ist natürlich wesentlich einfacher hinzukriegen. Mit schreienden Farben, Tierdruckbekleidung, leuchtend bunten Haaren und gigantischen Klunkern.«

Nina: »Dann gibt es noch die ausdruckslosen Mauerblümchen … Die glauben, es gibt natürliche Schönheit. Die schminken sich niemals, tragen kaum Schmuck, höchstens gefilzten Tinnef oder Riesenholzanhänger und keinen BH. Dafür hauen sie öfter mal beim Haare- oder Augenbrauenfärben mit Henna daneben. Und natürlich beim Griff in den Kleiderschrank. Halten ihr Gesicht ständig in die Sonne und ignorieren Altersflecken und Pigmentstörungen. Sagt ihnen natürlich auch keiner. Jeder denkt sich nur seinen Teil. Das sind auch oft die gefährlichen Charaktere, denn man ist geblendet von ihrem unschuldigen fleckigen Aussehen.«

»Nicht zu vergessen die alternativen Wollsocken. Die tragen am liebsten das ganze Jahr über Jesuslatschen und Leinenkleidung, damit sie wie Kartoffelsäcke mit Latschen und Strümpfen aussehen. Die haben immer für alles Verständnis und sind ganz lieb. Leiden auch am meisten unter der Umweltvergiftung und ihren waldorferzogenen ungehörigen Kindern, die mit dem Leben draußen schlecht zurechtkommen. Aber als butterweiche Eltern finden sie dafür stets eine Erklärung. – Und, wo wir jetzt schon mal bei der Kategorisierung sind: Die Schlimmsten sind die, denen es ziemlich egal ist, wie sie rumlaufen. Jedenfalls hat es den Anschein. Ich glaube das nicht wirklich, die brauchen sicher einfach nur eine helfende Hand. Das Outfit ist einfallslos und so praktisch wie möglich. Weite, lange Kittel, die über den Allerwertesten gehen, passendes Top drunter und Leggings. Weils noch bequemer ist. Genau wie ihre sauteuren Ökoschuhe. Die machen sie ältlich. Es muss auch schwer sein, wenn du die gottgegebenen Zutaten nicht hast. Macht sicher keinen Spaß.«

Nina: »Ganz schlimm finde ich enge T-Shirts, bei denen du jeden Schwimmring zählen kannst, und dazu ausgeleierte Jeans.«

Es ist wunderbar, mit Nina über die Leute herzuziehen…

»Klamottenmäßig greife selbst *ich* manchmal daneben, muss ich zugeben. Immer wieder prüfe ich, ob das Outfit meinem Typ gerecht wird. Ich ziehe mich lässig an, achte nur darauf, dass das Gesamtbild harmonisch ist. Seit ein paar Jahren bin ich auf Bordeaux und Nachtblau umgestiegen. Immer noch in Kombination mit Schwarz oder Weiß natürlich. Das passt jetzt besser als meine heißgeliebten Pastelltöne und lässt mich seriöser wirken, glaube ich. Auf Accessoires wie Tücher und Schals lege ich besonderen Wert. Mit Schmuck hab ich es nicht so. Dafür trage ich gern Boots mit mindestens fünf Zentimeter hohen Absätzen. Schwarze Keilsandaletten ziehe ich den ganzen Sommer über an. Inzwischen habe ich fünf Paar davon. Hat sich so ergeben. Die passen zur Hose genau wie zum Kleid. A-Linien-Kleider finde ich am schönsten an mir. Jünger aussehen und besser aussehen sind oft zwei verschiedene Dinge, das weiß ich.«

Nina: »Ist dir schon aufgefallen, dass die Schönen kritischer beäugt werden? Auch von mir, muss ich sagen. Die machen den Eindruck, sie haben den Anspruch, perfekt zu sein, und man sucht förmlich nach Fehlerchen. Wenn man da um die Hüften nicht formvollendet ist oder die ersten Plisseefalten am Hals zu sehen sind, dann stellt man kein harmonisches Gesamtbild mehr dar.«

»Stimmt, kleine Schnitzer werden doppelt so hoch bewertet als bei denen, wo kaum noch etwas zu retten ist. Trotzdem ist man schön, wenn man mit sich im Einklang ist. Es gibt nichts Schöneres, als sich schön zu fühlen, finde ich. Am besten noch begehrenswert und sexy. Gut – mit über sechzig sind wir nicht mehr ganz so knackig. Aber für gestandene Männer sind wir bestimmt immer noch schön.«

Nina: »Und gegen manche, die schon mit vierzig ein dermaßen verknittertes Gesicht haben, als hätte jemand die ganze Zeit draufgesessen, sehen wir beide doch blendend aus.«

Und ich immer noch besser als du …

Mathilda, nicht so bösartig …

»Ja, Ninalein. – Natürlich und frei lachen macht schön. – Aus seinem Typ das Beste machen, ist schön. Das könnte wirklich jeder. Wenn nicht allein, dann mit Profiberatung. Aber unter den angeblichen Profis gibt's leider viele schlechte. Manch einer ist sein Leben lang auf der Suche nach seiner persönlichen Note. So wie Prominente ihren Wiedererkennungswert haben; zu dem ihnen natürlich auch nur Profis verhelfen. Interessant zu beobachten sind auch die, bei denen man sieht, dass es eine Sauarbeit gewesen sein muss oder viel Geld gekostet hat, aber das Resultat fragwürdig ist. Das findest du nicht nur nach Schönheitsoperationen und bei der Kleidung, sondern auch oft bei der häuslichen Unterkunft. Aber vielen reicht es scheinbar, einfach nur sauteuer auszusehen. Die sind blind für das Gesamtkunstwerk, was harmonisch, schön *und* funktional ist.«

Nina: »Und mancher berühmte Künstler kommt zu Lebzeiten auch nicht weit mit seinem *Gesamtkunstwerk*.«

»Meinst du van de Velde? Das passiert eigentlich nur, wenn neben der Schönheit die Funktionalität fehlt. Was nützt mir ein schöner Besen, wenn er nicht gut kehrt. Dann brauche ich noch einen, der gut kehrt. Es gibt genau zwei Arten von Perfektionisten: die akribischen Trödel-Perfektionisten, die meistens nur Etappenziele erreichen und oft das Endziel aus den Augen verlieren. Und just, bevor du dich selbst verwirklicht hast, ist das Geld alle oder das Leben zu Ende. Wesentlich sympathischer sind mir die intuitiven chaotischen Perfektionisten. Die gehen nie der Reihe nach vor, versuchen, so viel Zeit wie möglich zu sparen, behalten dabei aber stets das große Ziel im Auge.«

Nina: »Bevor du jetzt noch mal losphilosophierst und ich wieder nur Bahnhof verstehe, bleiben wir doch mal beim Schönheitsthema.«

»Da bin ich die ganze Zeit, Ninalein. Die Gesamtausstattung könnte so gewählt sein, dass man sofort sieht – aha, geschmackvoll, edel, schön *und* funktional. Das ist mühevoll und zeitintensiv, aber für mich immer eine lohnenswerte Beschäftigung. Ich wollte nur sagen, dass die meisten anderen keinen solchen Wert darauf legen, um es in ihrer Gesamtheit anzupacken. Und genau darin liegt meine Chance, aus der Reihe zu tanzen, mich abzuheben. Die Schwächen der anderen sind meine Stärken. Das ist noch nicht mal schwer, denn es sind immer nur die Kleinigkeiten, die den Unterschied machen.

Auf Schönheit bezogen, macht es natürlich keinen Spaß, sich zu pflegen, wenn man überall nur Baustellen sieht. Aber der stetige Prozess macht's, klein anfangen eben.«

Nina: »Also, nehmen wir an, du hättest überall Baustellen. Der liebe Gott hat dich in jeder Beziehung nicht so gut ausgestattet. Wo würdest du denn anfangen?«

»Na zum Beispiel bei der Maniküre. Für den Anfang würde ich aufhören, an den Nägeln zu knabbern.«

Nina: »Du denkst an Helene, stimmt's?«

»Ich weiß, es muss schwer sein, sich das Nägelkauen abzugewöhnen. Ich würde regelmäßig zur Maniküre gehen. Leider gibt es hier auch viele Berufsnulpen. Und die musst du am Ende auch noch bezahlen. Die feilen bis aufs Fleisch und schneiden die Nagelhaut, bis die Blutströpfchen hervorquellen. Sie beachten nicht, wenn Nägel gespalten sind. Das wird einfach ignoriert, statt einen Übergang zu feilen, damit sie nicht immer wieder reißen. – Wenn ich das bedenke, würde ich es doch lieber selbst machen, auch wenn das Bedienenlassen manchmal schön sein kann. Meine Maniküre erledige ich zweimal die Woche: mittwochs und am Wochenende. In meinem Setzkasten im Badezimmer sind wunderschöne Nagellacke angeordnet, die ich je nach Lust und Anlass aufpinsele. Genau so kann Pediküre richtig Spaß machen. In zehenfreien Lätschchen, die natürlich zu deinem Typ und Alter passen, zeigst du deine hübsch gepflegten Füßchen im Sommer. Schönheit ist so wichtig, dass Menschen jeden Tag unglücklich sind, wenn sie auffällige Makel haben. Wenn dich einer beschreiben soll, bist du dann *die mit den abgekauten Fingernägeln* oder *die mit den Segelohren*. Das wird praktisch zu deinem Markenzeichen.«

Nina: »Kann ich verstehen, wenn da einer unglücklich ist. Meine schiefe Nase ärgert mich auch.«

»Du machst gar nicht den Eindruck, dass dich das stört.«

Nina: »Das ist es ja: Bei jedem, der sich normal bewegt, unterhält oder etwa lacht, hat man gleich den Eindruck, das Offensichtliche würde ihn gar nicht *so sehr* stören. Kann ja nicht, sonst würde er schließlich den lieben langen Tag ins Taschentuch schneuzen, ein saures Gesicht ziehen oder den Makel mit der jeweils freien Hand verdecken.«

»Stimmt, ich weiß gar nicht, was ich für ein Verhalten erwarte bei jemanden, der ein schweres Schicksal hat.

Nina: »Na ja, so ein schweres Schicksal ist meine Nase nun auch nicht. Deswegen würde ich trotzdem keinen plastischen Chirurgen an mein Gesicht lassen. Außerdem hab ich Angst vor Schmerzen.«

»Ich meine doch nicht deinen Rüssel als schweres Schicksal. Ich meine, richtige Schicksalsschläge wie ein Kind zu verlieren oder so was. Da geht es einem ja auch so, dass man erwartet, dass derjenige nie wieder in seinem Leben lacht. – Aber noch mal zu deiner Nase, Nina: Fällt gar nicht auf! Wenn ich allerdings jeden Tag in den Spiegel schauen würde und unglücklich wäre, könnte ich mir schon vorstellen, dass sich meine Schmerzgrenze verschieben und meine Risikofreude wachsen würde. Auch wenn man das verurteilt, was einem heute als Schönheitsideal suggeriert wird – mit Ignorieren kommst du dagegen nicht an. Ich würde so lange zur Beratung gehen, bis mir einer kompetent erscheint und mir eine Lösung anbietet, bei der ich ein gutes Gefühl hätte. Das Verunstaltungsrisiko und die Schmerzen sind aber nicht zu verachten.«

Nina: »Das, was wirklich an optischer Körperverletzung grenzt, sind Faktoren, für die man nicht zum plastischen Chirurgen rennen muss.«

»Stimmt. Da siehst du schlampige Kleidung, schmutzige Finger, fettige Haare ... – Man kann so viel machen mit Körperpflege, peppiger Kleidung, wenn man ein paar Accessoires geschickt einsetzt, gepflegte Haare und Zähne hat und regelmäßig Haut- und Nagelpflege betreibt, ein wenig Dufti benutzt: wild, verlockend, frisch geduscht oder unschuldig – kommt ganz auf den Anlass an. Tolles Gefühl, wenn ich gut dufte, bei der Arbeit anders als abends beim Ausgehen, anders als mit den Eltern zu feiern und anders als zum Date …«

Nina: »Du riechst aber auch immer lecker. In deinem Badezimmer steht ein ganzer Parfumladen, habe ich gesehen.«

»Nicht jedem steht alles. Manchmal bin ich auch unsicher, ob mir das Parfum gut steht. Ich gehe oft in die Parfümerie und probiere. Die Duftgarderobe einer Frau finde ich ganz wichtig. Ein unbeschreibliches Gefühl, wenn man sich frisch und lecker duftend vorkommt. Wer Spaß daran hat, sich zu pflegen, dem sieht man es auch an. Denkst du aber: Bei meinem Gewicht, den Falten, Altersflecken, Krampfadern, furchtbaren Zähnen, den stumpfen, dünnen Haaren ist sowieso nichts mehr zu retten, hast du schon verloren. So möchte ich niemals leben. Manchmal möchte ich eine, die ich auf der Straße sehe, mit nach Hause nehmen und ihr erst mal zeigen, wie schön sie sein könnte. Ganz ohne plastischen Chirurgen.«

Nina: »Du bist immer so kritisch, Mathilda. Da schäme ich mich ja nachträglich noch, wenn ich mal nachlässig mit mir war. Manchmal habe ich einfach keine Lust.«

»Das sollte sich jetzt nicht so streng anhören. Geht mir doch genauso. Sollte eben nur nicht zur Gewohnheit werden. Ich weiß, die pausenlose Kritik ist kein schöner Zug von mir. Aber wir sind doch unter uns, dachte ich. Und bei dir ist mir noch nie aufgefallen, dass du je ungepflegt warst.«

Nina: »Danke. Ich glaube, dass viele Frauen und auch Männer einen enormen Druck verspüren, ihren selbst auferlegten Schönheitsidealen entsprechen zu müssen, und bei geringsten Abweichungen von diesen Idealen sind sie mit sich und ihrem Aussehen unzufrieden. Darunter leiden Selbstvertrauen und Selbstbewusstsein. Das kann zur Selbstablehnung und zu Depressionen führen. Die Kosmetikindustrie, die Schönheitschirurgien und Wellnessanbieter profitieren von diesem Schönheitskult. Angeblich geben Frauen im Schnitt zweihundertsiebzigtausend Euro in ihrem Leben für Kosmetikartikel, Friseurbesuche und Parfum aus. Schönheitsoperationen sind in dieser unglaublichen Summe noch nicht enthalten. Ein Wahnsinn! Für jeden ist zum Glück etwas anderes schön oder hässlich. Das Gute ist: Wenn etwas schön ist, sieht das *jeder*. Wenn ich etwas hässlich finde, denke ich meistens nicht weiter darüber nach, außer: Gut, dass ich das nicht bin, oder: Ich würde da aber was machen. Für mich habe ich entschieden, weniger streng mit mir zu sein und mich auch mit Fältchen und kleinen Fettpolstern für attraktiv zu halten. – Der Einzige, dem ich mein wahres Gewicht erzähle, ist der Anästhesist kurz vor der Operation. Da schlage ich sogar noch zwei Kilo drauf, damit der mich ordentlich einschläfert.«

»Ich hoffe, dir ist klar, dass das gefährlich sein kann.«

Nina: »Gefährlicher finde ich, womöglich mit eröffnetem Unterleib aufzuwachen. In den Augen der meisten Menschen spielen für die Attraktivität eines Menschen sowieso andere Faktoren eine größere Rolle als eine gute Figur und ein hübsches Gesicht.«

»Ja, genau, die inneren Werte zählen! Wem kommt es denn schon auf innere Werte an? Diese Aussage würde höchstens Sinn ergeben, wenn ein Mensch umgekehrt proportional zu seiner Schönheit innere Werte hätte. Was sollen das überhaupt für Werte sein?«

Nina: »Das sind Freundlichkeit, Humor, Taktgefühl, Offenheit, Körpersprache, Emotionalität und so. Für mich sind das wichtige Dinge.«

»Für mich sind wichtige Dinge eine gute Figur und ein hübsches Gesicht, tolle Klamotten …

Das andere gehört selbstverständlich auch dazu. Es gibt kein Oder. Innere Werte sind auch toll, wenn es die Muskeln betrifft. Jeden Tag laufen; muss ja nicht unbedingt Kraftsport sein, obwohl ich das nicht verkehrt finde.«

Nina: »Ist ja gut. Was hältst du eigentlich von Botox?«

»Na ja, es geht immer darum, so lange wie möglich gut auszusehen. Wir spielen alle auf Zeit. Wobei, wie gesagt, gut aussehen und jünger aussehen zwei verschiedene Dinge sind. Für mich wäre Botox nichts. Nicht nur, weil ich Angst vor den Einstichen und dem Zeug an sich habe …«

Nina: »Dass du so eine Angst davor hast …«

»Ich weiß, es ist komisch für andere. Wenn einer Arzt ist, muss er in den Augen der meisten Menschen schmerzfrei sein, niemals rauchen, sich gesund ernähren und überhaupt perfekt sein.«

Nina: »Also – abgesehen von den Nadelstichen bei der Botox-Injektion, die mich nicht so stören würden, bin ich sicher schon zu alt für einen Ersteingriff …«

»Ich glaube, wenn du zu Botox greifst, um dein Äußeres aufzupeppen, lebst du trotzdem weiterhin in der Angst, schon morgen könnten die Falten zurückkehren. Diesen Kampf wirst du schon deshalb verlieren, weil du daran kaputtgehst und sich das auf deine Gesamterscheinung auswirkt. Wenn du ständig zum Botoxen gehst, muss dir klar sein, dass, wenn du damit aufhörst, dein Gesicht unverhältnismäßig schneller altert, als wenn du nie etwas gemacht hättest. Wie bei einem Lottomillionär: Nach zwei Jahren hast du größere Finanzprobleme als vor dem Gewinn.

Es wäre für mich eine selbst auferlegte Abhängigkeit. Außerdem soll Botox nicht nur die Nerven im Gesicht lahmlegen, sondern auch Auswirkungen auf die Hirnaktivität haben, also einzelne Hirnregionen beeinflussen, was für mich logisch klingt, denn der Körper wird einen Giftstoff immer abbauen wollen. Wenn er das nicht kann, verbreitet sich das Zeug und setzt sich durch den Blutstrom woanders ab. – Für mich ist es die Ausstrahlung, das Gesamtbild, was einen Menschen schön macht – nicht das faltenfreie, popoglatte Gesicht. Der Spiegel und die Waage müssen dein Freund sein, nicht dein Feind.

Dafür kannst nur du selbst sorgen. Und zwar mit konsequenter Körperpflege in Kombination mit einer gesunden

Lebensweise. Frische Säfte, Gemüse und Obst sorgen für Schönheit von innen, egal in welchem Alter.

Ich glaube, je mehr du mit dem Älterwerden Schlaffheit und Gebrechlichkeit verbindest, umso wahrscheinlicher werden diese eintreten. – Sehr wichtig finde ich die passende Kleidung, da kann man viel rausholen, aber auch viel vermurksen an seinem Erscheinungsbild. Ich glaube sogar, für manche Frau wäre eine Typberatung vielleicht das Schlimmste, was man ihr antun könnte. Wenn sie sich nämlich wohlgefühlt hat in ihren selbst gewählten Klamotten, merkt sie das erst, nachdem sie sich unwohler fühlt in den empfohlenen Klamotten. – Ist natürlich verlockend, wenn ein Außenstehender kommt, dich ans Händchen nimmt und meint, dich verschönern zu können. Wenn er dich dabei aber komplett umkrempelt, kann das leicht zu Verfälschungen führen. Das gibt dann möglicherweise Probleme, was den passenden Deckel finden betrifft. Eventuell würde der Esel die Eselin nicht mehr erkennen, und die beiden würden niemals zueinander finden. Besser, es beraten sich immer Gleichgesinnte untereinander.«

Nina: »Oh ja – wann spielen wir mal wieder *Kleider machen Leute*?«

»Stimmt, wir zwei alten Schachteln haben lange keine Modenschau mehr gemacht, um das Optimum aus uns und unseren Kleiderschränken herauszuholen. – Bei dir oder bei mir?«

• • •

Liebe macht abhängig.

Ein Mann würde mein angenehmes Dasein mächtig durcheinanderbringen und permanent stören. Ich bin *nicht* auf der Suche. Wirklich nicht. Allerdings werde ich wohl bis an mein Lebensende, egal, wie klapprig ich sein werde, niemals einem klitzekleinen Techtelmechtel abgeneigt sein. Sonst könnte ich mich gleich einäschern lassen.

Manchmal träume ich von einem Draufgänger mit Schneid, der mich mit sanfter Gewalt mal ein bisschen maßregelt. Das möchte ich nicht immer selbst machen. Auf Dauer ist es nämlich anstrengend, sich und sein Verhalten eigenhändig zu überprüfen, und macht auch nicht so richtig Spaß.

Ich habe mich unzählige Male im Leben verliebt, sogar in der Zeit, als ich noch verheiratet war. Aber das hatte nichts mit Konrad zu tun. Ich brauche die Fiktion. Die Betroffenen haben meistens nichts geahnt. In meiner Ehe habe ich unbedingte fleischliche Treue verlangt von Konrad wie von mir selbst. Sonst hatte für mich die ganze Chose keinen Sinn. Eine Heirat ist wahrscheinlich bald selbst steuerlich nicht mehr erstrebenswert. Es ist hart, wenn man sich überlegt, vom Zeitpunkt der Hochzeit an ausschließlich mit ein und demselben Mann Tisch und Bett zu teilen. Da hilft immerhin gedachte, in allen Farben ausgemalte Untreue ein wenig über das Einerlei und die gelegentliche Langeweile hinweg. Was in meinem Kopf vorgeht, kann mir keiner nehmen. Und es weiß auch keiner und tut keinem weh.

Nach unserer Trennung fand ich hin und wieder einen Mann imposant. Doch jedes Mal habe ich befürchtet, dass mein geträumtes Bild von ihm zusammenfällt, wenn er mir zu nahe kommt. Dann ist der Reiz schnell verflogen.

Mir kann überhaupt nichts passieren, wenn sich alles in meiner Fantasie abspielt. Obwohl *überhaupt nichts passieren* sterbenslangweilig ist.

Ich hätte gern von menschlicher Nähe nur die Vorzüge und Reize. Das gibt es nicht, ich weiß. Zweisamkeit ist zwangsläufig überschattet von der Gleichförmigkeit im Alltag und von der Ungleichförmigkeit der Beteiligten. – Einvernehmliches Miteinander wäre vielleicht bequemer, aber sicher auch nur langweilig.

Perfekt einrichten kann sich das Leben keiner. Ich bin aber zumindest verdammt nah dran. Ich bin frei wie der Wind, habe keinen Mann, der nervt, und keine Verpflichtungen.

Mit Bekannten, Freunden, Familie und Nachbarn ist das auch so ein Graus für mich. Es ist mir zu anstrengend, wenn unterschiedliche Charaktere aufeinandertreffen. Nur mit meinen Leutchen in der Gruppe mache ich eine Ausnahme. Die habe ich auch selbst ausgesucht. Und auf mich ist Verlass. In den wesentlichen Punkten, was Benehmen und gegenseitigen Respekt betrifft, stimmen wir überein.
Mit allen anderen Mitbürgern fahre ich schön entlang der Freundlichkeits-Distanz-Grenze.

Das gemeinsame Essen und den Gedankenaustausch mit meiner angeheuerten Selbsthilfegruppe waren das Beste, was mir in den letzten Jahren eingefallen ist.

Mit der Zeit ist jeder von uns offener und zutraulicher geworden. Was noch lange nicht bedeutet, alle Geheimnisse auszuplaudern – um Gottes willen – *alles* will ich gar nicht wissen von den anderen. Die sind ja auch schon älter. – Jeder Einzelne meiner Truppe versucht, trotz aller Widrigkeiten sein Leben selbst in die Hand zu nehmen und das Beste daraus zu machen. Im Großen und Ganzen kann ich mit meinen Spezies auch gut diskutieren, auch wenn wir mal komplett anderer Meinung sind. Das ist der Sinn. Mit Argumenten kann man überzeugen.

Das haben wir alle verstanden. Die meisten Menschen kapieren das nicht. Für die ist wichtig, nicht nur keine Meinung zu haben, sondern sie auch nicht argumentieren zu können.

Das große Wort Freundschaft kriegt keiner von uns über die Lippen. Vor dieser Bezeichnung haben wir alle Respekt. Das klingt nach Abhängigkeit, Verpflichtung und hohen Erwartungen.

Gourmetzirkel dagegen klingt unverfänglich und kultiviert.

Donnerstag, 27. Februar 2014

Heute sind wir drei alten Mädels unter uns. Die Fünfgang-Gourmetmahlzeit habe ich aufgeteilt: Nina kümmert sich um das köstliche Kokos-Mango-Süppchen mit Belugalinsen, Helene steht mit ihrem Weinglas an meiner Kochinsel und bereitet ihr Lachs-Orangen-Tartar mit Zitronengras zu. Den Hauptgang übernehme ich: Heute habe ich Premiere mit Pfeffer-Zimtsoße auf Rotkohlstrudel. Leider ist Jasmin als Dessertspezialistin heute mit Anni unterwegs, deshalb serviere ich am Schluss Instant-Paradiescreme mit Preiselbeeren.

Nina: »Gut, dass wir uns gefunden haben. Ich würde nie alleine so einen Tumult in der Küche veranstalten. Das macht außerdem nur in der richtigen Gruppenkonstellation Spaß. Mir gefällt diese Leichtigkeit und dass wir keine Verpflichtung eingehen mit unseren Treffen. Du hast allerdings eine übernommen, Mathilda, indem du die Sache eingerührt hast. Obwohl *du* das größte Grauen vor jeglicher Verpflichtung hast. Was ist denn, wenn du uns oder einen von uns überhaupt nicht mehr sehen kannst? Sagst du dann: Komm nicht mehr?«

Das habe ich mir natürlich auch schon überlegt. Ich würde die ganze Sache auflösen, ganz unauffällig auslaufen lassen.

»Dann würde ich dir ganz direkt sagen: Du bist von heute an ausgeschlossen.«

Helene: »Würdest du nicht! Lenk nicht immer ab mit deiner Ironie. Du bist nicht der Typ, der seine Zeit verschwendet mit Leuten, die er nicht gern um sich hat. Du stößt sie auch nicht mehr vor den Kopf mit Direktheit. *Heute* würdest du die ganze Sache wahrscheinlich auslaufen lassen. Früher warst du radikal und hast kurzen Prozess gemacht. Wenn dir einer was getan hatte, wurde der für immer aus deinem Leben verbannt.«

Ich kann nicht glauben, wie gut mich die beiden kennen, obwohl ich immer darauf bedacht bin, nicht zu viel von mir preiszugeben. Ich sage lieber nichts mehr und ziehe nur noch ein ertapptes Gesicht.

Helene: »Ich finde unseren Kreis genau richtig. Die Sache ist recht unverfänglich, und trotzdem habe ich das Gefühl, wenn es ernst wird, kann ich auch mal zutraulich werden. Normalerweise fällt mir das ziemlich schwer. Eine Freundin, der ich alles erzählen konnte, hatte ich nie. Hab ich auch nie direkt vermisst. Da muss man wenigstens keine Angst haben, dass irgendetwas weitergetratscht wird.«

Nina: »Eine gute Freundin kann richtig toll sein. Es tut gut, wenn sie zuhören kann, im richtigen Moment mitfühlend seufzt und weiß, wann sie mich trösten muss. Ich war immer auf der Suche nach einer besten Freundin, der ich alles anvertrauen kann. Eine, die mit mir auf Augenhöhe spricht, nicht übermäßig neidisch ist und auch nicht schöner ist als ich.«

Durch diese letzte Einschränkung kann sie *mich* ja nicht meinen.

Nina weiter: »Klar macht Freundschaft genau wie Liebe oder irgendeine vertraute Beziehung zu einem anderen Menschen abhängig und verletzlich. Doch deswegen ganz darauf verzichten wollte ich nie.«

Ich möchte genau deswegen auf Freundschaft verzichten.

Helene: »Ich hatte nie das Bedürfnis nach einer engen Freundschaft. Erst bei euch habe ich so ein bisschen das Gefühl, uns verbindet etwas und wir sind trotz unterschiedlicher Meinungen dem Grunde nach auf einer Welle.«

Nina: »Herr van Rheyn hat gesagt: Es gibt zwei Arten von Freunden: Die einen sind käuflich, die anderen sind unbezahlbar …«

Nina mit ihren Zitaten … Von der zweiten Art kenne ich keinen. Ich versuche auch nicht mehr, einen unbezahlbaren Freund zu finden, so was ist schon deshalb für mich nicht erstrebenswert, weil ich mich dann zur Gegenleistung verpflichtet fühlen würde.

»Inzwischen macht mir Zuhören mehr Spaß, als selbst zu erzählen. Ich möchte immer gern wissen, wie die Menschen so ihr Leben meistern, was sie vom Leben erwarten und wie sie mit Problemen umgehen und auf bestimmte Situationen reagieren. Was sie für Manieren, Ansichten, Vorlieben und Antipathien haben.«

Helene: »Da hättest du ja eher in die Psychologie gehen sollen. Aber da hättest du sicher mehr Schaden anrichten können als bei deinen kalten Leichen.«

»Das vielleicht, aber ich habe nicht deswegen den Beruf der Psychologin nicht gewählt, denn es gab da Überlegungen. Ich wollte das nicht, weil ich sonst jeden Tag nur mit

Menschen zu tun hätte, die wirklich so weit sind, zum Psychologen zu gehen. Das sind irgendwie trotzdem immer die gleichen. Erstens alle aus der oberen Schicht. Sie nehmen sich und ihre Gefühle wahnsinnig wichtig, steigern sich in alles hinein, brechen gleich zusammen und sind hypersensibel. Ihr Leben nehmen sie, wenn überhaupt, nur ansatzmäßig in die Hand. So stelle ich mir das zumindest vor. Das würde mir auf Dauer hochgradig auf die Nerven gehen. Und ich bin nicht der Typ, der das verbergen kann. Ich wäre ein Leben lang gezwungen, mit ihnen zu arbeiten, mir ihr Gejammer anzuhören, leise, einfühlsam und gediegen zu sprechen, die richtigen Fragen zu stellen … Nein, das wäre nichts für mich.

Bei denen, die *ich* auf der Couch, vielmehr auf dem Tisch hatte, durfte ich mir selbst aufgrund ihrer Vorgeschichte, Alter, Geschlecht, Todesursache und so weiter ein Bild von ihrem Leben zusammenzimmern. Für mich stimmt das dann. Ich wusste immer, wie die Sache ausgegangen ist.«

Nina: »Dir reicht es immer, in deiner eigenen Gedankenwelt zu bleiben. Hast du keine Angst, dass du im Alter verblödest oder einsam bist?«

»Das nehme ich in Kauf. Besser, als ständige Nervtöter um sich zu haben. Die täglichen Gespräche habe ich mit mir selbst oder mit Lotti.«

Nina zu Helene: »Du siehst, was ich meine.«

»Manchmal fehlt mir das Kollegengeschwafel schon ein bisschen, aber dafür hab ich ja euch. Außerdem komme ich bei meinen Seminaren in den Pausen oft ins Gespräch mit den Teilnehmern. Das reicht mir völlig.«

Nina: »Du bist ein Muffel. Für mich bist du eine richtige Freundin, Mathilda. Ich hab dich nicht nur deshalb ausgewählt, weil du so toll bist, sondern weil du mir das Gefühl gibst, toll zu sein.«

Moment mal, *ich* hab *dich* ausgesucht! – Ja – vielleicht bist du eine gute Freundin. Aber ich würde dir nie so viel erzählen wie du mir. Vielleicht habe ich das Ganze schon zu weit gehen lassen. – Wenn mich Nina jetzt mal vor den Kopf stoßen würde – bei mir braucht es da nicht viel – wie werde ich sie dann wieder los?

»Danke für das Kompliment, Ninalein.«

Nina: »Freundschaft ist solange etwas Schönes, wie sich die Beteiligten an ungeschriebene Gesetze halten: Ob man nun Liebeskummer hat, einen Todesfall beklagt oder seinen Job verliert, ein guter Freund wird einem bereitwillig den Rücken stärken. Freundschaft heißt aber auch, Privatsphäre und Freiräume zu akzeptieren. Freunde nehmen sich Zeit füreinander und dienen sich gegenseitig als seelische und praktische Stütze. Noch dazu halten Freunde gesund, senken das Risiko für Bluthochdruck und Depressionen und verlängern sogar das Leben. Freundschaftsforscher sagen: Gute Freunde sind in Stress und Alltagstrubel oft die rettende Insel. Schon der Gedanke an sie kann Glückshormone fließen lassen.«

Helene: »Sag das lieber deinen potenziellen Freunden immer, damit sie wissen, was du erwartest.«

Nina: »Was meinst du, was ich gerade mache!?«

Ist vielleicht gar nicht so dumm, wie das Nina macht, sie ist ja so eine ehrliche Haut. Ich bin dagegen ein bisschen durchtriebener. Ich beobachte und teste. Nicht so extrem wie Edgar, aber ich mache das gern. Vielleicht hatte ich dadurch gerade immer nur Pleiten mit vermeintlichen Freundinnen. Vielleicht sollte ich mich mal mehr auf die Menschen einlassen und meine Erwartungen etwas herunterschrauben ...

Nina: »Ich finde, bei allem Risiko, dass dein Vertrauen missbraucht wird oder du verletzt wirst, ist eine Freundschaft, wenn du auch deinen Beitrag dazu leistest, etwas ganz Tolles. Sag doch mal, was du von einer Freundschaft erwartest, Mathilda.«

»Ich weiß genau, wie meine Freundin zu sein hat: Sie müsste regelmäßig mit mir Kontakt halten, sich für mich Zeit nehmen und zuhören … mir in schlechten Zeiten Hilfe anbieten, Anvertrautes für sich behalten, gute Laune verbreiten … mir seelische Unterstützung geben … egal, was passiert, sie muss loyal sein, mich vor Kritik in Schutz nehmen, Neuigkeiten mit mir teilen, auch mal meinen Rat einholen, gemeinsam mit mir etwas unternehmen, was *mir* Spaß macht, aber auch Freiräume und andere Freunde respektieren, negative Kommentare und Neid vermeiden, stattdessen mich bewundern und anerkennen, was ich in meinem Leben leiste …«

Nina: »Was du von einer Freundin erwartest, kann gar kein Mensch leisten.«

»Ich weiß, deswegen begnüge ich mich ja auch mit euch.«

Eine Freundin, die mich nicht enttäuscht hat, habe ich nie gefunden, wobei ich das jetzt eher als Gewinn und nicht als Verlust betrachte … ich brauche die Ruhe und das Alleinsein, die Freiheit, alles zu tun, was ich möchte … Mein Gourmetzirkel mit all den passenden Zutaten war das Beste, was ich je organisiert habe …

Nina: »Mit den Erwartungen an meinen männlichen Wegbegleiter steht es aber im Grunde genommen genauso. Wenn ich mit einem Mann zusammen bin, will ich das mit Haut und Haaren sein. Keine anstrengende Vorsicht, damit du dich eventuell vor Verletzungen schützt. Davor kann man sich nicht schützen. Er könnte dich immer hintergehen. Eifersucht ist bei mir tabu. Misstrauen, mit dem du jeden Tag leben musst, ist anstrengend und bringt Schmerzen. In der Summe mindestens genauso viel Schmerzen, wie du hättest, wenn er dich *wirklich* hintergeht, und du kämst dahinter. Wenn du dich gar nicht öffnen kannst aus Angst vor Enttäuschung, dann lass es lieber bleiben.«

Lass ich ja auch. – Früher war ich mir immer zu schade für nur *einen* Mann. Dann kam Konrad. Ich dachte, er erkennt meine Vorzüge und Qualitäten und weiß sie vor allem auch zu schätzen. Später hatte ich das Gefühl, ich hab mich total getäuscht. Deshalb war ich wohl im Grunde froh, als es vorbei war. Obwohl ich erstaunlicherweise mit dem plötzlichen Abriss, den ich doch selbst herbeigeführt hatte, erst mal in ein tiefes Loch gefallen bin. Ab diesem Zeitpunkt waren Männerabenteuer angesagt. Jetzt, mit dreiundsechzig, will ich etwas anderes. Einen Hafen, einen Bezug, einen Mann, der auch Fehler haben kann. Allerdings nicht zu viele … Einen, mit dem ich Witze auf hohem Niveau machen kann … Mit dem ich über die Börsenkurse und Politik streiten kann, auch wenn wir beide keine Ahnung haben …

Helene: »Und was ist, wenn er dich schon mal hintergangen hat?«

Mist, Nina hat jetzt sicher auch nicht an Ralph gedacht.

Nina: »Das ist eine ganz andere Geschichte. Ich habe oft darüber nachgedacht, was ich an deiner Stelle tun würde, Helene. Eine Krise ist immer eine Chance, entweder für einen Neuanfang *mit* dem Partner oder *ohne* ihn. Das hatten wir ja schon besprochen.«

Ich hätte dem schon längst die Koffer gepackt. Ralph wird immer so treu sein wie seine Gelegenheiten …

Nina: »Normalerweise macht man sich keine großen Gedanken, wie das Leben ohne den anderen aussehen könnte. Plötzlich soll sich *alles* ändern, ob du willst oder nicht. Ich kann verstehen, wenn du dich an das Leben mit Ralph klammerst. Es erscheint dir sicher leichter, mit ihm und seinen Fehltritten zu leben, als plötzlich allein dazustehen. Vielleicht bist du zu sehr von ihm abhängig, obwohl ich mir das bei dir nicht vorstellen kann. Du hast immerhin deine eigene Karriere. Trotzdem stürmen sicher viele Gedanken und Fragen auf dich ein: Wie reagieren die Jungs? Wer ist für mich da, wenn ich krank bin? Was mache ich an den freien Abenden und am Wochenende? Werde ich jeden Tag allein am Esstisch sitzen? Wie regulieren wir die Finanzen? Wer verhandelt mit Banken, Handwerkern, Versicherungen, Strom- und Telefonanbietern? Wer kümmert sich um das Auto, den Garten, das Haus? Haben wir dann überhaupt noch ein Haus? Und nicht zuletzt: Werde ich je wieder Sex haben? Wem kann ich von meinem Ärger und Kummer erzählen? Dabei weißt du unterschwellig ganz genau, dass du durch *ihn* den größten Kummer hast.«

Helene: »Ja, das sind ungefähr meine Gedanken.«

Gott, vielleicht war die Trennung von Konrad deshalb damals so schlimm. Mir war das alles nicht bewusst … Ich musste mich total neu organisieren …

Nina: »Du stehst hilflos allein auf weiter Flur. Aber du bist eine gestandene Frau, Helene. Liebst du ihn so abgöttisch, dass du alles in Kauf nimmst? Das mit der Liebe ist ja sowieso ein unerklärliches Ding.«

Helene: »Ich kann mir das selbst nicht erklären. Eigentlich stand ich schon immer allein da, irgendwie. Ralph hat ständig gearbeitet und war nicht da. Ich organisiere sowieso alles. Aber als die Trennung damals Wirklichkeit wurde, bin ich durch die Hölle gegangen. Mein ganzer Tag, vor allem die Wochenenden waren wie Blei. Ich wollte diesen Zustand nicht, um keinen Preis. Ich habe ihn angefleht, bei mir zu bleiben. Auf Knien habe ich gebettelt. Mein Gott, ich habe mich selbst so erniedrigt. Ohne ihn zu sein, war für mich keine Option. Niemals im Leben habe ich mich so einsam, verlassen und hilflos gefühlt. Zuerst habe ich finsterste Rachefantasien entwickelt, die ich beinahe auch umgesetzt hätte. – Dann wollte ich mich umbringen, weil ich den Schmerz nicht ertragen konnte.«

Sie hat sich wirklich klein gemacht vor ihm, damit wirst du als Frau auch nicht gerade liebenswerter oder anziehender für einen Mann, aber ich kann Helene fast verstehen …

Helene weiter: »Ich war so glücklich, als er zurückkam. Auch wenn ich wusste, dass es nicht meinetwegen war. Ich hatte mir ein gewisses Maß an Schicksalsergebenheit zugelegt. Es gibt im Alltag nun einmal Pflichten und Unabänderliches und keine Garantie für irgendetwas. Ich wollte die permanente Ungewissheit ertragen, die charakteristisch für das Leben ist, auch ohne ständige Furcht davor. Ich weiß, die Angst bewahrt mich nicht vor dem Schock, der trotzdem mit voller Wucht eintrifft, wenn etwas passiert. Man kann sich darauf nicht vorbereiten, und die Furcht davor macht jeden Tag noch schlimmer. Man arrangiert sich entweder mit den Gegebenheiten oder ändert etwas, aber dafür bin ich noch nicht bereit.

Ich weiß, dass er mich nicht liebt. Männer können sich schnell trösten. Die können sich in fünf Minuten wieder eine Welt aus Schaumgummibällchen bauen mit der nächsten Frau. Ich weiß, er betrügt mich immer noch. Ich *will* es aber nicht wissen. Die Therapiestunden sind sinnlos. Ich glaube, selbst der Therapeut weiß das.«

Was macht Helene da nur? Nie, nie, niemals würde ich mir das antun!

Nina: »Wenn du noch nicht bereit bist, kann dir das auch kein anderer einreden. Das ist wie mit allen anderen Abhängigkeiten. Vielleicht wartest du, bis er zu alt ist, um noch Weibergeschichten zu haben, weil ihn dann keine mehr will. Die Frage ist, ob du ihn dann noch willst. Falls dein Maß aber vorher voll ist und du aussteigen willst, sollst du wissen, wir sind für dich da.«

Helene weint.

Mist. Ich würde sie am liebsten an den Ohren von diesem Lumpen wegziehen. Aber ich weiß, auf ihn schimpfen hilft ihr nicht …

»Es ist schwer, sich vom Altvertrauten zu trennen, vielleicht das Schwerste, was es im Leben gibt. Manchmal schafft man es aus eigener Kraft nicht. Dann ergeben sich vielleicht die richtigen Umstände.«

Das hilft Helene auch nicht. Ich weiß aber wirklich nicht, was ich beisteuern kann, damit sie sich besser fühlt.

Nina: »Je länger man zusammen ist und sich kennt, desto stärker ist das Gefühl, dass du nie wieder mit einem Menschen so viel teilen kannst an gemeinsamen Erlebnissen und Erfahrungen.«

Finde ich gar nicht wichtig, Hauptsache, man schwimmt auf einer Welle …

Nina: »Jeder sucht sich einen Partner, der ihm ähnelt, wobei sich einer meistens mehr dem anderen anpasst. Auf den jeweiligen Sachverhalt bezogenen, ist das der Dominantere von beiden. Dazu kommt: Der dominante Mann bezieht seine Stärke aus der Schwäche der Frau und umgekehrt. In der Ehe ist für gewöhnlich einer der Dumme. Nur wenn zwei Dumme heiraten, soll es wohl gut gehen. Will der eine viel verreisen, wird viel verreist. Will einer wenig Sex, gibt es wenig Sex. Will der eine ein Leben lang an seinem Haus bauen, wird das gemacht. Will einer Haustiere halten, hat man Haustiere. Will einer Kinder, haben sie Kinder. Willst du eine Fernsehsendung sehen, wird sie eingeschaltet. Trinkt einer gern Sekt, trinkt der andere mit.

Isst der eine gern Reis, isst der andere mit. Will der eine lieber Brot, isst der andere auch das mit. Das vereinfacht das Leben ungemein und spart Zeit. Was willst du immer Extrawürste braten. Manche Dinge sind auch wirklich egal. Es darf nur nicht so sein, dass sich etwas einschleift ohne Sinn und Verstand. Und vor allem, wenn immer ein und derselbe bestimmt, finde ich das schlimm.«

Wenn ich das alles höre und bedenke, wundere ich mich, wie ich überhaupt je mit einem Mann zusammenleben konnte. Aber sicher war *ich* meistens die Dominante. Wir haben nur *ein* Kind gehabt, weil *ich* das wollte. Wir haben in meinem Haus gewohnt, weil ich nie woanders hin wollte. Wir sind *getrennt* verreist, weil *ich* das wollte. Konrad hätte mit Freuden immer an meinem Rockzipfel gehangen.

Nina: »Manchmal flammt vielleicht noch ein kleiner Widerstand auf, und die Nadel in der Schallplattenrille springt, das darf sie aber nicht zu oft, sonst geht die Platte kaputt. – Wobei ich finde, solange dein Plattenspieler noch intakt ist, kannst du dir auch eine neue suchen.«

Nina wieder …

»Mit deinen Metaphern bin ich noch nie klar gekommen, Ninalein.«

»Na ja, manche Nadeln denken, wenn sie immer wieder aus der Rille hüpfen, hilft nur nachgeben oder anpassen, damit ihre Platte nicht kaputt geht.«

»Verstehe ich erst recht nicht.«

Nina: »Egal … Manche Partner sind auch einfach nur richtig gut im Manipulieren. Das setzt voraus, dass der andere schwach ist und du ihn kennengelernt hast, als er noch formbar war. Der Dominante kann den Schwächeren davon überzeugen, dass er annimmt, er wünscht sich das Gleiche.«

Das ist auch gut so, denn wenn du merkst, dass du ein Leben lang nur alles wegen des anderen gemacht hast, würde das ein böses Erwachen geben.

»Aber wenn du nicht mehr weißt, was du selbst eigentlich gern möchtest, dann finde ich das schon hart. Dann weißt du, dass der andere dein Leben bestimmt. Spätestens, wenn er weg ist, brichst du zusammen.«

Nina schielt zu Helene: »Oder du fängst ein neues, glückliches Leben an. Das kannst du zu jedem Zeitpunkt und in jedem Alter.«

Helene: »Erst wenn ich alle Hoffnung aufgegeben habe, könnte ich beginnen, neue Pläne zu schmieden. Mit Vernunft erreiche ich nichts. Ich komme nicht los von Ralph. So stelle ich mir eine Sucht vor. Und wenn ich bedenke, da kommt ein neuer Mann in mein Leben, den ich noch gar nicht kenne … Das wird doch nichts.«

Ich könnte mir nichts Spannenderes vorstellen …

»… und wenn er mich *auch* betrügt, dann würde ich das nicht überleben.«

Jetzt muss ich einhaken, sie überlegt schon Alternativen:

»Auf jeden Fall würdest du das überleben. Nach der akuten Phase wirst du dich fragen, wieso du nicht schon eher diesen wundervollen Mann getroffen hast, der dich liebt und dich glücklich macht.«

Nina: »Ich nehme dich für die Suche nach dem Glückspilz mit vor meinen Zauberspiegel, und wir wünschen ihn uns herbei. Und dann werdet ihr dieses zarte Pflänzchen eurer Liebe hegen und pflegen, bis es ein starker Baum geworden ist. Denn du bist jetzt in einem Alter, wo dein potenzieller neuer Mann sicher auch schon eine Vergangenheit hat.«

Helene: »Aber Ralph ist der Vater meiner Söhne … Ihr könnt ihn nicht leiden, ich weiß.«

»Und das wird er immer bleiben, Mausi! Nina und ich möchten nichts anderes, als dass du glücklich bist. Wenn das mit Ralph ist – auch gut. Du entscheidest es ganz allein. Egal, wie du dich entscheidest, wir werden immer zu dir halten. Verlass dich drauf.«

Helene: »Im nächsten Leben werde ich Psychologin. Dann würde ich wenigstens mein Verhalten verstehen.«

Nina: »Ja – die müssen ein Bombenleben haben.«

»Ich kann euch versprechen, in akuten Lebenskrisen stehen Psychologen genauso dumm da wie du und ich.«

Nina: »Zwar sind die meisten von denen ein bissel plemplem, aber sie wissen wenigstens, wie sie ihr Leben anpacken können.«

Sind sie gar nicht …

Helene: »Ich hab solche Angst vor der Einsamkeit! Mit meinen Jungs kann ich auch nicht rechnen. Die haben ihr eigenes Leben, und ich will sie nicht belasten. Ich müsste jeden Abend allein am Tisch sitzen … Und ich hätte dann das Alleinsein selbst gewählt! Das schaff ich nicht. Ralph ist doch mein Mann!«

»So ein Entschluss muss reifen, Mausi. Du kannst auch jeden Abend zu *mir* an den Tisch kommen! Aber nur in den ersten vierzehn akuten Monaten. Danach will ich wieder meine Ruhe.«

Helene: »Wie viele? Oh Gott …«

Darüber macht man keine Witze, Mathilda …

»Ich wollte sagen: Den Kerl hast du mit meiner Ablenkung in fünf Minuten vergessen.«

Nina: »Herr Krailsheimer sagte schon: Allein sein zu *müssen* ist das Schwerste, allein sein zu *können* ist das Schönste.«

Irgendwo muss Zitate-Nina ihre Sprüche abrufbereit gespeichert haben …

»Alleinsein ist gar nicht schlimm. Dir macht nur die Angst davor zu schaffen. Die Einsamkeit geht vorüber, das kann ich dir versprechen. Du musst nur aufpassen, dass sie nicht chronisch wird. Mit einem Menschen an deiner Seite, der dich nicht liebt, bist du vermutlich noch einsamer als ohne ihn. Aber so denkt man leider nicht in der Situation. Die rechte gefühlsorientierte und linke realitätsorientierte Gehirnhälfte wirken nicht zusammen, sondern spielen verrückt. Ich kenne eine gute Übung, um die beiden wieder zusammenzubringen. Die müsstest du regelmäßig anwenden, damit sie von der akuten Angstphase nicht überlagert wird. Kann ich dir bei Gelegenheit mal zeigen.«

Helene: »Nein, nein, nein … *Jetzt* ist die Gelegenheit!«

Nina: »Genau. Ich will das auch wissen. Dass du immer erst mit solchen Tricks rauskommst, wenn – wenn die Kogge schon am Dampfen ist.«

»So ohne Vorbereitung – da muss ich erst mal überlegen … Also: Du setzt dich gerade auf einen Stuhl …«

Die beiden sitzen auf einmal kerzengerade auf ihren Plätzen. Gut, dann eben gleich zum Mitmachen …

»Leg die Hände locker auf die Oberschenkel und atme zweimal ganz normal …«

Nina: »Wie – normal – durch den Mund oder die Nase?«

»Schnurzegal. Eigentlich immer durch die Nase.«

Helene: »Wenn du Mathilda noch einmal unterbrichst, wartest du vor der Tür, bis wir fertig sind.«

Nina: »Schuldigung. Bitte fahr fort, Mathilda.«

»Du denkst an dein Problem und weißt, du kannst es lösen. Beim Einatmen drehst du den Kopf nach links, bis dein Kinn über der linken Schulter haltmacht. Genau wie dein Atem. Du hältst also den Atem an. Beim Ausatmen – ebenfalls durch die Nase – drehst du den Kopf nach rechts, bis er auf der rechten Schulter ruht. Dein Atem ruht ebenfalls wieder. Also Atem anhalten. Mit angehaltenem Atem drehst du den Kopf zügig wieder zur linken Schulter, dann wieder zur rechten, dann zur Mitte. Erst jetzt atmest du wieder ein bis zweimal normal.

Dann geht das Spiel von vorn los. Das Ganze machst du ein paar Minuten hintereinander. Und zwar immer, wenn das Zusammenspiel von Bauchgefühl und Verstand gefordert ist. Wenn du finstere Gedanken hast und nicht schlafen kannst, ist diese Technik gut. – Die simplere Übung, die zu den sogenannten Überkreuzbewegungen zählt, also den gleichen Effekt hat, ist das Laufen. Es gehört zu den ursprünglichen menschlichen Bewegungsmustern. Bei einem Schritt mit dem linken Fuß nach vorn, pendelt gleichzeitig der rechte Arm zum Ausgleich mit nach vorn. Beim nächsten Schritt mit dem rechten Fuß folgt dann der linke Arm nach vorn. So entstehen beim Gehen und Laufen taktähnliche Überkreuzbewegungen, die bereits nach wenigen Minuten die Gehirnhälften harmonisieren. Deshalb kommt man auch beim Spazierengehen auf die besten Ideen.«

Helene: »Mensch, Mathilda, kein Wunder, dass du den ganzen Tag strahlend durch die Gegend läufst.«

Nina: »Das müssen wir dann noch mal zusammen üben.«

Ja, natürlich, meine Nervensäge …

»Das gleiche Prinzip gilt für EMDR, dieses Eye-Movement-Blablabla, was Helene damals bei ihrer Flugangst geholfen hat. Das wird häufig bei der Traumatherapie angewendet. Die Augen verfolgen den Finger der Therapeutin nach links und rechts. Sie gibt den Takt an wie ein Metronom, welches dafür allerdings ungeeignet ist, denn der Radius der Augenbewegungen sollte möglichst groß sein. Dabei denkt man an das üble Geschehen und kann es neu verarbeiten. Auch hier werden die beiden Hirnhälften sozusagen neu ausgerichtet und synchronisiert.

Das gibt es inzwischen auch als akustische Therapie über Ohrstöpsel. Das Abspielgerät dafür kostet aber einiges, denn es kann verschiedene Kombinationen von Tönen abwechselnd in das linke und rechte Ohr einspielen …«

Nina: »Ich wette, du hast so ein Ding in deinem Nachtschrank versteckt.«

Oh nein – nicht, dass ich ihr mein Lebenshilfewundergerät noch borgen muss …

»Ach wo, das ist mir viel zu teuer. Ich will nur sagen: Helene, du musst keine Angst haben, denn alle Schäden im Leben sind zu beheben. Bis zu einem gewissen Grad jedenfalls; im Ernstfall mit Profihilfe. Zumindest, wenn du ein Trauma hattest oder jeden Tag Altlasten mit dir rumschleppst.«

Nina: »Und dass die Einsamkeit bei dir chronisch wird, kann gar nicht passieren, denn wir päppeln dich regelmäßig auf. Stimmt's, Mathilda?«

Ich nicke zwar kurz, aber ich will nicht zu viel versprechen. Das hatte ich schon öfter, dass sich dann auf mich verlassen wird und ich nicht mehr aus der Nummer herauskomme.

»Du könntest dir einen Hund oder eine Katze anschaffen. Das ist das Allerschönste. Ich weiß, du hast es nicht so mit Tieren, aber die können einem wunderbar zuhören, und du hast dann auf jeden Fall erst mal wieder einen, der dich liebt. Den Idealzustand kannst du dann auch wieder erreichen. Nämlich, wenn du einen geliebten Menschen gefunden hast, der zwar nicht ständig bei dir ist, aber bei dem du weißt, dass er an dich denkt. Du behältst deine Autonomie mit all deinen Macken, und ihr trefft euch dann, wenn ihr beide wollt. Ihr überrascht euch gegenseitig mit vielen Kleinigkeiten. Und durch die Spannung, die ihr so zwischen euch aufrechterhaltet, seid ihr glücklich bis an euer Ende.«

Ich glaube nicht, dass ich gerade über Helene und ihren potenziellen neuen Partner spreche … Ich muss schon wieder an Edgar denken. Heute hat sein Sohn Geburtstag. Deshalb kann er nicht kommen. Ich vermisse ihn …

Nina: »Allein sein kann eine Wohltat sein, solange du es nicht als Einsamkeit, Ausgeschlossensein und Verlassensein fühlst. Sieh das Alleinsein nicht als Strafe, sondern als Belohnung. Da kennt sich Mathilda aus. Die ist schon lange Einzelkämpferin, beruflich, auf Reisen, in der Familie … Und trotzdem ist sie froh, dass sie uns hat.«

Helene: »Wenn ich in Pension gehe, bin ich dann den ganzen Tag allein. Das ist dann das andere Extrem.«

Nina: »Sicher hast du da schon wieder jemanden. So schwer ist das heutzutage nicht mehr, wir geben Anni Bescheid, die soll mal einen für dich googeln.«

Hoffentlich merkt Helene nicht, dass wir sie gerade bearbeiten, Ralph zu verlassen …

Na, und wenn schon …

Nina: »Und wir suchen dir eine Aufgabe; eine ehrenamtliche Betätigung vielleicht.«

»Du könntest auch mit Nina und mir den Laden auf deiner Dorfquetsche aufziehen.«

Gott, was sag ich denn nur immer?!

Helene: »Nein, das überlasse ich mal euch beiden. Ich komme dann nur, um mich bedienen zu lassen.«

Phhou …

Nina: »Ich könnte dir ja mal einen Ausblick geben, was dich so erwartet, wenn du eine neue Liebe gefunden hast. Dann wird deine Vorfreude ein bisschen angeheizt.«

Oh nein – verschone uns …

Nina: »Denn nichts macht glücklicher als harmonische Augenblicke der Gemeinsamkeit. Sie halten uns auf dem Boden, wenn wir abheben, und stützen uns, wenn wir durchhängen. Ich liebe Anton für das, was er mir gibt. Dann gebe ich ihm auch mit Freude etwas zurück. Liebe zu geben ist schön. Bei einem kompletten Neuanfang ist es immer gut, sich jemanden zu suchen, der weiß, wovon man spricht. Anton kommt zum Beispiel aus derselben Gegend wie ich. Man muss sich nicht unbedingt ewig kennen und viel miteinander erlebt haben, um ein Gefühl von inniger Zusammengehörigkeit zu haben, find ich.

Kein Mensch hat die gleichen Ansichten wie man selbst. Aber man kann sich einen suchen mit einer großen gemeinsamen Schnittmenge. Die nächste Liebe wird sowieso besser. Du gehst anders heran, denn du bist reifer, und noch nichts hat sich eingeschliffen. Übermäßige Toleranz – und ich weiß, du bist sehr tolerant, Helene – ist vielleicht über die Jahre von Ralph als eine Art Unterwürfigkeit missverstanden worden. Aber Unterwürfigkeit macht dich schwach.«

Genau. Etwas zu tolerieren heißt nichts anderes, als es ertragen. Ich denke, genau das macht Helene das Leben so schwer. Ralph weiß, dass sie ihn nicht verlässt, er hat sie sicher. Das ärgert mich so … Sie ist in meinen Augen aus falscher Moral so festgefahren, obwohl sie nicht religiös ist: Einmal *Ja* gesagt zum Ehemann, ist dieser Vertrag für sie so unantastbar, dass sie alles dafür erduldet …

Nina: »Mit Anton habe ich jemanden gefunden, der an meinem Leben teilhat. Das ist schön. Und als ich ihn kennengelernt habe, war ich schließlich auch schon in Rente. Ich überrasche Anton gern mit Kleinigkeiten und freue mich, wenn er sich freut. Falls er mal nicht angemessen reagiert, setze ich mich auf seinen Schoß und erkläre ihm lautstark, dass ich dachte, er freut sich über den Liebesbrief und die Schneeglöckchen an seiner Windschutzscheibe und dass ich auch stattdessen bequem auf meinem Sofa vorm Fernseher hätte bleiben können. Dann nimmt er mich forsch mit seiner Manneskraft in die Arme und … na ja …«

Bitte, Nina, erspar uns Details!

Nina weiter: »Ich schimpfe indessen weiter und tue so, als wehre ich mich. Das gehört zum Spiel.«

Ich flüchte in die Küche, um noch eine Flasche Wein zu holen, als es läutet. Ein Freudenschauer durchzuckt mich. Ich weiß genau, wer es ist. Ich öffne die Tür, und Edgar steht vor mir. Er ist noch über eine Stunde gefahren, um herzukommen. Zu mir …

»Hallo Liebling, die Geburtstagsfeier ist schon zu Ende.«

Ich weiß gar nicht, wer angefangen hat, uns gegenseitig ständig mit bescheuerten Kosenamen zu betiteln …

Ich glaube, das war ich … Eigentlich finde ich das schön …

»Hallo Liebling.«

Unsere Begrüßung ist … himmlisch …

Wir hören Nina im Wintergarten zu Helene predigen: »Auch ein älteres Herz kann noch Luftsprünge machen. Wer sich im Alter noch mal verliebt, hat genau die gleichen Gefühle wie Siebzehnjährige, sagen Altersforscher. Gleichzeitig findet sogar eine Verbesserung des Allgemeinbefindens statt. Schon die Suche nach einer neuen Liebe kann den Alltag im Alter spannender machen. Ich nehme dich dann jedenfalls mit vor meinen Zauberspiegel, um den Traummann, der natürlich frei von Macken ist, für dich zu finden, wenn du dazu bereit bist.«

Edgar: »Macht ihr schon wieder mystische Experimente, ihr Weiber? Wo habt ihr denn eure Besen?«

Nina: »Wir sprechen gerade über die Macken von Männern.«

Edgar: »Gut, dass ich keine habe. Ich habe nur *Spezialeffekte*.«

Nina lässt sich nicht aus dem Konzept bringen: »Wenn dich Ralph wirklich betrügt und du dich so unsagbar dumm fühlst, dann bist du nicht dumm, sondern hast Vertrauen gehabt, ohne das eine Partnerschaft gar nicht möglich ist. Es sei denn, du führst eine offene Ehe. Menschen, die so etwas praktizieren, sind nicht ganz dicht. Meistens ist es so, dass der Mann seiner Frau einredet, sie würden sich dadurch noch mehr lieben, weil *er* die Lizenz zum Fremdgehen möchte und fest damit rechnet, dass seine Frau das nicht kann.«

Edgar spielt mit Lotti. Aber seine ausgefahrenen Ohren kann ich trotzdem sehen.

Helene: »Die Sicherheit, niemals verletzt zu werden, gibt es nicht, ich weiß. Wenn du schon weißt, du hast einen Filou, kannst du entweder damit umgehen oder nicht. Vielleicht kann ich es ja doch.«

Ninas Augen lachen, und sie schielt zu Edgar: »Mit so einem wirst du bestimmt nicht glücklich. Du kannst zur Sicherheit Mathilda fragen, ob dein nächster ein Filou ist. Die sieht das sofort.«

Ich hoffe, Helene kommt bald los von Ralph und widmet sich den schönen Dingen des Lebens.

Es ist schon weit nach Mitternacht. Nina und Helene sind längst gegangen. – Edgar ist der Letzte heute Abend. Ich genieße das Zusammensein mit ihm.

Uns fällt kein Gesprächsthema mehr ein. Ich bringe ihn zur Tür.

Langsam dreht er sich noch einmal um. »Weißt du, ich habe in letzter Zeit oft an dich denken müssen.«

Wie kann es sein, dass dieser Tattergreis solche Gefühle in mir auslöst! Das kenne ich in den vergangenen Jahren eigentlich nur noch von meinem Zweihundert-PS-Schlitten, wenn ich das Gaspedal durchdrücke.

Ich mache mir keine Gedanken über das Morgen und schließe die Tür hinter ihm.

Von innen …

• • •

Bald auch als Hörbuch erhältlich!

Meine inoffizielle Selbsthilfegruppe
Mathilda Kistritz